LAÇO MÃE-BEBÊ:
INTERVENÇÕES E CUIDADOS

Alain Vanier
Ângela Maria Resende Vorcaro
Brigitte Hahusseau
Catherine Vanier
Daniela Teperman
Isabel da Silva Kahn Marin
Julieta Jerusalinsky
Leda Mariza Fischer Bernardino
Marie Christine Laznik
Marie Rose Moro
Marina Bialer (org.)
Michel Dugnat
Mira Wajntal
Silvana Rabello (org.)

PSI
PRIMAVERA
EDITORIAL

SUMÁRIO

PREFÁCIO

Discute-se ainda nos dias de hoje, se caberia ao psicanalista ocupar-se de um bebê ou dos laços primordiais em construção. Ou, ainda, se ao realizar uma intervenção nesse campo, se trataria de uma intervenção psicanalítica, já que a prática clínica se dará inevitavelmente fora do *setting* habitual.

Em defesa da prática psicanalítica realizada visando ao laço mãe-bebê, no rigor de sua ética e dos seus pressupostos teórico--técnicos, devemos lembrar que Sigmund Freud, ao pensar um *setting* clínico, tinha como questão privilegiada o sofrimento vivido na neurose histérica, a partir dos sintomas dramáticos verificados naquela época. Inspirado pelos efeitos que a técnica hipnótica, realizada pelo Dr. Charcot, alcançava nessa população e considerando as ressalvas éticas e teórico-técnicas necessárias, realizadas pelo próprio Dr. Freud, surgiu uma nova concepção de subjetividade e uma nova técnica, criticadas por sua originalidade e pelo que buscava revelar sobre o humano. Deslocamentos foram necessários para a construção dessa nova prática clínica, para que acolhesse e compreendesse o sofrimento em questão, considerando a importância das manifestações inconscientes presentes num sintoma, agora, tomado enquanto sábia comunicação ao invés de conduta inadequada, inaugurando, assim, uma ética clínica que coloca o paciente na autoria de seu processo de tomada de consciência de si, a partir dos seus saberes inconscientes.

Partindo desse resgate histórico, podemos pensar que o que define a psicanálise não é a repetição engessada de um *setting*, mas, sim, a capacidade criativa daquele que tem a subjetividade e os processos inconscientes de pensamento como elementos fundamentais para a compreensão dos fenômenos humanos, na busca de construir *settings* que possibilitem seu trabalho, de forma a respeitar a peculiaridade do sofrimento humano, na ética e na lógica da linguagem e do desejo, a partir dos processos inconscientes assim determinados. Como fez Melanie Klein, ao repensar o *setting* no atendimento a crianças pequenas, sem perder o rigor da teoria e da prática psicanalítica e, assim como se deram os giros técnicos promovidos por Jacques Lacan em relação ao *setting*, ao integrar novas reflexões teórico-clínicas até então ignoradas.

Poderíamos questionar o trabalho psicanalítico nesse campo, também, alegando o fato de que o bebê ainda não está na linguagem ou ainda não apresenta uma produção inconsciente suficiente para tal intervenção. Esta é outra complexa e interessante discussão para a qual poderíamos dedicar um novo livro - acerca do estatuto de sujeito conferido a um bebê. Mas, de pronto, caberia lembrar que seus pais estão completamente imersos na lógica subjetiva e, portanto, o bebê simbólico e imaginário presente na subjetividade parental produz poderosos efeitos, aos quais o rebento que acaba de nascer já tem que construir uma resposta, encontrando, dessa forma, seu lugar no campo da linguagem e dos desejos inconscientes parentais, numa certa qualidade de laço social onde se dará sua constituição subjetiva e seu desenvolvimento instrumental.

Essa clínica psicanalítica historicamente nova, que não se encaixa nos enquadres clássicos sugeridos por Sigmund Freud, por sua vez, tem mostrado sua importância para lidar com sofrimentos de toda ordem, que podem atravessar o enlaçamento primordial e a vida subjetiva de um bebê. Mais do que isso, tem mostrado sua contribuição na relação da construção da parentalidade por parte de seus cuidadores, o que sabemos, exige intensa transformação e elaboração inconsciente a partir das suas vivências primordiais e transgeracionais, que farão desse bebê, o herdeiro legítimo de uma saga familiar, simbólica e cultural.

Muito temos que pensar sobre nossas práticas em relação ao laço mãe-bebê enquanto psicanalistas, e já contamos com muitas elaborações oferecidas pela psicanálise para se pensar esse processo. Citarei uma de suas contribuições iniciais, apresentada por Jacques Lacan ainda em 1938, no tomo VIII da *Encyclopédie Française*, acessível a todos por meio da atual publicação intitulada *Complexos Familiares*, em que, entre outras contribuições valiosas, como sua discussão acerca do complexo fraterno e do ciúme primordial, ocupa-se do processo transgeracional de construção da parentalidade e dos laços primordiais por meio da ideia de *reviramento* – processo desencadeado pela cena do cuidado materno a seu bebê, que leva a mãe a se ver como o bebê que era no colo de sua mãe na figura de seu bebê, e, ao mesmo tempo, se ver como sua mãe cuidando de seu bebê como era cuidada, retomando, por meio desse processo complexo, os saberes primitivos inconscientes de sua cena primordial para os cuidados de seu bebê atual. Assim como as angústias e os sofrimentos.

Temos assim, a repetição e elaboração de traços mnêmicos inscritos em sua vida subjetiva para além do princípio do prazer, isto é, para além do que é passível de ser pensado conscientemente, manifestando-se por meio de repetições imperiosas e inconscientes, corroborando a tese de Elisabeth Badinter, de que há um *mito sobre o amor materno*. A verdade dessa experiência é a de *um amor conquistado*.

Casos de negligência materna, de inadequações de toda ordem, ou mesmo de excesso de cuidados que também pode comprometer a vida psíquica de um bebê, trazem em sua base conteúdos inconscientes e transgeracionais, revelando, mais uma vez, o lugar de importância do psicanalista nesse campo de cuidados.

Assim, esta coletânea, que reúne trabalhos contemporâneos de psicanalistas brasileiros e franceses com bebês e laços primordiais, realiza a função de produzir, por meio da interlocução entre esses diferentes autores e seus textos, discussões construtivas para o leitor, psicanalista ou não, que se ocupa desse campo de trabalho.

São autores que, por meio da discussão teórico-clínica clara e bem-fundamentada, introduzem o leitor aos saberes disponíveis na atualidade, assim como aos mais originais dispositivos de cuidados aos laços primordiais, criados para oferecer suporte ao trabalho de constituição subjetiva num bebê, a despeito dos impasses que, muitas vezes, são impostos pela conjuntura social em que vivem.

Esta coletânea dá início a esse trabalho com o texto "Pontos polêmicos em clínica psicanalítica com bebês e crianças pequenas", escrito pela psicanalista Leda Bernardino, que traz preciosos elementos para inaugurar essa discussão, oferecendo ao leitor, também, um resgate histórico de trabalhos nesse campo, preparando-o para se posicionar frente às questões que o atravessarão durante a leitura deste livro e ao repensar suas práticas.

O laço mãe-bebê sempre sugere algo da ordem natural, da força da natureza. Por conta disso ocorrem muitos equívocos!

Vemos sempre o estranhamento social a toda ação materna ou paterna que não corresponda a essa concepção natural, idealizada, dos cuidados exercidos na parentalidade. Cabe a nós acolhermos o sofrimento que pode surgir nos laços primordiais em construção, sabendo que, para além do princípio do prazer, forças poderosas agem sustentando estranhos e incompreensíveis qualidades de cuidados, que não necessitam de julgamento, mas, sim, como uma oportunidade para a necessária ressignificação e construção de novas possibilidades parentais e a possível reinvenção da saga familiar.

Importantes estudos psicanalíticos têm sido feitos acerca dessa temática desde os idos anos 1950. A Segunda Guerra Mundial deixou um grande contingente de crianças órfãs exigindo cuidados institucionais do Estado por todo o mundo, que, na urgência de compensar à altura as faltas e os sofrimentos vividos, determinou ser este um tempo de importantes avanços em todos os campos de conhecimento ligados à primeira infância e aos laços primordiais, especialmente, sobre os efeitos do sofrimento psíquico e das separações precoces na organização da vida subjetiva.

Contribuições de estudiosos da psicanálise, ao lado de estudiosos de outras áreas, que ofereceram um olhar mais atento à vida psíquica dos bebês, mudaram a maneira como as crianças pequenas eram compreendidas e, por consequência, mudaram os cuidados oferecidos a essa população, principalmente em hospitais e unidades de acolhimento por todo o mundo.

Entre esses estudiosos atravessados pela psicanálise temos René Spitz e John Bowlby; Melanie Klein e todo o conhecimento advindo da prática por ela criada de observação de bebês, realizada por tantos psicanalistas em formação até os dias de hoje. Não podemos deixar de destacar a sistematização desse conhecimento realizada por Esther Bick, que mapeia tantos sinais importantes de sofrimento psíquico no início da vida. Temos ainda Donald Winnicott, Margareth Mahler e suas contribuições acerca do Processo de Separação-Individuação, sem contar toda a contribuição realizada por Françoise Dolto e Serge Lebovici na construção das novas práticas interventivas em psicanálise nesse campo. Entre tantos outros.

As contribuições desses autores certamente mostrarão suas marcas por meio dos textos desta coletânea, que também repensam e trazem à atualidade da pesquisa psicanalítica, a imprescindível interlocução interdisciplinar, como o faz Angela Vorcaro em seu texto "Sobre o instintivo e o pulsional no recém-nascido".

Na sequência, três autores se ocupam especialmente de apresentar fundamentos para os cuidados ao bebê e ao seu enlaçamento primordial. A psicanalista Julieta Jerusalinsky, em seu texto "Clínica com bebês - intervenção nos primórdios da constituição" apresenta os fundamentos da intervenção transdisciplinar, atravessada pela psicanálise, nos primórdios da constituição subjetiva, conforme preconizado pelo Centro Lydia Coriat, um dos precursores dessa clínica no Brasil, homenageado aqui por essa autora.

De outro ponto de vista, da construção transgeracional da parentalidade, a etnopsiquiatra francesa, Marie Rose Moro apresenta os fundamentos necessários para sua compreensão, trazendo à discussão as contingências desse processo constitutivo, especialmente quando vivido no desamparo do exílio, mostrando seus efeitos. Mesmo sendo um texto pensado a partir de uma realidade tão distante da nossa, em certo ponto de vista, ao mesmo tempo trata-se de importante contribuição às questões da nossa população. Sabemos como tantos que vivem em nosso país descendem de pessoas que tiveram que deixar sua terra natal, seja de uma terra distante como os imigrantes europeus, os que descendem dos africanos exilados em condição de tanta violência e humilhação, seja, ainda, dos migrantes nordestinos que também viveram ou vivem o desamparo do desenraizamento cultural e familiar, deixando tal legado transgeracional em suas histórias.

O psicanalista francês Michel Dugnat, em seu texto "Alguns elementos *culturais* em matéria de prevenção no período perinatal", realiza sua discussão com luzes nas peculiaridades do mundo contemporâneo, território de tantas transformações que envolvem também a concepção de cuidados, parentalidade, família; assim como as práticas profissionais de cuidados, as políticas públicas; e, ainda, as representações científicas e sociais acerca do trabalho preventivo e de cuidados no período perinatal; o autor destaca, também, a potência das entrevistas pré-natais como uma estratégia de cuidados preciosa, nesse processo intenso de subjetivação e construção de novos lugares simbólicos familiares.

Na sequência, a psicanalista Mira Wajntal apresenta em seu texto "Intervenção precoce em saúde mental: uma necessidade!" o tema da identificação precoce de sofrimento psíquico nos primeiros anos de vida, conforme pensado nos dias de hoje: sua importância, concepção, como também alguns instrumentos que facilitam essa identificação.

As psicopatologias maternas e o laço mãe-bebê

Em seguida, três psicanalistas se dedicam ao complexo tema das psicopatologias maternas graves no enlaçamento mãe-bebê.

A questão que envolve a loucura materna e o laço primordial é um assunto de extrema relevância e atualidade, exatamente por ser tão pouco discutida nos espaços científicos, ou mesmo no universo das práticas de cuidados e das políticas públicas. São muitas as divagações acerca das condições de maternagem nessa configuração, especialmente nos corredores e na literatura ficcional, porém é chegada a hora de realizarmos a discussão dessa realidade, buscando-se fundamentos mais precisos que possam orientar uma prática de cuidados que não seja determinada por preconceitos, e sim pela descoberta de caminhos que propiciem a transposição dos obstáculos determinados pelo sofrimento materno nesses enlaçamentos.

A psicanalista Marina Bialer, inicia essa série com seu texto "A loucura materna e o laço mãe-bebê", evocando à nossa lembrança a *loucura necessária das mães*, imprescindível para o potente exercício de uma boa maternagem, como contraponto para essa discussão, preparando o leitor para os textos seguintes.

Nesses textos, dois psicanalistas franceses trazem, cada qual em seu texto, a riqueza da experiência institucional de profissionais que vivem num país que já prevê estratégias de cuidados especiais a essa realidade constitutiva, inclusive nos dispositivos de saúde pública. Por meio de seus textos, partilharão suas elaborações e suas práticas.

Alain Vanier, em seu texto "De uma díade (relação mãe-bebê) a várias: algumas observações a propósito de um trabalho com mães psicóticas e seus bebês", e, Brigitte Hahusseau, em seu texto "Psiquiatria perinatal e sofrimento do bebê", discorrem acerca de experiências acumuladas em Unidades Mãe-Bebê que oferecem suporte para a maternidade exercida de forma cuidada e assistida, quando a figura materna atravessa um sofrimento psíquico grave como a psicose, nessa tão delicada transmissão.

A seguir, a psicanalista Marie-Christine Laznik, que trabalha com intervenções precoces, especialmente com bebês de risco autístico, no Centre Alfred Binet, discute a herança deixada por

Serge Lebovici na tradição desse serviço e em sua prática, por meio do texto "A clínica psicanalítica do bebê", apresentando, inclusive, a potência do psicodrama psicanalítico nos cuidados dessas heranças silenciosas e inconscientes que despertam nos enlaçamentos primordiais.

Por sua vez, a psicanalista Daniela Teperman em "Maison Verte: a atualidade de um dispositivo institucional voltado à primeira infância e aos pais" alimenta a discussão sobre práticas psicanalíticas, peculiares a esse campo de cuidados em relação aos enlaçamentos primordiais, trazendo a experiência da Maison Verte, outro criativo dispositivo psicanalítico pensado por Françoise Dolto nos idos anos 1970 para facilitar, propiciar e sustentar a circulação do discurso entre crianças e seus cuidadores, buscando espaços para se falar com as crianças, mais do que falar sobre crianças.

Certamente, o psicanalista deve se ocupar da construção cuidadosa de estratégias de trabalho singulares que possam responder aos desafios colocados pelo início da vida e, para isso, temos, nesta coletânea de trabalhos, sugestões construídas por profissionais experientes no embate diário a sofrimentos dessa ordem, nos mais diversos contextos e situações sociais.

Para completar, teremos um texto dedicado às questões sociais impeditivas, de certa forma, do exercício da maternidade. Isabel Khan, em seu texto "Tornar-se mãe num presídio: a criação de um espaço potencial", no qual a autora, enquanto psicanalista, revela a potência do seu olhar e da sua escuta na construção de um espaço possível para que o enlaçamento primordial possa ser garantido como um direito e uma transmissão a se realizar.

Dando sequência a essa temática, teremos "O devir dos prematuros", da psicanalista francesa Catherine Vanier, que apresenta as contingências do enlaçamento mãe-bebê quando esse, por conta de sua prematuridade, fica submetido a uma UTI neonatal, discutindo seu impacto na construção desse laço primordial e apresentando o exercício de sua prática nesse contexto tão singular para uma intervenção psicanalítica.

Enfim, temos aqui singulares dispositivos de cuidados e diferentes suportes à maternidade e ao surgimento de um novo sujeito pensados por psicanalistas, tocados pelas adversidades de toda ordem que podem atingir mães e seus bebês, sempre embasados em elaborada fundamentação teórica e técnica, sem virar tecnicismo, sugerindo novas reflexões e mudanças para sustentar a maternidade, mesmo em situações extremas, num sentido possível e também num mínimo de prazer necessário para que o laço possa ser estruturante e constituinte, uma vez que o excesso de sofrimento inibe as trocas que enriqueceriam o mundo estruturante para um bebê na intersubjetividade.

Boa leitura!

SILVANA RABELLO

FUNDAMENTAÇÃO

Pontos polêmicos em clínica psicanalítica com bebês e crianças pequenas

Leda Mariza Fischer Bernardino[1]

Neste tema ainda incipiente em nosso país - a clínica psicanalítica com os bem pequenos - há alguns pontos polêmicos que eu gostaria de discutir a partir de minha experiência pessoal como psicanalista. Após muitos anos trabalhando com a análise de crianças com grave comprometimento psíquico (psicoses, autismo), acabei constatando a importância de intervir mais cedo nesses casos, quando as defesas patológicas da criança ainda não se acham tão fixadas.[2] Comecei então uma trajetória no campo da pesquisa, da detecção precoce e da prevenção em saúde mental, ou seja, aventurei-me no que Lacan chama de "psicanálise em extensão".

---

1 Psicanalista, analista membro da Associação Psicanalítica de Curitiba e da Association Lacanienne Internationale, membro da Associação Universitária de Pesquisa em Psicopatologia Fundamental, autora do livro *As psicoses não decididas na infância*, organizadora e coautora dos livros *Neurose infantil* versus *neurose da criança; Psicanalisar crianças:* que desejo é esse; *O bebê e a modernidade: abordagens teórico-clínicas*; *O que a psicanálise pode ensinar sobre a criança, Sujeito em constituição.*

2 Vale ressaltar que partilho com outros psicanalistas da ideia da estrutura não decidida na infância, como pude defender em minha tese de doutorado (Bernardino, 2000) e em meu livro *As psicoses não decididas na infância* (Bernardino, 2004).

Enquanto a prática da psicanálise em intensão encontra-se bastante fundamentada em construtos teóricos desde os primeiros escritos de Freud até nossos dias, a prática da psicanálise em extensão está ainda buscando se fundamentar. Dentre as questões em aberto encontram-se alguns pontos que aqui desenvolverei, por terem se me apresentado como polêmicos, no que se refere à clínica psicanalítica com os bem pequenos.

O primeiro ponto refere-se à aparente contradição levantada pela combinação entre *prevenção* e *psicanálise*, tendo em vista que a clínica psicanalítica apoia-se no conceito temporal de "só depois" (o *Nachträglichkeit* freudiano), enquanto a prevenção refere-se a uma antecipação. Ao mesmo tempo, em termos médicos, *prevenção* é um conceito que pode se confundir com *predição*, ponto contra o qual há muito tempo os psicanalistas de crianças alertam. Percebemos em muitas das histórias clínicas que ouvimos os efeitos deletérios da formulação precoce de um diagnóstico fechado de determinado quadro clínico; observamos como a previsão de sintomas e impedimentos pode conduzir a uma série de elementos patológicos a que a criança estaria "predestinada", muito mais pela força da palavra médica do que pela patologia propriamente dita, que em muitos casos nem chega a se confirmar.

O segundo ponto, decorrência do primeiro, refere-se à questão do *higienismo*, pois ao conceber ações de prevenção em saúde mental, essas podem ser confundidas com as propostas higienistas que há alguns anos grassaram em nosso país, com efeitos devastadores.

Esses pontos surgiram de uma experiência pessoal nos últimos treze anos de participação em um Grupo de Pesquisa, sob coordenação da Professora Dra. Maria Cristina Kupfer (Kupfer et al., 2010), que tem como pano de fundo essa dimensão de prevenção em saúde mental a partir da sustentação teórico-prática da psicanálise. Essa pesquisa nos levou a conceber instrumentos de detecção de risco psíquico embasados na teoria psicanalítica[3], bem como a propor ações de prevenção psicanaliticamente orientadas com populações de risco e a realizar encaminhamentos para psicoterapias pais-bebês de orientação psicanalítica[4]. Este percurso pela prevenção/detecção precoce/ intervenção precoce suscita questões que tocam de perto a ética da psicanálise e pedem uma sustentação e uma delimitação clara de conceitos.

O objetivo deste trabalho é propor uma diferenciação nítida entre prevenção e predição, por um lado; e entre promoção de saúde mental e higienismo, por outro. Para chegar a essas distinções, traçarei brevemente a história desse interesse pela infância inicial que conduz à temática da prevenção em saúde mental, já bem-desenvolvida em países como França[5] e Inglaterra, mas que ainda engatinha em nosso país. Além disso, esta discussão culminará na distinção necessária entre uma ética apoiada no "fazer o bem", que norteia muitas ações dirigidas às crianças e suas famílias nos âmbitos públicos e sociais; e a ética apoiada no "bem dizer", própria da psicanálise tal como a entendemos, sustentada no pensamento lacaniano.

Pretendemos com este percurso teórico realizar um mapeamento das ações possíveis no âmbito da primeira infância, já realizadas em pequena escala em locais específicos do Brasil, com a

3 Refiro-me aqui ao Grupo Nacional de Pesquisa (GNP), pesquisadores psicanalistas que conduziram, a partir de 1999, a "Pesquisa Multicêntrica de Indicadores Clínicos de Risco Psíquico para o Desenvolvimento Infantil" (Kupfer et al., 2009). Dessa pesquisa resultaram dois instrumentos: o IRDI (aplicável a bebês de até dezoito meses) e a Avaliação Psicanalítica aos três anos (AP3).

4 No contexto do "Programa de Prevenção e Atendimento Inicial" (PROPAI), que funcionou sob minha coordenação e da colega Rosa Mariotto no Núcleo de Prática em Psicologia da PUC-PR, de 2009 a 2011.

5 Abordarei especificamente as teorizações francesas, sobre as quais tive a oportunidade de desenvolver pesquisas teóricas e práticas por ocasião de um Pós-doutorado financiado pela CAPES e realizado em Paris, em 2008, no Instituto Binet, acompanhando o trabalho de Marie-Christine Laznik e no Hospital Necker Enfants Malades, no serviço do Professor Bernard Golse.

expectativa de que esse campo se torne cada vez mais desenvolvido em nosso país.

A infância inicial como objeto de estudo em saúde mental

Segundo Garret-Gloanec e Gloanec (2007), os estudos sobre os bebês começaram na França nos anos 1980, nos congressos que reuniram estudiosos em torno de diversas questões, como: as patologias maternas no período da gravidez, do parto e seu impacto no desenvolvimento dos bebês; o interesse pelas competências dos bebês; a redescoberta das teorias sobre o apego de Bowlby. Como efeito, surgiu o campo das chamadas "psicopatologias do bebê". Essa descoberta do mundo psíquico dos bebês no seio de sua história familiar abriu caminho para uma prática também interessada no fenômeno da parentalização, descrito por Lebovici (1991), ou seja, nas possibilidades e dificuldades de pais e mães exercerem seus papéis.

Esses estudos, por sua vez, evoluíram para a definição de um campo próprio da medicina na França, denominado de "Psiquiatria Perinatal", que abarca o período que "se estende do início da gravidez até o fim do primeiro ano do pós-parto" (Guedenay, 2002, p. 1). Guedenay aponta o leque que se abre nessa abordagem para diversos campos do saber: as especificidades das patologias próprias do período da gravidez e puerpério, que se referem à medicina (psiquiatria); os processos psíquicos e de desenvolvimento próprios do processo de se tornar pai e mãe e criar um bebê (psicologia do desenvolvimento); e a abordagem psicodinâmica da questão (psicanálise). Esse autor aponta ainda uma dupla abordagem da Psiquiatria Perinatal, que associa "um objetivo curativo (tratar do pai ou da mãe doentes) e um objetivo preventivo (prevenir o risco de disfuncionamento nos processos de parentalização e nas relações pais-filhos" (Guedenay, 2002, p. 1). São dois os alvos, portanto: o adulto que sofre e o laço pais-filho em risco. Nesse âmbito, o autor salienta a necessidade de "integração de diferentes abordagens científicas para chegar a uma compreensão multifatorial dos distúrbios" (Guedenay, 2002, p. 1). São tratados, por exemplo, os casos de estresse pós-traumático no parto, os raros casos de infanticídio, as depressões pós-parto e as psicoses puerperais.

Jousselme (2007) refere-se à abordagem dos bebês e das crianças pequenas em centros terapêuticos específicos para esses casos, e à abordagem preventiva nos casos de pais com antecedentes psiquiátricos; gravidez muito difícil; antecedentes de perdas de bebê ou de nascimento de filho com deficiência. Há ainda o trabalho de detecção precoce, nos casos dos distúrbios de interação precoces ou de distúrbios psiquiátricos parentais. Essa autora sinaliza: "o risco, nestes casos, se não se intervém rapidamente e de modo intensivo, é que se instalem distúrbios globais do desenvolvimento ou depressões de bebês" (Jousselme, 2007, p. 721). Para ela, é necessário um trabalho articulado entre as equipes da Proteção Materna e Infantil, os pediatras da cidade, os clínicos gerais, "a fim de que os casos sejam detectados bem cedo" para permitir a intervenção e "evitar cicatrizes psíquicas muito pesadas para a criança" (Jousselme, 2007, p. 721). A autora lista algumas dificuldades atuais que estão ligadas às demandas de atendimento que recebem: as dificuldades para os pais de ocuparem verdadeiramente suas funções parentais; o fato de que os papéis paternos e maternos são frequentemente confundidos, em vez de se complementarem, como seria desejável; a multiplicação dos programas televisivos que mostram pais em dificuldades e que prestam um desserviço aos pais; e as influências do fácil acesso das crianças pequenas a jogos de videogame ou internet com sequências agressivas extremamente violentas, o que complica seu desenvolvimento psíquico.

Nezelof, Ropers e Duquet (2002, p. 20), ao descreverem a Psiquiatria Perinatal, apontam seu objeto: "os cuidados psíquicos da mãe, a harmonia das relações mãe-bebê e as boas bases da construção psíquica do bebê". Assinalam que "seus desafios são de natureza curativa, mas também preventiva", e que esse acompanhamento da concepção ao pós-natal é "essencial para prevenir os efeitos gravemente deletérios das rupturas que sobrevêm neste período" (Nezelof et al., 2002, p. 20). Esses autores, a partir dos termos ingleses "*to care*" e "*to cure*", propõem considerar e diferenciar os termos "cuidar" e "tratar". Assim, "cuidar" é atender à necessidade de todo bebê, independentemente de qualquer patologia: "a qualidade de uma presença e uma disponibilidade continente constituem os fundamentos necessários e, na maioria das vezes, suficientes, de um cuidado psíquico de base – cuidado no sentido de atenção" (Nezelof et al., 2002, p. 23). Já "tratar", no sentido de restabelecer a saúde, "subentende a existência de uma patologia ou de um risco de patologia subjacente" (Nezelof et al., 2002, p. 23). Além disso, há ainda as "situações de vulnerabilidade, em que vai ser necessário prestar cuidados, mas para as quais há também feridas antigas ou atuais, abertas ou prestes a se abrir e que precisam ser tratadas" (Nezelof et al., 2002, p. 23). Uma importante observação desses autores é a de que "a demanda de cuidados não ocorre sem a oferta", mostrando que para que se identifique uma dificuldade e se possa formular uma queixa é necessário um contexto de cuidados em funcionamento. É o que podemos pensar em nosso país, em que encontramos poucas e tímidas iniciativas nesse sentido.

Missonier (1999) e Guedenay (2002) mostraram em seus estudos que um grande número de crianças que chegam aos serviços de psiquiatria infantil têm antecedentes de dificuldades neonatais e que estas são fatores de risco ou de vulnerabilidade para os distúrbios relacionais e os maus-tratos.

Em sua revisão de literatura sobre *Promoção e Prevenção em Saúde Mental*, Suchocka e Kovess-Masféty (2006) pesquisaram projetos desenvolvidos nesses âmbitos com crianças entre zero e seis anos nos quinze países da Comunidade Europeia e Noruega. Iniciam o estudo resgatando a "dimensão positiva da saúde mental", segundo a OMS (1997), que não está restrita à mera ausência de doença, mas considera o "bem-estar físico, mental e social" (Suchocka; Kovess-Masféty, 2006, p. 184). Apresentam os diferentes níveis de prevenção primária (antes do aparecimento da doença); prevenção secundária (detecção precoce); e prevenção terciária (prevenção das deficiências ligadas a uma doença) e seus diferentes aspectos: prevenção universal (medidas dirigidas a todos); prevenção seletiva (dirigida a subgrupos da população, com riscos mais elevados); e intervenções específicas (dirigidas a grupos de altíssimo risco). Seguindo este fio condutor, os autores apresentam a diferença entre prevenção primária e promoção de saúde baseados em Goldston (1968): promoção da saúde refere-se ao campo educacional e prevenção ao campo clínico. Em seguida, os autores apresentam as várias formas de intervenção para promoção de saúde mental que encontraram:

- as visitas a domicílio (Olds et al., 1988), que consistem em propor ajuda aos pais tidos como "de risco" desde o início da gravidez, para em seguida acompanhá-los;
- o programa "Community Mothers", implantado em países do Reino Unido, para ajudar casais de meios desfavorecidos que estão esperando bebê, para famílias monoparentais, refugiados, pais adolescentes;
- os programas "Instapje Project" (dirigido a crianças entre doze e dezoito meses) e "Opstap Project" (dirigido a crianças de dois a seis anos), desenvolvidos nos Países Baixos, visando a curto termo a estimulação do desenvolvimento das crianças e a longo prazo a aquisição de autonomia, bem como a melhoria das competências dos pais, da interação pais-filho;
- o programa "Play@home" - adaptado da Nova Zelândia e usado na Grã-Bretanha e na Irlanda: intervenções que buscam desenvolver exercícios físicos para cada faixa de idade e que começam desde o início da vida por intervenções adaptadas.

Os autores avaliaram a eficácia desses programas, a partir de sorteios e da comparação entre grupos de beneficiados e grupos de não beneficiados; utilizaram escalas de desenvolvimento psicomotor, de estado nutricional, escalas de autoestima dos pais e escalas de medida das competências parentais. Como conclusão de seu estudo, os autores indicaram as melhorias encontradas nos beneficiários em relação às competências parentais e ao desenvolvimento psicomotor das crianças. Observaram também a necessidade de uma formação e de uma supervisão específica para os profissionais que intervêm nas questões das famílias. Segundo eles, "as intervenções de prevenção em saúde mental mostraram-se efetivas em um contexto multicultural" (Suchocka; Kovess-Masféty, 2006, p. 191). Entretanto, os autores enfatizam que:

> estas melhorias encontradas concernem a comportamentos e adaptações ao meio social que são do domínio educativo, são intervenções que concernem ao domínio da educação para a saúde, que é importante diferenciar do cuidado e do atendimento clínico de famílias que demandariam este tipo de intervenção (Suchocka; Kovess-Masféty, 2006, p. 193).

Como podemos perceber, na França e nos demais países da União Europeia que foram objeto dessa pesquisa há várias ações em curso focando o atendimento em saúde mental na primeira infância. É preciso ressaltar que essas iniciativas surgiram e são mantidas no contexto psiquiátrico, com sólido embasamento psicanalítico. É diferente do que ocorre em nosso país, em que o âmbito é o da pediatria, da puericultura, da psicologia do desenvolvimento; entretanto, a psicanálise serve de apoio para esses fazeres. Ainda assim, as ações aqui desenvolvidas são pouco conhecidas do público em geral, pois, como vimos acima, para surgirem demandas, é fundamental a criação e a divulgação de ofertas.

Prevenção e predição

Prevenção em saúde mental refere-se à ideia de não deixar se instalar uma psicopatologia grave na infância inicial, com todas as consequências que produz não só para a estruturação psíquica da criança como para o desenvolvimento de seus aspectos evolutivos, de desenvolvimento.

Entende-se que a primeira infância é um tempo de estabelecimento das estruturas fundamentais da vida psíquica, tendo amplo amparo teórico para essa ideia, tanto do ponto de vista do aparelho orgânico do filhote humano quanto para a montagem das operações psíquicas responsáveis pelo seu advento como sujeito de uma história própria, com capacidade de enunciação própria.

Há, portanto, uma maleabilidade própria a esse período, bastante favorável para a recepção das informações externas necessárias à entrada no mundo simbólico, bem como para a possibilidade plástica do sistema nervoso de se adaptar a circunstâncias difíceis do aparelho biológico, quando da presença de falhas.

Com isso, queremos dizer que o bebê humano é muito receptivo ao que recebe do meio, mas também que ele é capaz, em certas condições, pela neuroplasticidade, de aperfeiçoar alguma estrutura orgânica não tão bem-preparada para isso, desde que encontre ambiente favorável para tal.

Esses pressupostos amplamente discutidos na literatura especializada levam a duas importantes constatações:

1. Há indicação de intervir em circunstâncias ou ambientes já definidos por estudos como desfavoráveis ao desenvolvimento de um bebê, de modo a promover um ambiente mais favorável para a interação de que ele necessita para se estruturar psiquicamente e se desenvolver do ponto de vista social, motor e cognitivo;
2. Há uma grande importância em detectar bem cedo sinais de possíveis riscos psíquicos, para criar as condições de acionamento da plasticidade cerebral, para que esses sinais não se tornem

sintomas de uma psicopatologia e, ainda, para que esta psicopatologia não venha a se instalar como própria ao funcionamento psíquico a partir de então.

Essa segunda constatação é apoiada em uma corrente teórica da psicopatologia infantil psicanalítica da qual somos partidários, de que na infância a estrutura não está decidida, mas depende de um processo de estruturação, com uma série de operações psíquicas que devem ocorrer, sendo que cada série depende da confirmação das séries seguintes, como já desenvolvemos em outro trabalho (Bernardino, 2004).

Portanto, essa ideia de detecção muito cedo não vai conduzir ao diagnóstico precoce, pois na primeira infância, seguindo essa lógica que estamos desenvolvendo, não há ainda a possibilidade de decisão estrutural na criança. O desfecho clínico possível é apenas o de concluir pela *presença de sinais de risco*, para alertar à necessidade de acompanhamento da criança do ponto de vista psíquico; ou pela conclusão de que o processo de estruturação psíquica da criança está em curso. Este foi o desfecho clínico proposto, por exemplo, na Pesquisa Multicêntrica de Indicadores Clínicos para o Desenvolvimento Infantil (Kupfer et al., 2010) a que nos referimos acima.

A prevenção em saúde mental, sustentada na abordagem psicanalítica, é concebida no contexto da *aposta no sujeito*, pois a infância inicial contempla uma encruzilhada na qual se encontram diferentes tempos:

- O tempo do futuro, de um sujeito falante e desejante que embora não esteja ainda ali no *infans* (o bebê ou a criança pequena que engatinham ainda na linguagem e na cultura), já é *suposto, aguardado, é o tempo do bebê;*
- O tempo do só depois que está no ambiente simbólico que o aguarda, pois ele vem dar um significado à história dos pais e do casal, até mesmo da sua comunidade, que é predominantemente o *tempo dos pais;*

- O tempo próprio das operações psíquicas de sua estruturação subjetiva, que decorrem deste lugar que ele recebe, carregado de significantes que o precedem e que ele terá de interpretar só depois para daí surgir como sujeito, que seria *o tempo lógico do sujeito*;
- O tempo do desenvolvimento, próprio da espécie, que define quando ele estará maduro para cada aquisição ou habilidade, o *tempo da criança*.

Nessa encruzilhada de tempos, em que um tempo retroage sobre o outro, a noção de prevenção se inscreve no sentido de considerar a urgência do tempo cronológico e dar ênfase à antecipação do sujeito que deveria surgir, mas que se percebe em risco de não aparecer ou de se fixar em defesas maciças que anunciam uma psicopatologia.

Muitos autores contemporâneos, adeptos da psiquiatria geral norte-americana, tendem a generalizar o raciocínio de base do DSM, inclusive para a infância inicial, formulando diagnósticos precoces, que podem ter um efeito de *predição*, como a clínica nos mostra, a partir de várias histórias de pacientes que recebemos. A predição, no extremo oposto da prevenção, acaba muito mais *produzindo* a doença, ao orientar a atenção dos pais e terapeutas para os sintomas que a criança *deve ter* para possuir a dita patologia que se diagnosticou, no sentido de uma *profecia autorrealizável.* Os pais, os cuidadores, passam a relacionar-se com a doença e não com a criança que supostamente a possui. O lugar de identificação apontado para a criança é o lugar da patologia, num efeito iatrogênico desastroso.

Ações de promoção em saúde mental e higienismo

O higienismo foi um movimento que surgiu em nosso país no século XIX, estabelecendo um ideal de "infância saudável", marcado por uma assepsia e principalmente por um controle da sexualidade; a partir desse ideal foram planejadas muitas ações no campo da saúde e da educação da primeira infância.

Kupfer (2011) indica em um estudo sobre a medicalização da infância hoje, como os médicos higienistas "tiveram participação importante no modo como hoje se entendem o tratamento e a educação de crianças" (Kupfer, 2011, p. 142). A autora mostra como esse saber dos higienistas se impôs a partir de uma estratégia de destituição do pai colonial:

> Para promover saúde mental, os médicos higienistas pensavam ser necessário interferir no poder paterno. Para eles, as doenças mentais eram entendidas como uma consequência de uma educação malconduzida. As famílias, em seu entendimento, eram nefastas para as mentes infantis (...) (Kupfer, 2011, p. 142).

Assim, observamos como essas ideias abriram caminho para os diversos "especialistas" da infância, criando uma cultura em que o saber dos pais é desvalorizado em prol de uma educação com bases ditas científicas.

Richter e Vaz (2010), em uma pesquisa no campo da educação infantil identificaram a presença e a força desse discurso higienista ainda na atualidade, concluindo:

> Talvez possamos dizer que as concepções higienistas do século XIX e seus pressupostos governem ainda o mundo contemporâneo, os corpos, os sentidos e, sob novas nomenclaturas e configurações, permaneçam atuando junto à produção não tanto da *qualidade de vida*, mas da *vida qualificável* em sentido muito particular, tomada de atributos e classificações, modelos e normas, estilos examináveis e quantificáveis (Richter; Vaz, 2010, p. 129).

Quando nos referimos à prevenção em saúde mental a partir da psicanálise, trata-se de outra posição, pois o que se valoriza é justamente o saber inconsciente dos pais e da história familiar na constituição do psiquismo de uma criança. As ações de promoção de saúde mental que propomos inscrevem-se em um contexto que busca justamente valorizar os pais ou seus substitutos, no cuidado da criança. Sabemos que para que as operações psíquicas definidoras da estruturação subjetiva possam ocorrer duas funções devem ser cumpridas a contento como já desenvolvi anteriormente (Bernardino, 2006).

> 1. *Função materna:* um adulto que vive uma relação privilegiada com o bebê e que dele cuida em todos os sentidos, fornecendo cuidados básicos, palavras básicas, sustentadas por um desejo particularmente voltado para ele. Essa função só pode se cumprir a partir de que, nessa mãe, tenha funcionado a *função paterna*;
>
> 2. *Função paterna*: marca primeiramente a mãe, em seu processo de constituir-se como mulher, para tornar possível desejar esse bebê porque algo nela faltava, porque ela não era completa na sua própria estruturação, por sua vez, algo ficou em haver, *supostamente* preenchível por esse filho. Esta função paterna precisa ainda continuar atuante na mãe, para que ela possa se colocar como mãe e para que o bebê deixe de ser bebê: é necessário que alguém marque para ela que este *supostamente* que o filho poderia preencher só é suposto mesmo, já que, para que ele não se perca como sujeito, ela deve suportar perdê-lo, deixá-lo crescer, "criá-lo para o mundo", como diz a sabedoria popular. Este alguém deve indicar, também para o filho, que o desejo da mãe está mais além dele, e que é mais além do desejo da mãe que cabe a ele buscar seu próprio caminho. Em outras palavras, é da operação edípica que se está falando (Bernardino, 2006, p. 32).

Na ausência ou no exercício muito precário de uma dessas funções, na infância inicial, teremos por parte da criança muita dificuldade de se estruturar no sentido subjetivo. As ações de promoção de saúde mental, psicanaliticamente orientadas, visam permitir que a criança pequena possa contar novamente, ou ter contato inaugural, com essas funções.

Trata-se de um trabalho de acolhimento dos pais ou de cuidadores que atuam com a primeira infância, para que possam descobrir em si essas funções e então desenvolvê-las de modo a propiciar um novo modo de interação da criança com o campo social, de que ela depende fundamentalmente para se tornar sujeito. Trata-se também de dar um lugar ao bebê ou à criança pequena para estabelecer um campo propício ao significante e às possibilidades de significação, por meio do brincar como ferramenta e da transferência como operador clínico.

Já no caso da predição e do contexto que a propicia, os pais e os cuidadores são retirados do lugar de saber, respectivamente, sobre os filhos ou alunos, para seguirem à risca o saber dos ditos "especialistas", que ditam os sintomas que eles devem esperar aparecer e as técnicas que devem ser usadas para combatê-los; sem perceber que esse combate é uma guerra contra a própria criança, que tenta desesperadamente, com seus próprios recursos defensivos, resolver seu drama subjetivo com os sintomas que inventa para se fazer ouvir, se fazer ver, para evitar a invasão de um Outro que lhe aparece como absoluto e onipotente.

Para a psicanálise não há ideal de normalidade, pois a psicopatologia é entendida como o conjunto de defesas próprias que resultarão nas características singulares de cada um. O que se previne, nesse contexto da primeira infância, é a instalação de defesas maciças e incapacitantes, em função de um sofrimento psíquico grave que pode impedir ou paralisar o processo de constituição das operações psíquicas do processo de subjetivação.

A ética psicanalítica em psicanálise em extensão

As ações sociais, educativas, sanitárias, tanto de órgãos públicos quanto de associações de pais ou amigos de determinada categoria clínica, geralmente são movidas pelo ideal de fazer o bem ao paciente. Em nome dessas palavras de ordem, muitos abusos já se cometeram e muitos equívocos se produziram. Quem poderia definir qual é o "bem" para uma criança? Tanto mais que há uma tentativa de generalizar esse "bem" ignorando as diferenças inerentes à singularidade. Trata-se de um dilema impossível, mas que é contornado muito facilmente por certo discurso social e mesmo científico que acompanha a ideia de proteção da infância desde seu surgimento, cujo principal exemplo é justamente a corrente higienista.

Lacan abordou esse problema em seu seminário *A ética da psicanálise* (1961-62), situando o campo de ação do psicanalista fora dessa questão do bem do paciente. Para isso, apoiou-se em Freud:

> Freud não sonha nem um único instante em identificar a adequação à realidade a um bem qualquer. (...) Se há algo que se chama seu bem e sua felicidade, não há nada a esperar quanto a isto nem no microcosmo, isto é, de si mesmo, nem do macrocosmo (Lacan, 1986, p. 44. A tradução é nossa).

Ele referiu-se especialmente aos psicanalistas de crianças, que são pressionados, segundo ele, "a invadir este domínio", a operar "uma ortopedia" (Lacan, 1986, p. 19).

Lacan relaciona o "bem" com a barreira do desejo, propondo: "temos em cada instante que saber qual deve ser nossa relação efetiva com o desejo de fazer o bem, o desejo de curar" (Lacan, 1986, p. 258). Chega a propor o "não desejo de curar", como proteção contra "as vias vulgares do bem", "contra o blefe benéfico do querer-o-bem-do-paciente", pois, para ele, "um repúdio radical de certo ideal do bem é necessário para chegar a captar em qual via se desenvolve nossa experiência" (Lacan, 1986, p. 270).

Nisso Lacan acompanha Freud, que advertia quanto ao "*furor curandis*" e recomendava vivamente que os psicanalistas se resguardassem quanto à tentação da "ambição terapêutica" e deixassem de lado "todos os sentimentos, até mesmo a solidariedade humana" (Freud, 1974, p. 153).

Lacan alerta quanto a uma "harmonização psicológica" (Lacan, 1986, p. 349), que seria impossível por estrutura, tendo em vista o mal-estar já apontado por Freud (1974) em *O mal-estar na civilização*, como inerente ao humano.

Não é disso que se trata quando propomos a possibilidade de detecção e intervenção muito cedo. Nesses casos, o que se verifica é um sofrimento psíquico que está impedindo ou paralisando o bebê ou a criança pequena de adentrarem na própria condição humana do mal-estar, do conflito entre as realizações pulsionais e o processo civilizatório. Nessas situações de comprometimento da formação do psiquismo, ou seja, nesses casos em que se verificam entraves nas condições necessárias para o surgimento do sujeito ou para a instalação das operações psíquicas que darão ao sujeito sua possibilidade desejante, estamos diante de riscos psíquicos.

Lacan defende a importância, para o psicanalista, de passar da questão do bem e dos bens para a questão do desejo e, portanto, da relação do sujeito com o significante, "onde se situa o desejo humano" (Lacan, 1986, p. 277). Para ele, a ética em torno do "bem" se refere ao bem-dizer. Para ele, o psicanalista tem "o dever de bem-dizer ou de orientar-se no inconsciente, na estrutura" (Lacan, 1993, p. 44). É isso que um psicanalista busca, mesmo quando se encontra fora do *setting* tradicional: trabalha com as palavras, acolhendo-as, promovendo sua circulação, apontando quando elas surgem de modo verdadeiro e pleno, buscando-as quando não são ditas, esquecidas, escondidas ou falseadas.

Trata-se de propor um lugar de acolhimento e de escuta, para que o campo significante que espera, abriga e dá sustentação ao bebê e à criança pequena possa se desdobrar de modo tal a permitir o surgimento do sujeito ou sua saída de uma condição dessubjetivante.

É nesse contexto que se busca fazer pesquisa em psicanálise, atuar na detecção muito cedo de sinais de risco psíquico, e promover saúde mental. Posição muitas vezes insustentável, mas buscada, mesmo que considerando o impossível inerente a essa busca.

Algumas considerações para finalizar

Tentamos, neste pequeno ensaio, levantar alguns pontos polêmicos próprios da prática psicanalítica com bebês e crianças pequenas, e apresentar alguns argumentos. Eles nos ajudam a transitar neste campo, embora não sejam esgotáveis e estejam abertos a debates. A ideia é de que devemos sempre seguir o caminho de Freud e ter a coragem de enfrentar as questões difíceis que permeiam a experiência humana. Da mesma forma, Lacan propunha não recuar, nem diante da psicose, muito menos diante do desejo. Vale lembrar, contudo, que esses precursores pregaram em primeiro lugar a análise pessoal do psicanalista, para tornar possível a *neutralidade benevolente,* ou seja, que o desejo pessoal ou a história pessoal do psicanalista fiquem em suspenso, fora dessa prática. Por sua vez, Lacan propôs o *desejo do psicanalista* como operador clínico indispensável para o ato analítico.

Atos sustentados pela abordagem psicanalítica, como a detecção muito cedo ou a prevenção, podem ser operados fora do *setting* tradicional, desde que sustentados pela ética psicanalítica e pela produção posta à prova ao ser apresentada à comunidade. Foi o que almejamos com a escrita deste trabalho.

Referências

BERNARDINO, L. M. F. *O diagnóstico e o tratamento das psicoses não decididas:* um estudo psicanalítico. São Paulo: USP, 2000. Tese. Instituto de Psicologia da USP.

______. *As psicoses não decididas na infância:* um estudo psicanalítico. São Paulo: Casa do Psicólogo, 2004.

______. *O que a psicanálise pode ensinar sobre a criança, sujeito em constituição.* São Paulo: Escuta, 2006.

GARRET-GLOANEC, N.; GLOANEC, Y. De la psychiatrie périnatale à la psychiatrie néonatale. *Psychiatrie-Pédopsychiatrie,* 37-200-B-25. Paris: Elsevier Masson SAS, 2007.

FREUD, S. Recomendações aos médicos que exercem a psicanálise. In: *O caso de Schreber, artigos sobre a técnica e outros trabalhos.* Rio de Janeiro: Imago, 1974. p. 147-159. (Edição Standard Brasileira das Obras Psicológicas Completas de Sigmund Freud, v. XII)

______. O mal-estar na civilização. In: *O futuro de uma ilusão, o mal-estar na civilização e outros trabalhos.* Rio de Janeiro: Imago, 1974, p. 75-171. *(Edição Standard Brasileira das Obras Psicológicas Completas de Sigmund Freud,* v. XXI)

GUEDENAY, N. Psychiatrie périnatale: spécificités et apports. *Encycl. Med. Chir. Psychiatrie; Pedopsychiatrie,* 37-200-B-30, 3. 2002.

GOLDSTON, S. E. Mental health education in a community mental health center. *American Journal of Public Health.* n. 58, 1968. p. 693-699.

KUPFER, M. C. M.; JERUSALINSKY, A. N.; BERNARDINO, L. M. F.; WANDERLEY, D.; ROCHA, P. S. B.; MOLINA, S. E.; SALES, L. M.; STELLIN, R.; PESARO, M. E.; LERNER, R. Predictive value of clinical risk indicators in child development: final results of a study based on psychoanalytic theory. *Rev. latinoam. psicopatol. fundam.*, v. 13, p. 31-52, 2010.

KUPFER, M. C. Educação terapêutica para crianças com transtornos globais do desenvolvimento: uma alternativa à medicalização da educação. In: JERUSALINSKY, A.; FENDRIK, S. (Org.) *O livro negro da psicopatologia contemporânea.* São Paulo: Via Lettera, 2011. p. 141-150.

JOUSSELME, C. Accès aux soins en psychiatrie du bébé et de l'enfant: diversification des demandes et des offres de soins. *Annales Médico Psychologiques,* 165. p. 720-722. 2007.

LACAN, J. *Le séminaire livre VII: L'étique de la psychanalyse.* Paris: Seuil, 1986.

______. *Televisão.* Rio de Janeiro: Zahar, 1993.

LEBOVICI, S. *Le nourrisson, la mère et le psychanalyste.* Paris: Le Centurion, 1991.

MISSONIER, S. Les enjeux psychologiques et psychopathologiques du post-partum. In: ______. (Org.) *Traité de gynécologie obstétrique psychosomatique.* Paris: Flammarion, 1999. p. 257-271.

NEZELOF, S.; ROPERS, G.; DUQUET, A. Soins psychiques en périnatalité. Qui demande quoi? À qui? Et pourquoi? *Lorsque l'enfant paraît.* Paris: l'Harmattan, 2002.

OLDS, D.; HENDERSON, C. R.; KITZMAN, H; ECKENRODE, J.; COLE, R.; TATELBAUM, R. Prenatal and infancy home visitation by nurses: a program of research. In: ROVEE-COLLIER, C. L.; HAYNE, H. C. *Advances in infancy research.* Stanford: Ablex Publishing Corp ed., 1998.

ORGANIZAÇÃO MUNDIAL DA SAÚDE. *Rapport OMS Europe, 1997.* Disponível em: <*www.euro.who.int/ENHPS*>. Acesso em: 12 maio 2012.

RICHTER, A. C.; VAZ, A. F. Educar e cuidar do corpo, biopolítica no atendimento à pequena infância. *Educação em Revista,* Belo Horizonte, v. 26, n. 2, p. 117-134, ago. 2010.

SUCHOCKA, A.; KOVESS-MASFÉTY, V. Promotion et prévention en santé mentale chez les très jeunes enfants: révue de littérature. *Annales Médico Psychologiques,* v. 164. p. 183-194, 2006.

Sobre o instintivo e o pulsional no recém-nascido

Ângela Maria Resende Vorcaro[1]

A partir de pontos de vista teóricos distintos, alguns estudiosos salientam, hoje, a atividade inata do neonato, em contraposição ao que teria sido a hipótese anterior de uma passividade originária, da parte de cognitivistas ou mesmo de psicanalistas.

É a referência ao psicobiologista escocês Colwyn Trevarthen (2011) que é tomada como fundamento para sustentar algo da ordem da atividade de pulsões intrínsecas - antecedentes aos laços sociais - que coordenam três tipos de engajamento no ser humano, com o corpo e com o ambiente:

> Tratar-se-ia de três tipos de pulsões que se combinariam, gerando a vida subjetiva e intersubjetiva: (1) Pulsão trofotrópica: regulações de funções fisiológicas do corpo, manutenção da integridade visceral e as funções vitais; (2) Pulsão ergotrófica: gestão do mundo externo por meio de ajustamentos motores e das sensações, provocando controle antecipatório sobre o efeito das ações; (3) Pulsão comunicativa: regulação do apego

1 Psicanalista, professora doutora do programa de pós-graduação em Psicologia da UFMG.

> e sociabilidade permitindo apreensão e partilha das interações (Trevarthen, 2011, p. 117).

Para o autor, a psicologia cognitiva experimental teria negligenciado a forma como os recém-nascidos e os bebês reagem emocionalmente - e intencionalmente - ao ambiente, tomando suas reações aos sinais de comunicação como reflexos desprovidos de sentido:

> Nós pensamos que as mudanças que ocorrem ao longo do primeiro e do segundo ano são transformações desenvolvimentais das pulsões programadas de forma pré-natal, adaptadas para a vida inteligente em sociedade e não os primeiros comportamentos adaptativos (Trevarthen, 2011, p. 119).

Assim, sem negar as regulações apreendidas pela gestão e lembrança de experiências, bem como influências dos pais pela sua interpretação das expressões e do comportamento da criança, o autor sublinha a importância de considerar uma dita "pulsão periódica da intersubjetividade existente e ativa no recém-nascido" (Trevarthen, 2011, p. 121) para a consciência de si e para a sociabilidade.

Essas afirmações de Trevarthen também orientam os argumentos de alguns psicanalistas sobre as competências do recém-nascido, que teriam sido negligenciadas por Jacques Lacan. Assim, poderíamos concluir que não teria sido apenas a psicologia cognitiva que desconsideraria as reações intencionais dos recém-nascidos ao ambiente, confundindo sinais de comunicação com reflexos sem sentido, conforme argumenta Trevarthen. Em um artigo sobre a linguagem e a comunicação do bebê de zero a três meses, a psicanalista Marie-Christine Laznik constata:

> A grande novidade nos estudos sobre a linguagem nesta idade é o reconhecimento das competências do bebê no diálogo com sua mãe. Um recém-nascido que é capaz de imitar as expressões e emoções de um adulto nos minutos seguintes a seu nascimento.

> Um bebê feliz ama mostrar quanto ele, ou ela, é hábil, e ama receber em resposta os elogios que lhe são dados. O prazer que ele sente, escreve Trevarthen (2004), quando ele consegue o que quer fazer, ou a vergonha e a tristeza quando ele não consegue, deve-se ao fato que o bebê é impulsionado pelo desejo de compreender o mundo com as pessoas que ele conhece melhor (Laznik, 2013, p. 128).

Para sustentar suas observações, a autora considera que, por influência do linguista Jakobson, o psicanalista Jacques Lacan teria se equivocado ao dizer que o bebê não teria nada a comunicar pela razão de todos os instrumentos da comunicação estarem no campo do Outro, sendo que o bebê os receberia daquele (Laznik, 2013, p. 129).

Proponho-me, neste trabalho, a analisar a complexidade teórica que está em jogo nessa afirmação genérica (que não está contemplada com referências que a contextualizem), com vistas a explicitar as diferenças entre comunicação e ordem simbólica, de modo que possamos localizar as diferentes dimensões que distinguem interações inatas e a rede simbólica. Retomando algumas observações de Lacan, em épocas diversas, podemos sustentar que ao tecer comentários sobre a articulação entre o neonato e o que lhe é alteridade, ele não desconsidera que a natureza do corpo humano é sensível à fala. Há mais de cinquenta anos, considerando a dificuldade teórica desse tema, ele se propõe a *articulá-lo* em vez de querer *demonstrá-lo:*

> A primeira etapa não é uma etapa que vocês têm de situar em alguma parte na gênese (...) não se deixem fascinar por esse momento genético. *A criancinha que vocês veem brincar* fazendo um objeto desaparecer e tornar a aparecer, *e que se exercita assim na apreensão do símbolo, mascara, se vocês se deixam fascinar por ela, o fato de que o símbolo já está ali, imerso, englobando-o por toda a parte*, de que a linguagem existe, enche bibliotecas, transborda, *rodeia todas as*

> *suas ações, guia-as, suscita-as*, de que vocês estão engajados, que ela pode solicitá-los insistentemente a todo momento para que vocês se desloquem e sejam levados a alguma parte. *Tudo isso vocês esquecem diante da criança que está se introduzindo na dimensão simbólica*. Portanto, coloquemo-nos ao nível da existência do símbolo como tal, enquanto nós aí estamos imersos (Lacan, 1988, p. 98, grifos meus).

Lacan nos adverte do perigo de esquecer o contexto da ordem simbólica que delimita tudo o que pode ser demarcado. A ordem simbólica está, desde sempre, atuante, ali onde podemos supor que ela se inicia. De tão presente, ela nos escapa até nos depararmos com o gesto organizado da criança que a testemunha. Uma incidência anterior do tecido simbólico franqueia à criança a possibilidade de exercitar-se em seu jogo simbólico.

Diferentemente de Trevarthen, o interesse de Lacan em tal discussão provém de interrogações de alguns psicanalistas que teriam tomado a noção freudiana de autoerotismo como evidência de que, para o recém-nascido restrito a esse funcionamento autoerótico, não existiriam objetos. Contrário a tal modo de compreender a afirmação freudiana, Lacan afirma que, desde o início da vida, todas as espécies de objeto existem para o neonato (Lacan, 1988, p. 287).

Entretanto, para Lacan, essa discordância de concepção entre os psicanalistas deve-se à necessária distinção entre o campo das imagens, onde localiza o *Outro imaginário* (o semelhante e os objetos) e o *Outro simbólico* (a ordem simbólica e suas leis de funcionamento) (Lacan, 1988, p. 287).

Para Lacan, inicialmente o sujeito se vê sob a forma do Outro. Sua explicação para isso é que os animais vivos - e entre eles o homem - são sensíveis à imagem do seu tipo (Lacan, 1987, p. 403). Mas o homem tem uma relação especial com a imagem que lhe é própria. Há algo de despedaçado, de anárquico, estabelecendo uma relação com as percepções no plano de uma tensão original. Trata-se de uma relação de hiância, de tensão alienante. Assim, muito antes de o sujeito interrogar-se sobre o que é, ou supor-se um, ele se superpõe à imagem do Outro e constitui, inicialmente, o Eu. Na medida em que o sujeito coloca o Outro em relação à sua própria imagem, aqueles que lhe falam são também aqueles a que o Eu se identifica. Essa forma do Eu identificável a uma forma de alienação imaginária num jogo interpsicológico é fundamental para a constituição dos objetos de troca:

> É a imagem do seu corpo que é o princípio de toda unidade que ele percebe nos objetos. Ora, dessa própria imagem, ele só percebe a unidade do lado de fora, e de maneira antecipada. Devido a essa relação dupla que tem consigo mesmo, é sempre ao redor da sombra errante do seu próprio Eu que vão-se estruturando todos os objetos do seu mundo (Lacan, 1987, p. 211).

O Outro (*autre,* com *a* minúsculo) é a forma imaginária do campo no qual se estruturam, para o recém-nascido, os objetos.

Entretanto, Lacan, como Trevarthen, se dirige criticamente aos observadores cognitivistas de sua época (ele refere-se especialmente a Piaget) que teriam suposto uma coincidência entre a reciprocidade intersubjetiva e a fala da criança, chegando a afirmar que nesse tempo, o Outro ainda não existiria para a criança:

> Faz-se uma ideia fundamentalmente recíproca da intersubjetividade por meio de referências sumárias a uma experiência de linguagem conquistada quando de seus primeiros balbucios, quando o domínio do *eu* e do *tu* não é imediatamente adquirido pela criança (Lacan, 1988, p. 308).

A defasagem temporal a que a criança está exposta e operando no campo da linguagem (desde seu nascimento) e a aquisição fonoarticulatória da fala teriam motivado tal equívoco na observação. Assim, em vez de supor um egocentrismo na criança, talvez tivesse sido mais lúcido partir de uma ausência de Eu e de uma prevalência do outro[2].

Afinal, para localizar a realidade psíquica do sujeito neonato é necessário considerar diferentes dimensões incidindo sobre a criança. Além da *dimensão do Real* que a atinge como condição indizível e intraduzível, é a *dimensão do imaginário*, pela qual incide a imagem do Outro que será o fundamento de um Eu narcísico e dos objetos de troca. Essa ordem da imagem também é insuficiente para articulá-la no laço social, pois se o objeto só for apreensível como miragem, haverá uma "vacilação paralisante" em que ela não tem elementos para distinguir-se do que lhe é exterior. Por isso, não se pode prescindir da *dimensão simbólica*, que posiciona o sujeito articulado a seus outros. É a relação simbólica que estrutura a percepção, pois ao nomear os objetos:

> O *percipi* do homem só pode manter-se dentro de uma zona de nominação. É pela nominação que o homem faz subsistir os objetos numa certa consistência. Se estivessem apenas numa relação narcísica com o sujeito, os objetos não seriam nunca percebidos senão de maneira instantânea. A palavra, a palavra que nomeia, é o idêntico. Não é a distinção espacial do objeto, sempre pronta a dissolver-se numa identificação ao sujeito, que a palavra responde, mas, sim, a sua dimensão temporal. *O objeto, num instante constituído como uma aparência do sujeito humano, um duplo dele mesmo, apresenta, entretanto, uma certa permanência de aspecto através do tempo*... Essa aparência que perdura um certo tempo, só é estritamente reconhecível por intermédio do nome. O nome é o tempo do objeto. *A nominação constitui um pacto, pelo qual dois sujeitos ao mesmo tempo concordam em reconhecer o mesmo objeto* (Lacan, 1987, p. 215, grifos meus).

Pela palavra, o reconhecimento mútuo dos objetos pode manter o mundo perceptivo. Portanto, de modo transversal à relação

---

2 Conforme lembrou Michele Faria, a quem agradeço, em comunicação pessoal.

simétrica e recíproca entre a criança e o semelhante (o Outro), a circulação discursiva da fala no campo da criança insemina a justa relação que localiza, articula, orienta e concatena - não mais em equivalência especular, mas por meio da diferenciação promovida pela ordenação de significantes, em que as pessoas são transformadas pela palavra falada.

Assim, é pelo desconhecimento da distinção entre o campo da linguagem (Outro) e o semelhante (Outro) que Lacan situa a origem de falsos problemas dos que insistiram no primado da relação de objeto:

> Há, com efeito, uma discordância patente entre a posição freudiana segundo a qual o recém-nascido em sua entrada no mundo, está numa relação dita autoerótica, ou seja, numa relação na qual o objeto não existe, e a observação clínica de que, seguramente, desde o início da vida, temos todos os indícios de que todas as espécies de objetos existem para o recém-nascido. Essa dificuldade não pode encontrar sua solução senão ao distinguir o Outro imaginário na medida em que ele é estruturalmente a forma originária do campo no qual se estrutura para o recém-nascido humano uma multiplicidade de objetos, e o Outro absoluto, o Outro com um A maiúsculo, que é seguramente o que visa Freud - que os analistas negligenciaram mais tarde - quando ele fala da não existência, na origem, de nenhum Outro. Há para isso uma boa razão, é que esse Outro é tudo em si, diz Freud, mas, da mesma feita, inteiramente fora de si (Lacan, 1988, p. 287).

Muitos são os que consideram que a perspectiva estruturalista da psicanálise advoga uma determinação do sujeito por seu ambiente, localizando-o passivamente em relação à alteridade ativa. Constatamos, com a psicanálise, que, no que se refere a uma das dimensões a que o neonato está exposto, o Simbólico, o sujeito já está situado desde antes de seu nascimento, "não apenas como emissor, mas como átomo de um discurso concreto. Ele se acha dentro da linha de dança desse discurso, ele é, se quiserem, ele mesmo esse discurso" (Lacan, 1987, p. 353).

Assim, os seres humanos já estão ligados por compromissos que determinam o lugar deles, o nome deles: há liames e pactos já estabelecidos antes do nascimento de uma criança, aos quais chegarão outros discursos e novos tratados, sendo que muitos serão contraditórios. Cada sujeito se situa e se inscreve em relação ao discurso que já foi dito, num modo de determinação totalmente diferente de determinações do real e dos seus metabolismos materiais. O sujeito se orienta por ser determinado pelo discurso, e também orador, pois ele continuará esse discurso, situando-se como falante. Enfim, para a psicanálise, o sujeito está ancorado no texto de sua história, preso na ordem simbólica que o introduziu e que ele carrega para projetar seu futuro.

Entretanto, vale notar que se os dados já foram lançados, não podemos negligenciar uma ressalva: "podemos retomá-los em mão, e lançá-los mais ainda" (Lacan, 1987, p. 276). Isso é dizer como o poeta Mallarmé (2008) que "um lance de dados jamais abolirá o acaso", ou seja, sobre a determinação simbólica e as construções imaginárias que orientam o sujeito em seus laços sociais, a contingência é consideração irredutível na produção de sua singularidade, seja tal contingência da ordem de sua natureza, seja da ordem de um desastre imprevisível ou ainda de um acontecimento estruturante.

A inserção do neonato na relação simbólica ocorre extremamente cedo, pois desde que haja fala dirigida à criança, essa relação simbólica introduz a dimensão do sujeito no mundo, criando uma realidade de outra ordem, distinta do que se apresenta como realidade bruta, como mero encontro de duas massas (Lacan, 1987, p. 323). Mas interessa notar que essa função não está situada por Lacan apenas naquele que fala com a criança, mas também nela, pois:

> as imagens de nosso sujeito estão baseadas no texto de sua história, estão presas na ordem simbólica, em que o sujeito humano

> é introduzido num momento tão coalescente quanto possam imaginar com a relação original, a qual somos forçados a admitir como sendo *uma espécie de resíduo do real. Logo que existe no ser humano esse ritmo de oposição, escondido pelo primeiro vagido e por seu cessamento, algo revela-se, que é operatório na ordem simbólica* (Lacan, 1987, p. 323, grifos meus).

Lacan admite, portanto, que esse algo seria uma espécie de resíduo do real "que é operatório na ordem simbólica", no qual podemos supor desde um mecanismo reflexo até uma primeira resposta subjetiva à imposição feita ao organismo pela exterioridade da ordem simbólica. Mas interessa frisar: o que faz desse resíduo do real uma função operativa no campo simbólico é o fato de ser reconhecido pelo próximo como manifestação subjetiva, ou seja, por ter valor de resposta ao outro, estando, assim, concatenada e, portanto, incluída na ordem simbólica. Afinal, Lacan lembra que o homem se apossa da natureza, distinguindo suas formas pela introdução, nelas, de uma noção de assimetria. Na natureza, a forma "não é nem simétrica nem assimétrica, ela é o que é" (Lacan, 1987, p. 56). E é dessa maneira que:

> a natureza fornece, para dizer o termo, significantes, e esses significantes organizam de modo inaugural as relações humanas, lhe dão as estruturas e as modelam (...) antes de qualquer formação do sujeito, do sujeito que pensa, que se situa aí – isso conta, é contado, e no contado já está o contador. Só depois que o sujeito tem que se reconhecer ali, reconhecer-se ali como contador (Lacan, 1988, p. 26).

Portanto, cabe-nos ressaltar, com Lacan, a existência de uma condição da "natureza" do neonato que lhe franqueia a possibilidade da condição de sujeito e que o diferencia dos animais, mesmo nas condições mais adversas do laço social, que não lhe permitam constituir-se plenamente. Se pouco sabemos dela, temos, entretanto, que considerar sua incidência. É talvez o que fez Lacan ao insistir no pronome *Es*, ou seja *o isso*, o *id*, (que Freud substantivou articulando-o ao Eu e ao Super-Eu):

> Temos o hábito de considerar o *Es* como uma instância que tem enorme relação com as tendências, os instintos, a libido. Ora, o que é o *Es*? O *Es* é aquilo que, no sujeito, é suscetível, por intermédio da mensagem do Outro, de tornar-se Eu. (...) O *Es* não é uma realidade bruta, nem aquilo que está antes, o *Es* já está organizado, articulado, como é organizado, articulado o significante (Lacan, 1995, p. 45).

Poderíamos talvez situar aí o que, em outro momento, Lacan chamará de saber ancestral. Trata-se de outro ponto considerado por Lacan na condição humana que também nos remete a essa mesma suscetibilidade a tornar-se Eu: a afirmação de que, como o animal e ao contrário da planta, o homem tem uma *economia*: a possibilidade de movimentar-se para obter um mínimo de gozo. É o que, como Lacan nos lembra, Freud localizou como *princípio de prazer*, ou seja, princípio da tensão mínima a manter para que a vida subsista. Retomando Bichat, para quem "a vida é o conjunto de forças que resiste à morte", Lacan se volta à noção de instinto, trazendo seu verdadeiro sentido: a implicação de um saber. Saber ancestral que faz com que a vida se detenha em um certo limite em direção à morte. "Popularmente, a ideia de instinto é justamente a ideia de um saber - de um saber do qual não se é capaz de dizer o que quer dizer, mas se o presume, e não sem razão, que tenha como resultado que a vida subsista" (Lacan, 1992, p. 14).

Esses argumentos nos permitem tornar a sublinhar a importância dos reflexos na constituição do sujeito, em contraposição à ideia de "pulsões da intersubjetividade existente e ativa no recém-nascido" tal como formulada por Trevarthen. Vale lembrar que a justificativa do autor para tal formulação refere-se ao fato de que uma grande gama de pesquisadores tomaram os sinais de comunicação dados pelo neonato como se fossem meros reflexos sem sentido. Isso não nos impede supor a possibilidade de considerar reflexos os sinais de comunicação, já que supor nesses sinais de comunicação um funcionamento pulsional obrigaria o autor a explicitar como sustenta, por meio de tais sinais, a consideração freudiana da pulsão:

> como um conceito limite entre o psíquico e o somático, como o representante psíquico dos estímulos que provêm do interior do corpo e alcançam a psique, como uma medida da exigência de trabalho imposta ao psíquico em consequência de sua relação com o corpo (Freud, 2004, p. 148).

Vale ainda lembrar que Freud utiliza alguns termos em conexão com o conceito de pulsão que deveriam ser considerados, para localizar cada uma das três pulsões de intersubjetividade atribuídas ao recém-nascido. Trata-se da pressão, da meta, do objeto e da fonte da pulsão, que não foram considerados.

Enfim, a proposta de servir-se de um termo tão caro à psicanálise como é a pulsão, torna-o restritivo, quando perde sua especificidade ao ser utilizado para qualificar condições prévias do neonato, antes do seu encontro com o Outro. Por sua vez, o termo "reflexo" talvez seja melhor aplicado para a condição ativa do bebê, como organismo suscetível a tornar-se Eu. Ele circunscreve uma condição real insabida que, entretanto, vigorará inicialmente para sustentar o laço social sem pressupor, de partida, um Eu dotado de intencionalidade, mas apenas uma organização ainda acéfala.

Se, numa primeira abordagem, podemos supor que os reflexos são desqualificáveis por limitarem-se a comportamentos animais, proponho resgatar sua importância, considerando-os, como quis Lacan, um saber ancestral insabido que, no caso do homem, somos obrigados a presumir por não podermos calcular sua extensão nem sua intensidade. Pode-se supor que, em seu encontro com a alteridade, no laço social, os instintos se imiscuiriam ao campo simbólico a ponto de nos impedir de apurar sua especificidade primária. Tal impossibilidade de saber delimitar, mensurar e qualificar plenamente as propriedades dos instintos, entretanto, nos assegura que, em seu encontro com as distintas dimensões do Outro e do campo simbólico, algo de insondável se produza no ser, capaz de lhe franquear a insistência de uma singularidade subjetiva. Para isso, é fundamental considerar a observação freudiana de que a manifestação do neonato é uma via de descarga que convoca o laço social: "Essa via de descarga exige, assim, a função secundária, extremamente importante, do entendimento [*Verständigung* ou comunicação] e a desvalia inicial é a fonte de todos os motivos morais" (Freud, 1992, p. 363).

Tal observação permite considerar que, além de manifestar o estado de desorganização neurológica do neonato - ainda desprovido de uma coordenação central voluntária do sistema nervoso - os reflexos presentes no início da vida do bebê fariam uma função de promoção de uma interação comunicativa necessária à sustentação do laço com a alteridade. Ao ler, balizar e responder aos reflexos como manifestações de um sujeito, o semelhante encontraria um meio propício para sustentar a antecipação de um sujeito que ainda está por vir, posicionando o neonato na trama simbólica que regula os laços sociais, em um lugar em que pode referenciar-se.

Referências

FREUD, S. *Proyecto de Psicología*. Buenos Aires: Amorrortu, 1992. (Obras Completas. v. 1)

______. *Pulsões e destinos da pulsão.* Rio de Janeiro: Imago, 2004. (Escritos sobre a psicologia do inconsciente, v.1)

LACAN, J. *O Seminário, livro 2:* o eu na teoria de Freud e na técnica da psicanálise. Rio de Janeiro: Zahar, 1987.

______. *O Seminário, livro 3*: as psicoses. Rio de Janeiro: Zahar, 1988.

______. *O Seminário, livro 11:* os quatro conceitos fundamentais em psicanálise. Rio de Janeiro: Zahar, 1988.

______. *O Seminário, livro 17*: o avesso da psicanálise. Rio de Janeiro: Zahar, 1992.

______. *O Seminário, livro 4*: a relação de objeto. Rio de Janeiro: Zahar, 1995.

LAZNIK, M. C. *A hora e a vez do bebê*. São Paulo: Instituto Langage, 2013.

MALLARMÉ, S. Crise do verso. In: *Inimigo Rumor*, n. 20. São Paulo: Cosac Naify, 2006.

TREVARTHEN, C. Desenvolvimento da intersubjetividade no primeiro ano de vida. In: LAZNIK, M. C.; COHEN, D. (Org.). *O bebê e seus intérpretes, clínica e pesquisa*. São Paulo: Instituto Langage, 2011.

Clínica com bebês – intervenção nos primórdios da constituição

Julieta Jerusalinsky[1]

A convite das organizadoras deste livro, trazemos neste capítulo o testemunho da práxis clínica realizada pelo centro Lydia Coriat, de Porto Alegre, situ\ando algumas das elaborações produzidas por essa equipe acerca da especificidade da intervenção com bebês no âmbito do trabalho interdisciplinar com a infância[2].

---

1 Especialista em clínica com bebês (*Fundación para el estúdio de los problemas de la infancia* – Argentina); psicanalista membro da Associação psicanalítica de Porto Alegre (APPOA) e da Clínica Interdisciplinar em Problemas do Desenvolvimento Infantil Centro Lydia Coriat; mestre e doutora em psicologia clínica pela PUC-SP; professora do Cogeae/PUC-SP e do Centro Lydia Coriat nos cursos de especialização em "Teoria psicanalítica", "Estimulação precoce: clínica interdisciplinar com bebês", "Psicomotricidade" e "Clínica interdisciplinar dos problemas do desenvolvimento infantil"; autora dos livros *Enquanto o futuro não vem:* a psicanálise na clínica interdisciplinar com bebês (2002); e *A criação da criança:* brincar, gozo e fala entre a mãe e o bebê (2011).

2 Desde sua fundação, em 1977, a equipe do Centro Lydia Coriat de Porto Alegre manteve interlocução com os colegas do Centro Lydia Coriat de Buenos Aires (cuja prática iniciou coordenada pela neurologista Lydia Coriat no *Hospital de Niños* de Buenos Aires e cuja equipe foi fundada a fins da década de 1960). Essas equipes elaboram de modo conjunto os postulados clínico-teóricos que embasam sua intervenção com a infância em um âmbito interdisciplinar, ainda que cada equipe apresente singularidades em seu cotidiano clínico e em seus modos de transmissão.

Procuramos abordar nele, de modo sucinto, questões aprofundadas em outros escritos com o objetivo de propiciar interlocução com os demais colegas e equipes dedicados a essa prática - desse modo é possível reconhecer alguns impasses em comum que a clínica com bebês impõe, e que dispositivos clínicos singulares cada equipe foi produzindo para dar conta deles.

Trabalhar com bebês exige intervir nos primórdios da constituição. Em nenhum outro momento da vida podemos contar com a abertura a inscrições que caracteriza a primeira infância (Freud, 1977, p. 179). Nela, a estrutura neuroanatômica prima pela *plasticidade neuronal* (Kandel, apud Nash, 1997), e a estrutura psíquica, pela extrema *permeabilidade a inscrições significantes* (Jerusalinsky, 1988, p. 47). Assim, ao longo dos primeiros anos, as experiências de vida produzem efeitos decisivos para a formação neuroanatômica, para a constituição psíquica e para as aquisições instrumentais - de linguagem, psicomotoricidade e construção do pensamento.

Desse modo, a clínica foi mostrando a importância de intervir *cedo*[3] quando se detecta alguma dificuldade ao longo da infância, em lugar de esperar que o tempo passe à espera de obter maior correspondência entre tais dificuldades e a descrição fenomenológica de quadros patológicos fechados. Esperar pela confirmação diagnóstica de quadros patológicos em lugar de intervir diante das dificuldades detectáveis na constituição implica expor e, tantas vezes, condenar um bebê à irredutível fixação de um funcionamento sintomático, privando-o de ofertas constituintes em um

---

3 Na clínica com bebês em Estimulação Precoce, o termo "precoce" é tomado por nós na acepção daquilo que *ocorre cedo* na vida, tal como o termo *temprano* denota em espanhol. Esse é um esclarecimento importante na medida em que esse termo em português pode também significar algo que ocorre "antes de tempo", o que pode levar a uma concepção equivocada de que essa intervenção consistiria em antecipar as aquisições de um bebê ou de fazer uma prevenção antes de qualquer dificuldade, quando se trata de detectar as dificuldades e intervir a tempo, como é desenvolvido ao longo do texto. Isso coloca em evidência que falar de clínica com bebês implica considerar a temporalidade em seu registro real, simbólico e imaginário. Tal questão é mais amplamente desenvolvida no texto "temporalidade na clínica com bebês" in: Jerusalinsky, J. *Enquanto o futuro não vem:* a psicanálise na clínica interdisciplinar com bebês, 2002.

tempo em que a intervenção terapêutica poderia ajudar a mudar o curso de sua constituição.

Se, na primeira infância, podemos contar com essa "potência" da *plasticidade neuronal* e *permeabilidade a inscrições*, tanto mais é preciso considerar, para os efeitos de intervenção, que um bebê está profundamente exposto ao lugar em que é situado por aqueles que lhe apresentam o mundo, mediando, para ele, os modos de estabelecer as relações com os objetos. Isso faz com que se torne fundamental tomar como ponto de partida a especificidade apresentada pelo bebê a fim de que a intervenção possa propiciar efeitos constituintes.

Assim, a práxis com a primeira infância nos fez e faz trabalhar na elaboração de alguns impasses teórico-clínicos dos quais os bebês impedem que um clínico se esquive.

Intervir nos primórdios da constituição

A infância é um momento de vida caracterizado por crescimento, maturação, desenvolvimento e constituição psíquica. Esses termos, muitas vezes, são tomados de modo equivocado como sinônimos, quando é fundamental considerar a diferença conceitual que opera entre eles. Se bem todos permitam situar a infância como um momento de constituição, eles referem diferentes registros dessa constituição que não são equivalentes entre si: crescimento mensurável do organismo, maturação neuroanatômica, momentos lógicos da constituição psíquica, sequência de aquisições instrumentais frequentemente tomadas como pautas do desenvolvimento. Nesse sentido, encontramos crianças que apresentam problemas neuroanatômicos de base com dificuldades instrumentais que padecem de patologias psíquicas; crianças que, apesar do crescimento do organismo e maturação neuroanatômica dentro dos padrões tomados como referência para a normalidade, apresentam problemas nas aquisições instrumentais; crianças que, em alguns aspectos instrumentais, não têm dificuldades, padecendo de dificuldades específicas em outros. Crianças com problemas psíquicos que repercutem em suas aquisições instrumentais e, em alguns casos, até mesmo no crescimento e na maturação orgânica, já que esta não é independente das experiências de vida.

Isso mostra como a constituição não é efeito de uma simples passagem do tempo *versus* um organismo hígido e como os diferentes registros encontram-se intrincados, sendo fundamental aí considerar não só os aspectos orgânicos mas também a constituição psíquica decorrente da relação que um bebê estabelece com o Outro para dar lugar às diferentes aquisições instrumentais.

A infância implica um tempo de abertura no qual as estruturas neuroanatômicas, instrumentais e psíquicas não estão decididas. São as experiências de vida que se produzem nesse tempo de abertura a inscrições, sobre a base genética constitutiva, que terão efeitos decisivos no devir da constituição.

A passagem do tempo, *per se*, não garante a constituição, dado que ela não se produz como uma mera sucessão de etapas desencadeadas por uma cronologia. Isso nos afasta de uma concepção puramente desenvolvimentista da infância. No entanto, afirmar que o tempo conta para a intervenção, considerando que intervir com um adulto não é o mesmo que intervir com uma criança ou com um bebê.

Sintomas constituintes do sujeito na infância

Ao intervirmos com adultos, na clínica psicanalítica, deparamos com os sintomas produzidos pelos restos do infantil. É por conta desse retorno do infantil nas fixações sintomáticas de quem se pretende adulto que Lacan afirmará que "não existem pessoas grandes" (Lacan, 2003), ou seja, qualquer neurótico comum está submetido aos efeitos do infantil em seus sintomas.

Já ao intervirmos com crianças, não intervimos com o retorno do infantil, mas no tempo da infância propriamente dita. Por isso, se na prática com adultos neuróticos encontramos as *formações do inconsciente* – sonhos, chistes, atos falhos, sintomas como retornos do recalcado –, podemos afirmar que, na clínica com crianças, lidamos com um *inconsciente em formação*.

Isso não implica desmerecer a criança, tomá-la por ingênua, como aquela que não sabe ou que precisa de outro que diga por ela. Vale esse esclarecimento, pois, desde visões desenvolvimentistas, a criança tende a ser considerada como "insuficiente", precisando que lhe façam suplência. Para tomar uma criança em atendimento é preciso reconhecer que ser criança é estar situado, como sujeito, em um árduo trabalho de inscrição de um litoral entre gozo e saber, portanto, não se trata de diminuir, passivizar ou vitimizar a criança. Ao tomá-la em tratamento apostamos em sua possibilidade de produção. Daí que seja fundamental, como retomaremos adiante, guardar a diferença entre o lugar que a criança ocupa no discurso parental e a resposta que ela formula, pois não há necessariamente uma correspondência entre uma e outra.

A conhecida afirmação dos Lefort de que "a criança é um sujeito por inteiro" (Lefort; Lefort, 1990/1991) adverte a respeito de que a criança não é "sujeito insuficiente" ou "sujeitinho". No entanto, muitas vezes tal afirmação é um obstáculo a que possamos considerar certas formações psíquicas bastante próprias da criança, apagando a diferença entre infância e infantil.

A infância se caracteriza pelo *polimorfismo das vicissitudes pulsionais*, como bem situa Freud (1977), ou seja, a criança ainda não tem fixado um modo de gozo e, portanto, tampouco tem fixado o lugar a partir do qual produzirá seu ato de enunciação. Não há como esquivar-se dessa questão específica apresentada na clínica com crianças. Não a considerar, isso sim, seria desmerecer o árduo trabalho que uma criança realiza: ao estender suas formações psíquicas, em um percurso que parte dos objetos primordiais de satisfação pulsional (objetos *a*) em direção à realização de ideais simbólicos – enquanto nos adultos encontramos que suas formações do inconsciente fazem um percurso inverso, partindo dos ideais do Eu e regredindo ao objeto *a* (Jerusalinsky,

2007). Freud já advertiu essa diferença ao fazer notar que os adultos se envergonham de suas fantasias e não estão prontos a admiti-las, enquanto as crianças não fazem esse esforço (Freud, 1977, p. 151), deixando evidente seu desejo de tornar-se grandes, implicado no brincar de faz de conta. Desse modo, se a infância é plena de objetos (seio, fezes, urina, melecas) em seu cotidiano, as crianças deixam claro que aspiram à realização dos ideais, pela frequente enunciação "quando eu for grande vou ser...".

Certamente, o sujeito psíquico não tem idade, uma vez que o inconsciente não é organizado por uma cronologia, mas isso não equivale a dizer que o momento da vida em que se está situado, e como isso atinge no real do corpo, não tenha efeitos lógicos no modo como o sujeito responde com suas produções.

Nesse sentido, propomos considerar os *sintomas constituintes do sujeito na infância*: o brincar e suas diferentes formulações que vão dos jogos de litoral, aos jogos de regras, passando pelo faz de conta, as mentiras infantis, os por quês?, os objetos transicionais, o interesse em desenho e nas narrativas ficcionais, entre outros. Essas são produções que encontram regularidade na infância e são de grande valor na direção do tratamento clínico, pois propiciam uma passagem da condição de *infans* - aquele que não fala - à de *falasser*. São produções que, ao mesmo tempo, dizem da estrutura da criança e estão destinadas a cair uma vez que se deixa de ser criança.

Tais sintomas de estrutura se apresentam como formações específicas do sujeito na infância, por meio das quais se tramita o *destempo* ao qual a criança, por sua condição, está confrontada: entre uma antecipação simbólica que, a partir do Outro primordial, antecipa seu endereçamento a *ideais do eu*, e a imaturidade real de seu corpo. Ter que suportar essa imaturidade do corpo tem efeitos para o modo como o sujeito responde na infância.

Por meio dos *sintomas constituintes do sujeito na infância* a criança formula respostas ao seu Outro. Ocorre que o Outro na infância também revela uma especificidade: o *Outro* (grande Outro) diz respeito à ordem da linguagem, uma vez que a carência de instinto torna imprescindível que os objetos de satisfação sejam pontuados, determinados ou estabelecidos a partir de um saber que só pode ser tecido na ordem dos significantes. Por isso, podemos afirmar que o humano é um ser constituído fundamentalmente de linguagem. No entanto, pelo simples fato de a linguagem não ser inata, o encontro do bebê com ela só pode se dar por meio de um agente: um *Outro encarnado* que enlaça, que sujeita esse bebê à ordem simbólica.

O Outro encarnado implica muito mais do que um mero cuidador que atende o bebê oferecendo-lhe um objeto de necessidade orgânica, que satisfaz ou frustra suas satisfações, implica aquele que coloca o bebê em rede com um saber simbólico acerca do que lhe convém. O *desamparo* do bebê extrapola o plano da dependência orgânica, e diz respeito também a um desamparo acerca de saber o que convém e, portanto, situa o bebê em uma dependência do simbólico apenas transmissível pela relação com um Outro encarnado. A clínica de crianças coloca em relevo o papel decisivo que tem o modo como se é enlaçado à ordem da linguagem por alguém que passa a encarnar para o sujeito um saber em relação ao qual ele virá a se constituir. Lacan nos diz que é justamente a mãe (como agente que exerce a função materna) quem é primeiramente *arrastada a ocupar realmente o lugar do Outro* (Lacan, 1960, p. 785).

À medida que, na infância, o Outro está encarnado, torna-se decisivo o modo como aqueles que o encarnam para a criança acolhem as suas produções. É nesse sentido que intervir com crianças implica não só principalmente mas também o tratamento do Outro (Jerusalinsky, 2005).

Se essa é a condição da criança, encontramos questões que se radicalizam na clínica com bebês.

A especificidade apresentada pelo bebê e seus efeitos para a intervenção clínica

O tempo de ser bebê faz parte da infância, apresenta, porém, algumas especificidades a considerar:

> - diferentemente da criança, o bebê não conta com o brincar simbólico como recurso para situar-se como sujeito diante do Outro encarnado; o brincar permite à criança uma passagem da passividade à atividade, como aponta Freud (1977), realizando uma travessia de padecer passivamente a ser aquela que coloca em cena o significante que representa o ocorrido. Desse modo, a criança se apodera, torna-se senhora da situação que encena, por mais desagradável que esta seja, em uma esfera protegida do "como se" dentro da qual não precisa responsabilizar-se por um ato ou pagar o preço com o seu corpo nessas ficções em que formula respostas ao seu Outro.

Já o brincar, no tempo de ser bebê, para se produzir, precisa ser sustentado na relação como o Outro encarnado, e em presença deste, por meio dos jogos de litoral (Jerusalinsky, 2011). Diferentemente do brincar simbólico da criança, os jogos de litoral implicam a obtenção de satisfação pulsional, por meio do olhar, da voz, das cócegas que colocam em cena um jogo de afetações corporais nas quais o bebê e o Outro encarnado circulam pela posição de objeto e sujeito na obtenção de um gozo partilhado.

Os jogos de litoral produzem efeitos constituintes nessa clínica, uma vez que com eles o Outro encarnado permite ao bebê franquear a passagem de um gozo no corpo a um saber: a mãe faz cócegas no bebê, uma vez que este ri (implicando-se gozosamente no jogo) e ela ri de sua risada (em um eclipsamento entre a posição de objeto e sujeito já que identificada a esse gozo), a mãe passa a afirmar: "olha do que ele sabe brincar!", ou seja, passa a supor no bebê o saber sobre essa produção.

No início da vida um bebê tem um aparelho neuroanatômico a partir do qual recebe sensações proprioceptivas, no entanto, para que estes estímulos possam ser representados precisam do crivo simbólico materno. É por isso que a pequena criança ao cair, antes de chorar, olha para a sua mãe, à medida que é por meio da sanção da mesma, do modo como ela se afeta diante do que se passa no corpo do filho, que este pode representar o acontecido como prazer ou desprazer, servindo-se da representação que ela lhe empresta ao identificar-se com o que o afeta no corpo.

Por isso, nos primórdios da constituição é necessária uma montagem pela qual o padecido no corpo do bebê afete a economia de gozo materna, pois é a mãe que, no início da vida, oferece o crivo simbólico a partir do qual os estímulos corporais do bebê poderão ganhar alguma significação da qual este possa vir a se servir. É justamente por isso que, desde *Os três ensaios* (1977), Freud afirma que a mãe interpreta o que se passa no corpo do bebê. É a mãe que permite a formação de um saber subjetivado em relação ao padecido como estímulo no corpo, organizando uma série a partir da qual o bebê é levado em conta. Por isso, é próprio da preocupação materna se o bebê dormiu, não dormiu, comeu, não comeu, pois é ela que produz o alinhavo, sustenta a série a partir da qual o bebê pode reconhecer-se, em um tempo em que o bebê ainda não tem como sustentar uma narrativa de si.

Se por um lado é preciso que a mãe exerça esse saber inconsciente, ocupando um lugar de mestria na relação com o bebê, por outro lado, esse saber é não todo, furado, à medida que, no laço com a mãe, o bebê seja situado como portador, em seu corpo, de um enigma acerca do desejo materno. Isso é o que permite que a mãe suponha o bebê como sujeito, ou seja, como portador de um saber sobre o seu desejo do qual ela mesma não sabe.

Por sua vez, é com seu corpo que o bebê responde nessa relação. À falta de outro recurso nos primórdios da constituição, é com a organização ou desorganização das funções corporais que se responde, uma vez que tais funções não se organizam de modo autônomo, mas atrelado ao prazer e ao desprazer desencadeados na relação com o Outro encarnado, como aponta Bergès ao falar da função estruturante do prazer (1988).

Por isso, é tão frequente, na clínica com bebês, a incidência de transtornos no funcionamento de certas funções corporais: alterações de alimentação, deglutição, respiração, sono-vigília, pele, cujas razões orgânicas algumas vezes resultam insuficientes para justificar o quadro clínico. São fenômenos que, se bem guardem correspondência com os chamados quadros psicossomáticos, nem sempre se fixam lesionando o órgão, já que podem assumir caráter transitório e que, diante da intervenção, tornam-se passageiros. Não há bebê que não apresente, ainda que de modo fugaz, algum desses transtornos, estabelecendo uma montagem pela qual o que se passa em seu corpo afeta profundamente a economia de gozo de sua mãe. Frequentemente a mãe encontra-se capturada pelo sintoma corporal apresentado pelo bebê, tomando-o como um signo dessa relação e sublinhando-o inconscientemente nos cuidados que dirige a ele. Será preciso que a intervenção devolva o estatuto de enigma de desejo materno ao que é *dado a ver* no corpo do bebê para que tal sintoma possa cair.

Assim, se a criança responde por meio do brincar e de outros sintomas constituintes que lhe permitem uma dimensão ficcional, uma investigação e uma representação, o primeiro com que se conta na vida para responder ao Outro, é o corpo – e é com ele que o bebê responde. Daí que seja fundamental que, na clínica com bebês, a intervenção não se atenha apenas a uma escuta do que os pais têm a dizer, mas fundamentalmente a uma leitura do que o bebê dá a ver em sua produção (Jerusalinsky, 2011). Tal leitura do clínico, ao devolver o estatuto de resposta enigmática do sujeito à produção do bebê, ao alinhavá-la como uma resposta que se dirige ao Outro, permite um deslizamento dos sintomas clínicos que tomam o corpo à produção de jogos de litoral.

A primeira infância se caracteriza pela *indiferenciação dos aspectos instrumentais* (Coriat; Jerusalinsky, 1983). Ao longo da constituição podemos observar como a aquisição da língua e aspectos fonológicos, psicomotricidade e pensamento lógico vão se tornando mais complexos, partindo de diferenciações mais grosseiras até chegar às mais finas, em um processo que segue uma legalidade de crescente complexificação. Mas, no início da vida, cada um desses aspectos está indiferenciado do outro - basta que consideremos como, no ato corriqueiro de um bebê mamando, todos eles se apresentam indiferenciados. Por isso é tão frequente que encontremos bebês com os chamados *atrasos globais do desenvolvimento*, visto que a dificuldade oriunda de um aspecto costuma rapidamente repercutir sobre os demais. Tal indiferenciação faz com que seja impossível tratar um desses aspectos sem tocar os outros, situando a necessidade de que o clínico que intervém com o bebê amplie sua formação de base (Jerusalinsky, 2008), a fim de poder intervir com os aspectos instrumentais de modo articulado. Nesse sentido, toma a denominação *estimulação precoce* para denominar a intervenção específica dos zero aos três anos.

Mais adiante, ao longo da infância, quando cada uma das áreas instrumentais apresenta maior complexidade e, portanto, maior distância recíproca com as outras, é possível que uma criança venha a apresentar um sintoma específico de uma área que não comprometa as demais. Nesse caso, se faz possível considerar uma intervenção instrumental específica que ofereça recursos para a criança não ficar capturada em seu sintoma. Isso é feito em um marco interdisciplinar a partir do qual se consideram os aspectos reais orgânicos, assim como os psíquicos, que podem estar implicados na produção do sintoma, a fim de decidir a modalidade de intervenção terapêutica. Daí que em alguns casos se considere a necessidade de intervir em dupla terapêutica (um psicanalista e um terapeuta da área instrumental em que comparece o sintoma). Isso porque a clínica interdisciplinar nos ensina que, assim como alguns sintomas só podem encontrar resolução à medida que há elaboração da criança acerca do conflito que neles está implicado, também é fundamental considerar que a realização de certas produções instrumentais pode desencadear um reposicionamento subjetivo.

No entanto, o tempo de ser bebê se caracteriza por uma indiferenciação dos aspectos instrumentais que impossibilita intervir em uma área específica - daí o dispositivo do *terapeuta único em equipe interdisciplinar na clínica da estimulação inicial*. Essa é ainda uma questão a considerar diante dos efeitos desorganizadores que as múltiplas intervenções terapêuticas costumam surtir (Jerusalinsky, 1998) para o bebê e sua família, pois o bebê ainda não tem um Eu minimamente constituído.

A espécie humana é a única que diz ter um corpo em vez de simplesmente sê-lo. Mas que um bebê venha a realizar essa apropriação imaginária, não está garantido. Apropriar-se do corpo e concebê-lo como uma unidade imaginária é efeito da relação com o Outro. É isso que Lacan (1949) ensina acerca do Estádio do Espelho ao afirmar que é esse olhar do Outro que introduz uma imagem ideal para o bebê, e é o Outro que opera a função simbólica de reconhecimento diante dessa imagem, afirmando "esse é você, meu filho". Sem ir muito mais longe, podemos considerar, a partir daí, as consequências devastadoras que se produzem quando um bebê é submetido a múltiplos tratamentos que intervêm de modo isolado sobre seus supostos déficits, sublinhando o que nele fracassa e lançando-o a uma fragmentação, em lugar de sustentá-lo em uma operação simbólica de reconhecimento. Ao mesmo tempo, os pais, aqueles que poderiam sustentar o singular traço unário da criança na operação de filiação, encontram-se, tantas vezes, eles mesmos infantilizados e destituídos por diversas recomendações de especialistas. Como efeito disso, encontramos bebês que até obtêm sucessos isolados em suas funções parciais, mas que passam a apresentar grande dificuldade de posicionar-se como sujeito diante do Outro, uma vez que padecem de profunda desorganização no estabelecimento de uma série, de um alinhavo simbólico a partir do qual articular uma contagem de si.

É considerando essas especificidades que se propõe que os clínicos os quais intervêm com bebês possam ampliar sua formação, abarcando aspectos fundamentais da primeira infância.[4] Desse modo, é um clínico que fica a cargo da direção da cura com o bebê no marco de uma equipe interdisciplinar. Dentro desse dispositivo realizam-se discussões em equipe, interconsultas e, diante de algumas situações específicas, duplas terapêuticas que permitam um desdobramento da demanda, na intervenção com o bebê e na sustentação das funções parentais.

Parte-se da concepção de que não são o bebê e sua família aqueles que têm que padecer os efeitos da divisão do conhecimento por áreas, ficando expostos aos efeitos iatrogênicos de múltiplas intervenções que submetem o bebê à fragmentação de olhares sobre déficits específicos. O dispositivo do *terapeuta único em equipe interdisciplinar* implica que seja um clínico, apoiado em uma equipe interdisciplinar, quem está a cargo da articulação desses conhecimentos (de organização de hábitos de sono, alimentação, controle esfincteriano, praxias, mudanças posturais, esquemas cognitivos, comunicação), colocando-os em cena à medida que eles se tornam necessários na vida cotidiana do bebê.

Nesse sentido, o bebê não é alguém sobre o qual se aplicam técnicas ou métodos de estimulação em marcos artificiais pré-programados pelo clínico. É o clínico quem fica à disposição para intervir a partir do que aparece como impasse na produção do bebê no contexto de sua vida e no contexto das questões apresentadas pelos pais nos cuidados dirigidos ao filho. Isso porque de nada adianta a

---

4 O Centro Lydia Coriat propõe que profissionais vindos de diferentes formações de base se especializem para intervir com bebês, considerando a constituição nos diferentes aspectos e seus problemas dos zero aos três anos. Tal transmissão ocorreu desde 1977 por meio de supervisão, aulas e grupos de observação de bebês. Posteriormente, a partir de 2003, formalizou-se também como um curso denominado: *Estimulação precoce – clínica interdisciplinar com bebês*, contando, desde 2008, com titulação acadêmica de especialização. A proposta implica uma formação de base a partir da qual um especialista está advertido da complexidade desse campo, não intervindo de modo reducionista sobre uma única área e contando com instrumentos para sustentar sua prática em uma equipe interdisciplinar.

produção de um esquema que não pode ser generalizado pelo bebê, uma vez que permanece distanciado de seu contexto cotidiano e visto que não se atrela à sua condição desejante. Assim como de nada adianta orientar os pais, dando-lhes recomendações que não partem das questões que eles encontram na relação com o filho. Em muitos casos, quando assim se procede, o resultado é: pais que se tornam reféns das técnicas, e bebês passivizados diante de um Outro primordial que o submete subjetivamente por mirar a eficácia de uma função enquanto perde de vista seu despertar como sujeito desejante capaz de uma realização. Por isso, a sustentação dos jogos de litoral é fundamental à constituição por permearem as realizações com a dimensão do prazer na relação entre o bebê e seu Outro.

Detecção precoce, prevenção primária e secundária de problemas na primeira infância

A prevenção geralmente implica o estabelecimento de relações unívocas entre certas causas e certos efeitos. Uma vez estabelecida essa correlação, basta encontrar o modo de neutralizar as causas para eliminar os efeitos danosos que se busca prevenir.

No entanto, quando lidamos com o psiquismo, essa correlação não pode ser assim aplicada, já que, em nossa vida psíquica, as causas não são unívocas, estabelecendo-se por correlações em rede entre certos acontecimentos e certas consequências. Assim, o valor do acontecimento (seja ele biográfico ou da ordem da fantasia) não é decidido pelo acontecimento em si, mas pelo contexto, pela rede significante em que ele é tomado, considerando, ainda, que essas inscrições em rede, próprias da estrutura, estão sempre sujeitas às contingências de vida a partir das quais podem vir a assumir novas significações. Isso coloca a complexidade que implica a relação entre prevenção e problemas na infância quando consideramos a incidência da causalidade psíquica.

Intervir com a infância coloca aí uma dificuldade adicional, uma vez que a nosografia psicopatológica é profundamente adultomorfa, partindo da ideia de quadros estabelecidos. Nesse sentido, a criança permanece bastante desobediente aos critérios classificatórios, já que, por excelência, está em um tempo de abertura a inscrições constituintes. Em outras palavras, o sintoma fundamental ainda não está decidido na infância, não apresentando fixação de gozo (e sim de polimorfismo das vicissitudes pulsionais) e, portanto, tampouco, nos seus modos de enunciação como sujeito. Por isso, ao longo de uma intervenção clínica e, por efeito desta, podemos evidenciar, em alguns casos, uma mudança no sintoma fundamental de uma criança.

É partindo dessa concepção que surge a noção de *estrutura não decidida na infância*. Ela vem apontar como a estrutura do quadro psicopatológico não é necessariamente uma questão ôntica, ou seja, do "ser" (quando tão comumente se diz: é "psicótico", "autista" ou, ultimamente, "hiperativo", situando o diagnóstico psicopatológico na ordem do ser). Se os quadros psicopatológicos oferecem uma grade possível de leitura ao fenômeno clínico, certamente a singularidade subjetiva transcende à classificação. Mas a criança obriga-nos a ir ainda mais longe, situando a diferença entre "ser" e "estar" no percurso de sua constituição em andamento, a partir do qual sua estrutura será um devir.

Se a clínica com crianças coloca essa questão em pauta, a clínica com bebês a radicaliza, pois a primeira infância apresenta uma especificidade a considerar em relação à psicopatologia: na primeira infância, antes que possamos encontrar os signos positivados de determinado quadro psicopatológico, o que encontramos é que certa produção que seria de se esperar ao longo da constituição não se produziu. Portanto, é sobre o rastro do que não se constituiu que se estabelece posteriormente um sintoma positivado relativo a determinado quadro psicopatológico.

Por isso é fundamental na formação de um clínico que intervém com bebês conhecer como os diferentes momentos lógicos da constituição psíquica se dão a ver na produção do bebê, e não apenas o conhecimento dos quadros patológicos em si, dado que o primeiro que encontramos é que algo não se estabeleceu e é sobre o rastro do não constituído que um sintoma virá a se produzir.

É nessa direção que situamos a detecção precoce: detectar que algo não vai bem com um bebê. Não se trata de estabelecer precocemente uma correlação fechada entre certo signo de que algo não vai bem com a suposta manifestação precoce de um determinado quadro psicopatológico. Por exemplo, que um bebê não apresente preferência pelo rosto humano ao longo do primeiro quadrimestre é um indício de que algo não vai bem. Mas a qual quadro psicopatológico isso responde? Essa correlação não está fechada, não está estabelecida, pois, se não há uma evitação ativa do olhar, em uma demanda de exclusão, ainda não podemos, por exemplo, falar de autismo. Pode ser um bebê que está deprimido. Por mais conhecimento que o clínico tenha sobre os sintomas da psicopatologia, em um tempo inicial da detecção precoce essa correlação não está decidida e nossa intervenção clínica não busca fechá-la; pelo contrário, busca intervir cedo, antes que o quadro patológico se fixe.

Desse modo, a detecção precoce e a consequente intervenção ocorrem a partir de um risco de constituição no bebê, sem manter uma correlação fechada a determinado quadro psicopatológico. Para tanto, partimos de dois aspectos que consideramos fundamentais na clínica da intervenção precoce:

- Que retroativamente possamos estabelecer a relação entre certos quadros psicopatológicos de crianças com alguns traços que apresentavam quando bebês e que demonstravam problemas em sua constituição não é o mesmo que antecipatoriamente "diagnosticar" determinada psicopatologia no bebê, pois sua estrutura não está fechada e sim sujeita às contingências da vida, inclusive de tratamento. Quando esse diagnóstico de "risco para determinada patologia" se apresenta, estabelecendo essa correlação fechada, os efeitos podem ser os de uma profecia autorrealizável na qual o próprio agente de saúde introduz simbolicamente no horizonte da criança a patologia que buscava evitar.

- Intervir assim que detectamos que a constituição do bebê não vai bem, quando está em risco, sem estabelecer correlação fechada com quadro psicopatológico, é fundamental na primeira infância, já que, tantas vezes, os agentes de saúde mantêm uma chamada conduta expectante, à espera de obter maior clareza diagnóstica, diante de um bebê que não está indo bem em sua constituição e que só é encaminhado quando seu estado corresponde aos signos positivados de determinado quadro psicopatológico. Desse modo, chegam a tratamento crianças pequenas com um quadro tanto mais cristalizado enquanto se deixou passar um tempo precioso de permeabilidade a inscrições constituintes.

A conduta expectante muitas vezes é efeito de uma concepção desenvolvimentista, como se a passagem do tempo por si só fosse capaz de produzir os efeitos de constituição; outras vezes é efeito de um pensamento centrado em um diagnóstico de quadro patológico plenamente configurado, o que não é aplicável à primeira infância.

Sustentar a clínica com bebês em um marco interdisciplinar permite que, diante de um bebê que não está bem quanto à sua constituição, levemos em consideração tanto o estabelecimento do real - considerando os limites orgânicos - quanto os aspectos fantasmáticos (fantasias inconscientes) implicados na produção de seus sintomas. Muitas vezes a detecção precoce de problemas do desenvolvimento se centra em verificar se os órgãos que apoiam as funções são hígidos, quando também é fundamental ler como essas funções são postas em funcionamento no circuito de desejo e demanda na relação do bebê com o Outro encarnado, já que as produções de um bebê são apoiadas nessa relação.

A clínica com bebês que apresentam quadros orgânicos de base - síndromes genéticas, problemas metabólicos, deficiências sensoriais, lesões motoras, entre outros - coloca tal questão em relevo, uma vez que tantas vezes se procura intervir sobre a parcialidade da função a fim de sanar um déficit, perdendo de vista que os efeitos fantasmáticos que a incidência de uma patologia desperta nos pais, que, se não tratados, costumam introduzir efeitos tanto mais devastadores para o bebê que a limitação orgânica em si, uma vez que a criança deixa de ser endereçada a ideais da família e da cultura. Diante de tais quadros, torna-se fundamental uma clínica de estimulação precoce que intervenha na direção de uma prevenção secundária, sustentando o marco que possibilita a constituição do bebê e o exercício das funções materna e paterna.

Uma clínica que intervém no laço pais-bebê dada a não correspondência entre corpo e sujeito

Ao intervirmos com bebês é importante que possamos considerar a estrutura psíquica dos pais. Certamente, não dá na mesma o nascimento de um bebê para uma mãe em crise adolescente ou com um quadro de psicose. Em certos casos, encontramos toda uma irmandade que padece de graves problemas devido a graves condições psíquicas dos pais que os impedem de exercer as funções materna e paterna. No entanto, em relação aos chamados "grupos de risco", sempre cabe ao clínico considerar a singularidade de cada caso, visto que tais categorias que introduzem uma correlação estatística nada dizem diante da exceção em que cada sujeito pode estar situado, exigindo uma escuta singular e uma estratégia clínica específica para apoiar o exercício da função materna e paterna imprescindíveis à constituição do bebê.

Se bem a estrutura psíquica dos pais conte, conta muito mais para o clínico o modo como o bebê é situado no discurso parental, ainda considerando que a fala da mãe, do pai ou demais parentes que exercem a sustentação de seus cuidados não é necessariamente equivalente. A sobredeterminação simbólica é única para cada bebê que faz parte de uma irmandade. Os efeitos fantasmáticos desencadeados pelo fato de ser o primeiro ou segundo filho, o fato de ser menino ou menina, de suas características físicas, assim como dos acontecimentos relativos à sua concepção e primeiros meses de vida têm um efeito decisivo para o estabelecimento do laço pais-bebê. Por isso, é fundamental a escuta do discurso parental.

Mas, além dessa escuta, é fundamental considerar como esse discurso se coloca em ato nos cuidados dirigidos ao bebê. Se a psicologia se atém aos enunciados que tantas vezes preenchem os formulários de anamneses com perguntas preconcebidas, a psicanálise, no âmbito da clínica interdisciplinar com bebês, aponta a importância de que possamos escutar a lógica que alinhava o que os pais têm a dizer sobre o filho e, mais do que isso, como eles se dirigem ao bebê em seus atos de enunciação, com seus gestos, com sua entoação, à medida que o ato de enunciação é capaz de subverter o sentido do enunciado. Torna-se então fundamental como esse discurso se coloca em ato, não pela incidência de certas características fenomenológicas do lado dos pais, mas pelo modo como opera, realizando corte e costura diante das produções do bebê, fazendo borda ao seu corpo, respondendo ou frustrando suas demandas, convocando ou impedindo suas iniciativas, sancionando suas produções como realizações que surpreendem, ou ficando tomados por um estranhamento do *sem sentido*, ficando com um saber completo ou supondo um saber do lado do bebê.

No entanto, o ponto que resulta decisivo na clínica com bebês, a partir do qual todos os anteriores ganham o seu relevo, é como o bebê responde com suas produções. Diante desse *dado a ver* na produção do bebê pelo bebê o clínico intervém, não pela observação, mas por uma leitura que toma tais manifestações como respostas do bebê ao contexto em que são produzidas.

Se a clínica com bebês exige intervir nesse contexto é devido à não correspondência entre corpo e sujeito deixada em relevo nos primórdios da constituição, é a partir da matriz simbólica do Outro encarnado que se produz o sintoma dado a ver no corpo do bebê que, de modo enigmático, coloca em cena suas primeiras respostas que o implicam subjetivamente na relação com o Outro.

Ainda que estes quatro aspectos - estrutura psíquica dos pais; lugar do bebê no discurso parental; como o discurso parental se coloca em ato nos cuidados dirigidos ao bebê; a resposta que o bebê dá a ver com sua produção - se encontrem intrincados na produção do laço pais-bebê, é fundamental que a intervenção clínica não os tome de modo indiferenciado: não dá na mesma um sintoma que se desperta na mãe, pai ou casal diante do nascimento de um bebê e um sintoma clínico que comparece no bebê sendo obstáculo à sua constituição. Diferenciar esses aspectos é fundamental para a direção da cura, já que apenas no último caso é o bebê quem deve ser tomado em tratamento, evidentemente com a devida implicação dos pais no trabalho. Nas demais ocasiões, caberá considerar a importância de abrir para os pais uma escuta que lhes permita separar seu sintoma de uma precipitação de sofrimento no bebê.

Desse modo, a clínica com bebês revela a complexidade relativa aos tempos primordiais em que os aspectos constitutivos - seja desde as características neuroanatômicas que se têm ao nascer, seja desde a sobredeterminação simbólica que antecede à chegada de um bebê - serão colocados em jogo pelas contingências da vida. Nesse contexto, as respostas que o bebê, sustentado no laço com o Outro encarnado, virá a produzir estão por advir e, portanto, sua estrutura ainda não está decidida.

Referências

BERGÈS, J. Função estruturante do prazer. *Escritos da Criança*, n. 3. Porto Alegre: Centro Lydia Coriat, 1988.

CORIAT, L.; JERUSALINSKY, A. Aspectos estruturais e instrumentais do desenvolvimento. *Escritos da Criança*, n. 4. Porto Alegre: Centro Lydia Coriat, 1983.

FREUD, S. Três ensaios sobre a teoria da sexualidade. In: *Um caso de histeria, três ensaios sobre a teoria da sexualidade e outros trabalhos*. Rio de Janeiro: Imago, 1977. p. 123-152. (Edição standard das obras psicológicas completas de Sigmund Freud, v. V)

______. Escritores criativos e devaneio. In: *Gradiva de Jensen e outros trabalhos*. Rio de Janeiro: Imago, 1977. p. 147-158. (Edição standard das obras psicológicas completas de Sigmund Freud, v. VIII)

______. Além do princípio do prazer. In: *Além do princípio do prazer, psicologia de grupo e outros trabalhos*. Rio de Janeiro: Imago, 1977. p. 11-85. (Edição standard das obras psicológicas completas de Sigmund Freud, v. XVIII)

JERUSALINSKY, A. *Psicanálise e desenvolvimento infantil*. Porto Alegre: Artes e Ofícios, 1988.

______. Quantos terapeutas para cada criança? In: *Escritos da Criança*, n. 5. Porto Alegre: Centro Lydia Coriat de Porto Alegre, 1998.

______. *Algumas questões para elaborar a teoria do brincar*. Artigo Inédito. 2007.

______. *Quem é o Outro do sujeito na primeira infância?*: o lugar da família na clínica com bebês. São Paulo: Sedes Sapientiae, 2005. Disponível em: <http//www.estadosgerais.org/encontro/IV/PT/trabalhos/Julieta_Jerusalinsky.pdf>. (Apresentado no IV Encontro Latinoamericano dos Estados Gerais da Psicanálise)

______. Clínica interdisciplinar com bebês: qual a importância clínica de considerar a especificidade desse campo. In: WAJNTAL, M. (Org.)

Clínica com crianças, enlaces e desenlaces. São Paulo: Casa do Psicólogo, 2008. p. 30-50.

JULIETA, J. *A criação da criança:* brincar, gozo e fala entre a mãe e o bebê. 2. ed. Salvador: Ágalma, 2014.

LACAN, J. El estadio del espejo como formador de la función del yo tal como se nos revela en la experiencia psicoanalítica. In: *Escritos 1*, Buenos Aires: Siglo Veintiuno, 1949. p. 86-93.

______. Subversión del sujeto y dialéctica del deseo. In: *Escritos 2*. Buenos Aires: Siglo Veintiuno, 1960.

______. Alocução sobre as psicoses na criança. In: *Outros Escritos*. Rio de Janeiro: Zahar, 2003. p. 359-368.

LEFORT, R.; LEFORT, R. A criança: um analisando por inteiro. *L'ane*, n. 16, 1990-1991.

NASH, M. Fertile Minds. *Revista Time*, n. 30, fev. 1997.

Os ingredientes da parentalidade

Compreender, sustentar e cuidar

Marie Rose Moro[1]

Tradução: Marina Bialer

O bem-tratar[2] é, sem nenhuma dúvida, uma palavra nova que apareceu no nosso vocabulário, é um neologismo, mas é muito útil para pensar a prevenção e o tratamento precoce e pluridisciplinar de bebês e de seus pais - de todos os bebês. Esse bem-tratar pertence a todos: médicos, parteiras, psicólogos, psiquiatras, enfermeiros e todos os profissionais da primeira infância. Pressupõe também uma cultura da parentalidade, uma parte ativa dos pais nesse bem-tratar que pertence a todos, mas que começa pelos pais e pela necessidade de apoiá-los, quando necessário.

A cultura da parentalidade é, no sentido dos psicanalistas, psicólogos, psiquiatras ou neuropsiquiatras - mas também dos filósofos,[3]

---

1 Professora de psiquiatria da criança e do adolescente, Université de Paris Descartes, França. Chefe do serviço no hospital Cochin (Maison de Solenn - Maison des adolescents) et Avicenne (service de psychopathologie de l'enfant et de l'adolescent), Bobigny, França. Diretora da revista transcultural *L'autre* <www.clinique-transculturelle.org> e <www.marierosemoro.fr>.

2 O termo original é um neologismo em francês *bientraitance* (N.T.).

3 Cf. os trabalhos de Gauchet dos quais retirei a citação que inicia este artigo (2004).

professores, educadores, políticos - o desafio do século XXI. E, no entanto, é a mais velha profissão do mundo, a mais universal, a mais complexa sem dúvida, talvez mesmo a mais impossível, mas também a mais múltipla.[4] Estaríamos inclinados a dizer que o importante é encontrar sua própria maneira de serem pais, de transmitir o laço, o carinho, a proteção de si e dos outros, a vida. Nós fizemos da parentalidade - palavra estrangeira que forjamos em diferentes línguas nos últimos anos a partir da palavra inglesa - um neologismo em francês, mas também em espanhol, em italiano e, sem dúvida, em outras línguas também. Como se tivéssemos enfim tomado consciência recentemente de que tínhamos entre as mãos uma joia preciosa, que todos os pais do mundo tinham. Constatamos também que alguns dentre eles, demasiado vulneráveis ou colocados em situações difíceis - às vezes até mesmo desumanas - estão tão ocupados com o desenvolvimento de estratégias de sobrevivência em todos os sentidos do termo, sobrevivência psíquica ou sobrevivência material, que estão em dificuldade para transmitir, ou na impossibilidade de transmitir algo além da precariedade do mundo e suas complexidades. E, por isso, é importante estudar as situações de migração que implicam para os pais transformações e, às vezes, rupturas que tornam mais complexo o estabelecimento de uma relação pais-bebê, se não se leva em conta a variável "migração". Atualmente, no entanto, as migrações fazem parte de todas as sociedades modernas, múltiplas e mestiçadas, devendo, então, ser foco de nossa preocupação clínica. Ainda mais que a partir do momento em que se considera essa variável, transforma-se esse risco em potencialidade criadora tanto para as crianças e suas famílias quanto para as equipes que as tratam, como vamos mostrar a partir da experiência francesa de acolhimento e de tratamento dos bebês.[5] Melhor compreender, tra-

---

4 Sobre estas variações transculturais, as mil e uma maneiras de ser pais, cf. em italiano Moro (2005) ou para a África, Rabain-Jamin (1989), para a Índia, Stork (1986).

5 Sobre essa experiência clínica no hospital Avicenne na periferia norte de Paris, pode-se ler em italiano várias obras, Moro (2002, 2005, 2010).

tar, acolher os migrantes e seus filhos na Europa: é o que está em jogo em uma prevenção e uma clínica do início da vida engajada na sociedade.

Os ingredientes da parentalidade

Ninguém nasce pai ou mãe: cada qual se torna pai ou mãe... A parentalidade se fabrica com ingredientes complexos; alguns são coletivos, pertencem à sociedade inteira, mudam com o tempo, são históricos, jurídicos, sociais e culturais; outros são mais íntimos, privados, conscientes ou inconscientes, pertencem a cada um dos dois pais como pessoa e como futuro pai ou mãe, ao casal, à própria história familiar do pai e da mãe. Aqui está em jogo o que é transmitido e o que fica escondido, os traumas infantis e o modo pelo qual cada um os esconde. Em seguida, há outra série de fatores que pertencem à própria criança e que transformam seus genitores em pais. Alguns bebês são mais dotados do que outros; alguns nascem em condições que lhe facilitam essa tarefa, outros, pelas suas condições de nascimento (prematuridade, sofrimento neonatal, deficiência física ou psíquica...) devem vencer muitos obstáculos e implantar estratégias múltiplas e frequentemente custosas para entrar em relação com o adulto estupefato. A partir dos trabalhos de Cramer, Lebovici, Stern e muitos outros, sabe-se que o bebê é parceiro ativo da interação pais-filhos e, por isso mesmo, da construção da parentalidade. Ele contribui para a emergência do maternal e do paternal nos adultos à sua volta, que o carregam, que o alimentam, dando-lhe prazer numa troca de atos e afetos que caracteriza todos os primeiros momentos da vida da criança.

Há mil e uma maneiras de ser pai e de ser mãe, como mostram os numerosos trabalhos de sociólogos e de antropólogos.[6] A dificuldade reside então no fato de deixar o lugar para que se manifestem

---

6 Cf. em francês, Lallemand; Journet; Ewombe-Moundo (1991) para uma síntese muito boa sobre este tema.

essas potencialidades e que nós nos abstenhamos de todo julgamento sobre "a melhor maneira de ser pai ou de ser mãe". Mas é um trabalho árduo, pois a tendência natural de todo profissional é pensar que sabe melhor que os pais como estar com a criança, quais são suas necessidades, suas expectativas... Nosso papel torna-se então não o de dizer como se deve ser, ou mesmo como se deve fazer, mas o de permitir que as capacidades dos pais surjam – e o de apoiá-los. Os elementos sociais e culturais participam então da fabricação da função da parentalidade. Os elementos culturais têm função preventiva ao permitir antecipar o modo de tornar-se pai ou mãe e, se necessário, o modo de dar um sentido aos percalços cotidianos da relação pais-criança, de prevenir a instalação de um sofrimento.

Os elementos culturais se misturam e se imbricam com os elementos individuais e familiares de uma maneira profunda e bem cedo na vida. Mesmo quando se acreditava tê-los esquecido, a gravidez, pelo seu caráter iniciático, traz à memória os nossos pertencimentos míticos, culturais e fantasmáticos. Como nos protegeremos quando em exílio? Como ter bebês com saúde?[7] Ali, não se deve anunciar a gravidez; em outro lugar, é preciso evitar comer certos peixes ou tubérculos que amolecem ao serem cozidos. Noutro lugar ainda, o marido não deve comer certos tipos de carne enquanto a mulher está grávida... Mais longe ainda, é preciso guardar os seus sonhos, interpretá-los e respeitar as demandas que são feitas no sonho, pois é a criança que fala... Esses elementos da ordem do privado no exílio (eles não são compartilhados pela sociedade) vão às vezes se opor às lógicas exteriores – médicas, psicológicas, sociais e culturais. Depois vem o momento do parto, momento técnico e público – dá-se à luz no hospital sem os seus próximos. Aqui também, há mil e uma maneiras de dar à luz, de acolher a criança, de apresentar-lhe o mundo, e depois, de

---

7 Nesse mesmo autor, sobre essa questão universal "como ter bebês com saúde?", tradução que optamos para a frase "*Comment avoir de beaux bébés?*", por considerarmos ser a maneira mais usual de se designar no Brasil os bebês recém-nascidos (N. T.).

pensar sua alteridade, às vezes mesmo seu sofrimento. Todas essas "pequenas coisas" reativadas em situação de crise, reavivam representações às vezes dormentes ou que acreditávamos superadas.

Em nome de uma universalidade vazia e de uma ética reducionista, nós não integramos essas lógicas complexas, sejam elas sociais sejam culturais, nos dispositivos de prevenção, de cuidados, e nas nossas teorizações. Raramente nos interrogamos sobre a dimensão cultural da parentalidade, mas, principalmente, nós não consideramos que essas maneiras de pensar e de fazer possam ser úteis para estabelecer uma aliança, compreender, prevenir, cuidar. Estimamos, sem dúvida, que a técnica é nua, não tem impacto cultural, e que basta aplicar um protocolo para que o ato seja corretamente realizado.

No entanto - e várias experiências clínicas o demonstram-,[8] essas representações compartilhadas têm alguma eficácia. De um ponto de vista teórico, elas renovam nossas maneiras de pensar, obrigam-nos a nos descentrar, a complexificar nossos modelos e a nos afastar de nossos julgamentos apressados. Pensar essa alteridade é permitir a essas mulheres viver as etapas da gravidez e da parentalidade de maneira não traumática e se familiarizar com outros pensamentos, outras técnicas, pois a migração traz consigo essa necessidade da mudança. Ignorar essa alteridade é não somente privar-se do aspecto criativo do encontro mas também correr o risco de que essas mulheres não se inscrevam nos nossos sistemas de prevenção e de cuidados; é também obrigá-las a uma solidão de pensamento e de vida - para pensar, nós temos necessidade de coconstruir, de trocar, de confrontar nossas percepções àquelas do Outro. Se isso não é possível, o pensamento só se apoia nele mesmo e nos seus sentidos. Essa não confrontação pode também conduzir a um enrijecimento, a um fechamento psíquico e identitário. É a troca com o Outro que me modifica.

---

8 Cf. a consulta transcultural na maternidade do Hospital de Bondy (Dr. D. Neuman) na periferia norte de Paris (Moro; Réal; Baubet, 2005).

Transparência psíquica / transparência cultural

Sabe-se que, para além dessas dimensões sociais e culturais, essas funções maternas e paternas podem ser tocadas pelos percalços do funcionamento psíquico individual, pelos sofrimentos antigos, mas não apaziguados, que muitas vezes reaparecem de maneira brutal no momento de constituição de sua própria linhagem: todas as formas de depressão do pós-parto, até mesmo de psicoses, que conduzem ao sem sentido e à errância. A vulnerabilidade das mães, de todas as mães, nesse período, é bem conhecida atualmente e teorizada em particular a partir do conceito de transparência psíquica (Bydlowski, 1991) – por transparência, compreende-se o fato de que no período perinatal o funcionamento psíquico da mãe é mais legível, mais fácil de perceber que de modo geral. De fato, as modificações da gravidez fazem com que nossos desejos, nossos conflitos, nossos movimentos se expressem mais facilmente e de maneira mais explícita. Mas também revivemos os conflitos infantis que são reativados, em particular os ressurgimentos edípicos. Em seguida, o funcionamento torna-se opaco novamente. Essa transparência psíquica é menos reconhecida nos pais, embora o pai também atravesse essas turbulências múltiplas ligadas às revivescências de seus próprios conflitos, ao colocar em jogo a sua própria posição de filho e a sua passagem de filho para pai; os pais também revivem e experimentam isso mais diretamente que o habitual; o período perinatal autoriza uma regressão e uma expressão que lhe são próprias.

O exílio potencializa essa transparência psíquica que se expressa nos pais, de modo diferente no nível psíquico e cultural. No nível psíquico, pela revivescência dos conflitos e pela expressão das emoções; no nível cultural, pelo mesmo processo, porém aplicado dessa vez às representações culturais, às maneiras de fazer e de dizer próprias a cada cultura. Todos esses elementos culturais que pensávamos pertencerem à geração precedente se reativam e, de repente, tornam-se importantes e preciosos: eles se tornam novamente vivos para nós. Convém propor aqui a imagem de transparência cultural para pensarmos e imaginarmos o que os pais atravessam. A relação com a cultura de seus pais se encontra modificada e, por isso mesmo, também se encontra modificada a relação com seus próprios pais.

Para uma prevenção inicial dos percalços da parentalidade

Nessa realidade, onde diferentes níveis interagem, a dimensão psicológica tem um lugar específico em termos de prevenção e de cuidados. A prevenção, de fato, começa desde a gravidez: é preciso ajudar as mães em dificuldade a pensar seu bebê que vai nascer, a investi-lo, a acolhê-lo, apesar da solidão na qual elas vivem - solidão social e, mais ainda, existencial. A cultura compartilhada permite antecipar e pensar o que vai se passar, pensá-lo e se proteger serve de suporte para construir um lugar para a criança que virá. Os percalços dessa construção do laço pais-criança encontram na experiência do grupo social os núcleos de sentido que, na migração, são mais difíceis de apreender. Os únicos pontos fixos são, então, o corpo e o psiquismo individuais; todo o resto se torna movediço e precário. Para os outros, as mulheres nativas em ruptura social, além de isoladas, encontram-se também sozinhas para fazerem o trabalho de humanização do bebê, próprio a qualquer nascimento - a criança é um estrangeiro que é preciso aprender a conhecer e a reconhecer.

No período perinatal, os ajustamentos são necessários entre a mãe e o bebê, mas também entre o marido e a mulher. Os disfuncionamentos são possíveis, às vezes inevitáveis, mas muitas vezes transitórios se se intervém suficientemente cedo. Para isso, é preciso detectá-los sob as traduções somáticas ou funcionais e demandas às vezes difíceis de formular, pois não se sabe a quem endereçá-las e como fazê-lo. É preciso então aprender a reconhecer a confusão e a dúvida de mães migrantes por meio de pequenas coisas (queixas somáticas, queixas em relação ao bebê, pedidos de ajuda social...). É preciso principalmente permitir-lhes dizê-lo na sua língua, quando necessário, por intermédio de outras mulheres da comunidade.

A prevenção se situa desde o início da vida nos centros de Proteção Maternal e Infantil (PMI), nos serviços de maternidade e pediatria, nos lugares de acolhimento da primeira infância, nos consultórios de médicos de família, nos lugares de neuropsiquiatria infantil... Essa prevenção em período perinatal é essencial, pois esse período é crucial para o desenvolvimento do bebê, visto que é também nesse momento que se constrói o lugar da criança na família.

Prevenção, sim; mas tratamento também. As dificuldades cotidianas com as famílias migrantes ou as famílias socialmente desfavorecidas e seus bebês nos obrigam a modificar nossa técnica de tratamentos psicológicos e nossa teoria para adaptá-los a essas novas situações clínicas cada vez mais complexas - nossas maneiras de fazer, mas também nossos modos de pensar (Réal; Moro, 1998). Trata-se então de modificar nosso próprio enquadre para acolher de maneira adaptada essas crianças e seus pais, ou encaminhá-los, se for o caso, a uma consulta especializada, no contexto de uma rede que permite os laços e as idas e vindas entre os espaços de prevenção e de tratamento em uma complementaridade necessária (Moro, 2007).

O objetivo é permitir a esse pai ou a essa mãe passar de dentro para fora o que lhe dá medo, e ser - segundo a bela metáfora de Michel Serres - "o tecelão que trabalha a recosturar localmente dois mundos separados (...) por uma parada súbita, a cesura metastrófica acumulando os mortos e os náufragos: a catástrofe" (Serres, 1977). Assim, esse operário tecelão "entrelaça, torce, junta, passa por cima, por baixo e enlaça, o racional e o irracional, o dizível e o indizível, a comunicação e o incomunicável" (Serres, 1977).

Nós estamos lá no coração do mandato transgeracional, cujos elementos vamos agora definir.

A árvore da vida

> Cada um dentre nós é portador de um mandato transgeracional: pode-se dizer que nossa "árvore da vida" mergulha suas raízes na terra regada pelo sangue que deixaram escorrer os ferimentos provocados pelos conflitos infantis de nossos pais. No entanto, estas raízes podem deixar a árvore da vida desabrochar quando não são soterradas nas profundezas da terra e então inacessíveis. Em geral, felizmente, a filiação marcada pelos conflitos neuróticos não interdita os processos de afiliação cultural (Lebovici, 1995).

A árvore da vida da criança, isto é, o mandato que lhe é atribuído na transmissão transgeracional faz assim entrar na sua vida psíquica a geração dos avós por intermédio dos conflitos infantis dos pais, sejam estes pré-conscientes ou recalcados. Conflitos mais atuais, e em particular os traumas, podem também se inscrever nessa árvore de vida, acontecimentos que às vezes dão um sentido *a posteriori* aos conflitos ou aos momentos traumáticos infantis. É o caso dos traumas migratórios, por exemplo. Quando o peso da transmissão é demasiadamente elevado e sua tradução demasiadamente direta, a filiação se transforma para a criança em uma "patologia do destino" (Coblence, 1996, p. 64). Há então "fantasmas no quarto das crianças" (Fraiberg, 1999). São os visitantes que surgem do passado esquecido dos pais e que não são "convidados ao batismo". Em circunstâncias favoráveis, os fantasmas são expulsos do quarto das crianças e voltam aos seus lares subterrâneos, mas em alguns casos desfavoráveis, essas representações do passado no presente invadem os espaços e se instalam, afetando gravemente a relação da mãe com seu recém-nascido. É aí que se situa o desafio terapêutico: criar, cocriar com a mãe e as pessoas à sua volta a partir da criança, parceira ativa da interação, as condições necessárias para identificar os fantasmas: mais que expulsá-los na realidade, negociar com eles, de certo modo, humanizá-los. Fabricar o humano a partir do trauma, qualquer que ele seja: nesse caso, a ruptura ligada ao exílio.

Analisemos algumas etapas-chave para a mãe migrante e seu bebê e as implicações em termos de prevenção bem inicial.

Gravidez e parto em exílio

Tradicionalmente, a gravidez é um momento iniciático no qual a futura mãe é necessariamente apoiada pelas mulheres do grupo: acompanhamento, preparação às diferentes etapas, interpretação de sonhos etc. (Moro, 1994). A migração produz várias rupturas no processo de apoio e de construção do sentido. Primeiramente, uma perda do acompanhamento pelo grupo, do alicerce familiar social e cultural e a impossibilidade de dar um sentido culturalmente aceitável aos disfuncionamentos tais como a tristeza da mãe, o sentimento de incapacidade, as interações mãe-bebê desarmoniosas etc. Além disso, as mulheres são confrontadas a modos de fazer médico que não respeitam os modos de proteção tradicionais. As práticas medicinais ocidentais às vezes são, para essas mulheres, violentas, impudicas, traumáticas, e até mesmo "pornográficas" (várias de minhas pacientes utilizaram essa palavra). Eu percebi com acuidade a importância do arrombamento vivido pelas mulheres migrantes grávidas no início de meu trabalho com elas – falo aqui de mulheres migrantes vindas de regiões rurais do Maghreb, da África negra e do Sri Lanka, por exemplo. Para as mulheres citadinas, esses processos existem também, evidentemente, mas sem dúvida de maneira menos explícita.

Cada dia é uma vida

Recebo Medina, uma mulher *soninké*, do Mali, que me foi encaminhada por depressão no pós-parto com elementos de aparência delirante, mas que, após uma avaliação transcultural, evidenciam ser expressão cultural de um vivido traumático. Não havia delírio:

mesmo se a expressão era singular, não era senão um trauma. Medina era uma mulher soberba, grande e esbelta, com um olhar profundamente triste. No nosso primeiro encontro, ela estava vestida de um bubu[9] amarelo vivo e usava um turbante da mesma cor em torno dos cabelos. Sua face séria é entalhada de escarificações rituais: uma linha vertical no nível do queixo, duas linhas horizontais no nível das maçãs do rosto e uma pequena linha vertical no nível da testa. Ela fala em *soninké* com voz monótona. De vez em quando, lágrimas escorrem sobre suas bochechas, ela as ignora e continua a falar de sua total incompreensão do que se passou com ela quando seu filho Mamadou ainda estava no seu ventre. Ela carrega, naquele dia, Mamadou sobre suas costas. Ele tem dois meses e é seu primeiro filho: a criança é toda pequena, alimenta-se mal, chora muito, geme dolorosamente. Ela não pode amamentá-lo: ele suga pouco o seio e, no entanto, Medina estava convencida de que não tinha leite ou, ao menos, leite suficientemente nutritivo para seu bebê. Medina vive na França há um ano; veio morar com seu marido que vive aqui há oito anos.

Vários momentos podem funcionar como verdadeiros arrombamentos culturais e psíquicos para essas mulheres migrantes rurais. Mas antes mesmo de analisá-los, insistamos sobre o fato de que o que é violento de verdade é o ato efetuado sem preparação. Esses gestos técnicos são intimamente ligados ao contexto cultural ocidental; para aqueles que não os compartilham, esses atos se tornam, pelos seus implícitos, verdadeiros indutores de arrombamentos psíquicos. As mulheres podem simplesmente antecipá-los e representá-los. A conclusão que se impõe não é que se deva privar essas gestantes desses gestos; isso seria com certeza intolerável no plano ético e de saúde pública. Privá-las disso seria excluí-las mais uma vez de nosso sistema de cuidados e contribuir para a sua marginalização social. Ao contrário, trata-se de

9 Bubu é um traje africano semelhante a uma túnica usada sobre as saias justas das mulheres (N.T.).

executar esses gestos médicos de maneira a que sejam eficientes e alcancem realmente seus objetivos. Para adaptar nossas estratégias de prevenção e de tratamentos, somos obrigados a pensar essa alteridade para que ela não seja um obstáculo à interação, mas a chance de um novo encontro.

Quais são os momentos que podem funcionar como possíveis arrombamentos psíquicos para as mulheres migrantes grávidas? Para descrevê-los, retornamos ao percurso de Medina como ela no-lo relatou.

A declaração da gravidez

Tradicionalmente, a gravidez deve ser escondida o maior tempo possível ou, ao menos, deve-se falar dela o menos possível para não despertar a inveja da mulher estéril, daquela que não tem um menino, daquela que tem menos filhos, da estrangeira (Giami, 1987). Daí o medo que Medina teve no momento em que foi ver a assistente social para preencher os formulários de "declaração de gravidez". Ela se sentia ameaçada, pois não estava protegida. Tudo podia lhe acontecer, até mesmo ser "atacada por bruxaria" e perder a criança que carregava. Esse medo a seguiu ao longo de toda a sua gravidez e mesmo quando a criança nasceu, ela continuava aterrorizada: a criança não estava protegida e podia a todo momento partir para o mundo dos ancestrais, isto é, morrer.

O ultrassom

As coisas continuaram segundo a mesma lógica para Medina: no hospital são feitas "fotos" que mostrariam o que havia no interior do ventre, que "mostrariam o que Deus mantinha ainda escondido", dizia Medina. Esse ultrassom era, para ela, de fato, quase pornográfico. Ainda mais que a equipe médica lhe mostrava as imagens quase sem comentários, uma vez que ela compreendia muito pouco o francês. Essas imagens sem palavra, sem acompanhamento, são ainda mais violentas! O ultrassonografista, não compreendendo sua recusa em ver, falava-lhe, dizia-lhe sem dúvida para olhar, para não se preocupar. Ela fechava os olhos para tentar não ver. Ele interpretava essa recusa em olhar as imagens como uma dificuldade de investimento no bebê. Para outras mulheres migrantes que têm o hábito de pedir atos de adivinhação durante a gravidez, como as mulheres *mina* ou *ewe*, por exemplo, do Togo ou do Benin, o ultrassom é às vezes assimilado a tais práticas e, nesses casos, faz parte do que lhes é familiar. Cada situação individual e cultural é singular.

O parto

Em seguida, *houve o parto*, sozinho, sem intérprete, com a presença quase obrigatória de seu marido, um bom mulçumano, que entrou na sala "de parto", pois as coisas se passavam mal. Pensou-se em fazer uma cesariana, o marido recusou, aterrorizado. Finalmente, após um pouco de tempo, foi possível apaziguar Medina, ao se buscar outra mulher *soninké* que se encontrava no mesmo serviço e que acabava de dar à luz. Então, como diz Medina, a criança quis sair "sozinha". Sabe-se, atualmente, as consequências desastrosas de cesarianas para as mulheres migrantes e a necessidade de, toda vez que isso seja possível - isto é, quando a vida da criança e da mãe não estão em risco -, respeitar a lentidão do trabalho fisiológico das mulheres da África negra.

Essas palavras, muitas vezes repetidas por outras mulheres migrantes desde então, obrigaram-me a reconhecer a violência de certo número de atos médicos que *a priori* pensamos inofensivos.

Para Medina há essa ideia recorrente de que a criança que ela carregou e que nasceu nessas condições não está protegida, que ela está em perigo e que a própria Medina também está em perigo. Aqui, a categoria "falta de proteção da mãe e da criança" e sua consequência cultural que é a vulnerabilidade a um "ataque de bruxaria" é a categoria "boa para pensar",[10] se se acredita na continuação do trabalho com Medina.

De fato, Medina começou a se apaziguar a partir de atos culturais que contribuíram para reconstruir esse arrombamento, essa falha de proteção: os pais pediram a suas famílias no país nativo para fazer proteções rituais para Mamadou, o bebê, e assim introduzi-lo na cadeia de gerações e na família estendida. Ao mesmo tempo, nós elaboramos com a mãe sua tristeza e sua perda de alicerces ao tornar vivas as representações culturais que tinham perdido o sentido como consequência do exílio e dos conflitos familiares, isto é, reconstruindo parcialmente o suporte cultural do grupo terapêutico: ela tinha saído do país contrariando seu pai; assim, seu primeiro filho não estava protegido. Esse trabalho de coconstrução de um sentido cultural foi a primeira etapa, a da construção do enquadre.

Em um segundo tempo, abordamos as perdas múltiplas de Medina. Sua mãe morreu no seu nascimento e ela tinha sido criada pela nova esposa de seu pai. Além disso, vivia com dor e muita tristeza o exílio e a separação das suas irmãs, uma das quais morreu sem que ela tivesse podido revê-la. Sustentada pelo grupo e pelo enquadre proposto, Medina vai elaborar sua tristeza, dar um sentido a tudo o que havia passado durante a sua gravidez demasiadamente solitária e construir um laço "seguro" com seu filho Mamadou. A proteção do avô materno solicitada por Medina - e obtida - tornou-se então eficiente.

No plano preventivo, percebe-se por essa história, assim como de outras da mesma natureza, a necessidade de permitir à mulher grávida ter uma representação aceitável daquilo de que ela tem necessidade para si mesma e para seu bebê, quaisquer que sejam os percalços e as dificuldades que ela atravessa.

O bem-tratar é um processo de acompanhamento e de cuidados a coconstruir com os pais e a partir de seus próprios ingredientes.

---

10 O termo "categoria boa para pensar" - no texto original em francês "*catégorie bonne à penser*" - é um modo de pensar, uma expressão de Mondher Kilani, antropólogo/sociólogo, para pensar o canibalismo, ou seja, para pensar os interditos fundamentais (N.T.).

Referências

BYDLOWSKI, M. La transparence psychique de la grossesse. *Études freudiennes*, n. 32., p. 2-9, 1991.

COBLENCE, F. *Serge Lebovici*. Paris: PUF, 1996.

GAUCHET, M. L'enfant du désir. *Le Débat*, n. 132, "L'enfant-problème". p. 98-121, 2004.

GIAMI, I. Recherches ethnologiques sur les maternités de femmes africaines en milieu hospitalier parisien. *Mémoire de maîtrise d'ethnologie*. Paris: Université de Paris X, 1987.

LALLEMAND, S.; JOURNET, O.; EWOMBE-MOUNDO, E. et al. *Grossesse et petite enfance en Afrique Noire et à Madagascar*. Paris: L'Harmattan, 1991.

LEBOVICI, S. *Surmoi II*, les développements post-freudiens. Paris: PUF, 1995. p. 5. (Monographies de la Revue Française de Psychanalyse)

MORO, M. R. *Parents en exil*. Psychopathologie et migrations. Paris: PUF, 1994.

______. *Aimer ses enfants ici et ailleurs*. Paris: Odile Jacob, 2007.

______. *Nos enfants demain. Pour une société multiculturelle.* Paris: Odille Jacob, 2010.

MORO, M. R.; NATHAN, T.; RABAIN-JAMIN, J.; STORK, H.; SI AHMED, J. Le bébé dans son univers culturel. In: LEBOVICI, S.; WEIL-HALPERN, F. (eds.) *Psychopathologie du bébé*. Paris: PUF, 1989. p. 683-750.

MORO, M. R.; RÉAL, I.; BAUBET, T. Consultation transculturelle en périnatalité: une psychiatrie de liaison pour les bébés et leurs parents migrants. In: BAILLY, D. (ed.) *Pédopsychiatrie de liaison: vers une collaboration entre pédiatres et psychiatres*. Rueil-Malmaison: Doin, 2005. p. 35-41.

RABAIN-JAMIN, J. La famille africaine. In: LEBOVICI, S.; WEIL-HALPERN, F. (eds.) *Psychopathologie du bébé*. Paris: PUF, 1989. p. 722-7.

RÉAL, I.; MORO, M. R. De l'art d'humaniser les bébés. Clinique transculturelle des processus de socialisation précoce. *Champ psychosomatique*, n. 15, 1998. p. 31-44.

SERRES, M. Discours et parcours. In: LÉVI-STRAUSS, C. (ed.) *L'identité*. Paris: Grasset, 1977. p. 38.

STORK, H. *Enfances indiennes.* Etude de psychologie transculturelle et comparée du jeune enfant. Paris: Paidos/Le Centurion, 1986.

Alguns elementos "culturais" em matéria de prevenção no período perinatal

Michel Dugnat[1]
Tradução: Marina Bialer

A cultura dos bebês na sociedade francesa do início do século XXI, situada no cruzamento da cultura dos pais e das múltiplas culturas dos profissionais da saúde, é profundamente marcada pela noção de prevenção, a qual coloca inúmeras questões que foram intensamente debatidas nos últimos anos; vamos nos limitar à área da prevenção no campo da saúde psíquica e tentaremos dizer a que ponto é útil propor uma prevenção "preventiva" dos problemas psíquicos ligados à relação mãe-criança particularmente no período perinatal, e oporemos a prevenção "preventiva" à prevenção preditiva que as evoluções ideológicas recentes tentam priorizar. Apresentaremos um exemplo concreto: a entrevista pré-natal bem no início da gravidez, exemplo significativo das evoluções em andamento. Inicialmente, colocaremos em perspectiva as mudanças da família e das representações científicas ou sociais.

---

1 Pedopsiquiatra no serviço do Pr. F. Poinso (AP-HM), secretário WAIMH-F, pós-presidente SMF, presidente da ARIP.

Um contexto de transformações

• Transformações no campo político

Neste momento, em que as formas sociais da família se transformam profundamente, a prevenção bem no início da gravidez convoca a questão da parentalidade, termo polissêmico para uma questão social renovada. A parentalidade se tornou objeto de medidas concretas da parte dos profissionais de saúde, particularmente no período perinatal e na primeira infância.

As transformações da família e do lugar dado à primeira infância se tornaram uma preocupação de gestão pública (Bastard; Cardia-Vonèche, 2004) e questionam ao mesmo tempo o mundo político e o campo científico. É isso que mostram, dentre outros, dois documentos de estatuto muito diferente: o relatório parlamentar chamado Bloche-Pécresse (2006), e o parecer coletivo de peritos INSERM (2005) sobre os transtornos de conduta da criança e do adolescente. Essas interrogações sociais, que podemos qualificar de culturais, merecem ser descritas, pois desenham múltiplos retratos da criança.

• Uma política familiar

Sabe-se que a França é um dos raros países europeus a ser dotado de uma política familiar, isto é, de um conjunto de medidas e de ações tomadas pelos poderes públicos tendo como finalidade o apoio da família (Boissières, 1995). Na França, a família faz parte da esfera privada e é objeto de intervenções estatais há algum tempo; tornou-se, portanto, um assunto público. Desde o fim dos anos 1930, em um jogo complexo de atores entre as instituições patronais, as associações e o Estado (Lenoir, 2003), uma política de natalidade da família é instaurada com a participação dos poderes públicos nos benefícios sociais para a família. Após a

Guerra, a criação do Serviço Social foi acompanhada da criação dos primeiros benefícios sociais para a família.

Nos anos 1960-1970, os gastos do seguro-saúde e dos benefícios para a terceira idade aumentam em detrimento dos benefícios familiais; a manutenção de uma política familiar ativa conduz a uma seletividade crescente e à atribuição de benefícios em função da remuneração. A considerável revalorização dos benefícios familiais no início dos anos 1980 é seguida, nos anos 1990, de uma complexificação e de uma diversificação dos benefícios que traduzem a tensão entre, de um lado, uma vontade de adaptação da política familiar ao trabalho crescente das mulheres e à evolução das famílias, e de outro lado, a vontade de conter o orçamento ao colocar restrições no orçamento para os benefícios familiais.

Paralelamente ao aumento dos auxílios às famílias, a evolução do direito se acelera tanto no campo da organização do casal quanto no das modalidades de filiação. A autoridade parental se torna objeto de outras leis estendendo o exercício da autoridade parental dos pais casados ao casal divorciado; consagrando o princípio da coparentalidade; assegurando a igualdade entre os filhos, qualquer que seja a situação matrimonial de seus pais; organizando, com a residência alternada, a vida do filho de pais divorciados. Diversos trabalhos (Ministério da Justiça da França, 1999) (Théry, 1998) acompanham essa evolução muito rapidamente observada.

• A atenção do campo político à família renovada

A partir da apreensão médica dos transtornos de conduta da criança e do adolescente, desenha-se um forte projeto político quanto à gestão social das famílias. O Estado constata progressivamente a pluralidade de modelos familiares e se posiciona para acompanhar das evoluções sobre um modo menos normativo, no campo do direito civil, as evoluções da família e dos costumes (Martin, 2003). Mas o Estado pode, além disso, ser tentado a intervir na esfera familiar, fazendo do discurso da parentalidade, um discurso de ordem pública. Por exemplo, na lei sobre a igualdade de oportunidades de 2006 (lei n. 2006-396), cria-se um "contrato de responsabilidade parental": no caso de graves problemas no contexto da escola ou do colégio, e se os pais recusam um contrato de ajuda, o presidente do conselho geral pode suspender os auxílios sociais familiais.

Nesse contexto, o parecer coletivo de peritos solicitado ao INSERM (2005) pela Caixa nacional de seguro-saúde dos trabalhadores autônomos (cf. infra) "Transtornos de conduta da criança e do adolescente", oferece aval científico à prevenção médica de certas condutas, o que levanta algumas questões. Os reposicionamentos entre cientistas e políticos sobre a questão familial e a prevenção nos indicam que a criança se tornou não somente o ponto de articulação de relações familiais e de sua inscrição tanto social quanto jurídica, mas também uma importante referência do sistema de valores de nossa sociedade.

• Um consenso e uma convocação das ciências humanas

De fato, a questão da infância ocupa, na sociedade francesa e no jogo político, um lugar particular, constituindo um desafio para a cultura, pois em torno da infância os valores implícitos ou explícitos da cultura entram em conflito. Por meio das representações da criança, exprimem-se visões do mundo social, às vezes contraditórias.

Na França, a política familiar é, há algum tempo, um campo de ação pública: essa política, antiga, alicerçava-se em dois modos diferentes de conceber a ordem familial, opondo esquematicamente direita e esquerda. No entanto, os pontos de diferenciação não são tão claros hoje em dia. Revelam o aparecimento da noção de "parentalidade" e a vontade política do "apoio à parentalidade" (Bughin et al., 2003) manifestada indistintamente nos principais partidos políticos, por exemplo, com os Rede de escuta de apoio de acompanhamento dos pais (REAAP) (Bastard; Cardia-Vonèche, 2004) definidos pelo poder público a partir de 1999 e implantados desde então. No entanto, os temas da família e da criança no debate político aparecem cada vez mais diferenciados entre os partidos. Em contrapartida, frequentemente eles são objeto, nos partidos, assim como dentro da representação nacional, de uma "delegação" de mulheres supostas "especialistas" nesse campo.

No plano político, o aumento das interrogações sobre a família foi marcado pelo aparecimento progressivo, nos anos 1990, de um "familialismo de esquerda" e de uma maior consideração dos direitos da criança pela direita, o que contribui para confundir distinções muito antigas. De fato, historicamente, a questão da família podia obedecer a uma linha de divisão facilmente identificável, opondo os defensores da família tradicional, na qual a criança devia antes de mais nada respeitar a autoridade do adulto, aos da família dita democrática, marcada pela referência à Convenção Internacional dos Direitos da Criança (ratificada pela França, em agosto de 1990), e tendendo a promover uma forma de igualdade entre os adultos e as crianças. A esquerda valorizava a importância das intervenções estatais, e a direita, uma criança considerada como "dominada" pelo adulto desde os anos 1990; a direita insistia assim sobre o interesse da autoridade na educação e na vida familial.

O apelo aos trabalhos das ciências humanas para esclarecer os processos de decisão política, com a multiplicação de relatórios sobre esses temas, foi concomitante com a reconsideração pela esquerda do lugar dos valores familiais em um projeto conjunto, embora algumas correntes da direita descobrissem a importância do desenvolvimento satisfatório da criança e questionassem o vínculo dos direitos das crianças com os modelos desejáveis de família. A simples distinção inicial entre direita e esquerda sobre a questão parental encontrou-se confusa em vários sentidos.

No plano técnico, o interesse dado à prevenção e aos maus-tratos da criança foi ao mesmo tempo supermidiatizado e ocultado pelos eleitos locais e nacionais nas suas comunicações sobre as políticas públicas tanto nos Conselhos Gerais quanto nas Assembleias; constituiu-se um campo complexo de embates, suporte de importantes questionamentos políticos, tendendo a concernir, antes de tudo, às dificuldades das famílias desfavorecidas. Essas preocupações em relação à infância em perigo foram frequentemente articuladas a outras preocupações em relação à infância "perigosa" e suas condutas agressivas ou perigosas.

A questão de certas condutas associadas à delinquência, particularmente na adolescência, apareceu, assim, como suscetível de ser objeto de reflexões ou de tomadas de posições virulentas, ao mesmo tempo em que se assistia à instrumentalização, no debate público e político, de questões relativas à segurança pessoal. Esses temas securitários se revelaram portadores de fortes preocupações sociais, orquestradas pela mídia, e objetos de debates em período pré e às vezes pós-eleitoral (Neyrand, 2006).

No entanto, apesar das conferências nacionais anuais sobre a família e da existência de um ministério encarregado da família, essa questão da família e da infância sofre pela falta de instâncias reguladoras, devido à sua dupla dimensão: a família é um espaço privado de relações interpessoais, mas organizado por um direito civil, em busca permanente de adaptação. Não existe propriamente dito um dispositivo central de regulamentação e de decisão no nível nacional: de um lado a convenção internacional de direitos da criança constitui um tipo de regulamentação de nível supranacional; de outro lado, o desenvolvimento do papel dos conselhos gerais, após a segunda onda de descentralização, limita-se muito frequentemente a uma gestão de proteção à infância submetida aos imprevistos locais. Após a missão chamada "Bloche-Pécresse", a lei n. 2007-293 de 5 de março de 2007 dá uma importância particular à questão da prevenção dos maus-tratos, dando igualmente grande espaço às questões de prevenção social. Essa lei é sintomática dessa paixão de nossa sociedade pela criança, a qual foi tão bem-descrita por Laurence Gavarini (2001).

Em outro registro, o desenvolvimento das técnicas médicas em matéria de procriação tem um papel não negligenciável na evolução das formas de família e este papel vai ganhar ainda mais importância.

• Transformações na área médica

O parecer coletivo de peritos, "Transtornos de conduta da criança e do adolescente", sobre a detecção, o tratamento e a prevenção de transtornos de conduta na criança e no adolescente, o qual suscitou um grande debate (2006, 2008), contribuiu para constituir um sintoma interessante do modo como os questionamentos sociais podem tomar forma no campo médico, e influenciar o debate geral em um sentido preciso, articulando a prevenção médica e as preocupações de ordem social.

Voltaremos novamente a isso após termos proposto algumas ferramentas de definição no que diz respeito à parentalidade e às diferentes concepções de prevenção que configuram, atualmente, uma clivagem no interior da sociedade francesa.

• Conceitos que nos permitem pensar essas transformações

A existência de uma política familiar é atualmente interrogada pela transformação das modalidades de família; daí o recurso cada vez mais frequente à noção de parentalidade (Martin, 2003). Fundamentalmente, a importância dessa noção está relacionada ao enfraquecimento da dimensão conjugal em benefício da dimensão parental da família (Théry, 2001).

• "Emergência do termo parentalidade"

O termo "parentalidade" se difundiu rapidamente em diferentes campos semânticos (político, científico ou de trabalho social) (Bruel et al., 2001). A impressão (muito compartilhada) de saber o que o termo parentalidade designa não deve nos fazer esquecer a necessidade de tentar defini-lo e de limitar uma parte dos mal-entendidos que gera. De fato, há pelo menos três fontes de definições, alicerçadas nas disciplinas de Antropologia, Psicanálise e Sociologia, promovendo definições às vezes diferentes, às vezes concorrentes.

Do ponto de vista antropológico, é importante conseguir pensar a articulação da parentalidade como um dispositivo entre as relações de conjugalidade e de filiação, as quais estão em plena transformação. Não basta afirmar que o parentesco é estruturado por aliança (o conjugal) e afiliação (o parental) e que a "parentalidade" é um lugar de relação parental concreta.

No campo psicanalítico, não é mais possível designar por "parentalidade" os remanejamentos psíquicos e físicos que transformam os adultos em pais, sem poder integrar a multiplicidade de usos do termo parentalidade (Dayan, 2000).

Uma revisão incompleta da utilização do termo parentalidade no campo antropológico vai insistir sobre sua origem na tradução do inglês *parenthood*, tentando distinguir a dimensão parentalidade e a dimensão parentesco, o que em um período de profundas transformações e do fato do desenvolvimento de práticas familiais e sociais novas, dá os papéis "parentais" a pessoas que não são inscritas em laços de parentesco.

No campo psicanalítico, os trabalhos considerando a parentalidade como um processo psíquico diacrônico de elaboração de uma posição parental interna ao sujeito foram progressivamente expandidos a dimensões mais concretas e reintegraram uma dimensão sincrônica no que diz respeito ao estado de ser pai (Stoleru, 2000).

Enfim, a noção de parentalidade, decorrente das questões que ressalta, começou (para além do neologismo "monoparentalidade", datando dos anos 1970) a ser objeto de análises sociológicas. Articuladas com a análise do processo de desinstituição do casamento como laço de aliança, batizado na ocasião "descasamento", essas análises convidaram a distinguir três questões, que eram somente uma na época em que o casamento era a norma: as questões do casal, da filiação e da família. Tais questões acentuam o casal como instituição precarizada pelo aumento do número de divórcios, como o laço mais perene, e a filiação aparece, a partir de então, como a base da família. Desse fato, a parentalidade ganha uma importância renovada (Théry, 2001).

• O exercício, a experiência e a prática da parentalidade

A demanda social de definição do "verdadeiro parente" origina, nos anos 1990, os primeiros trabalhos de síntese e, em particular, o *relatório Houzel* (1999) que, constatando essa pluralidade de discursos, tentou, a pedido do ministério, produzir uma definição operacional dessa problemática parentalidade.

Apesar de uma composição marcada pela presença de vários psicólogos e pedopsiquiatras, essa síntese propôs distinguir três níveis de análise, três "dimensões" - o exercício, a experiência e a prática - constitutivas da parentalidade. O *exercício* remetendo à identidade, a *experiência* à função e a *prática* à qualidade da parentalidade, a interação das três definindo a parentalidade.

A *experiência* da parentalidade foi definida como vivida, íntima, subjetiva para as pessoas responsáveis pelas funções parentais, construída em um processo de parentificação.

A *prática* foi definida como uma tarefa, isto é, observável, cabendo aos pais (interação comportamental, prática educativa etc.), mas podendo ser delegada a outros adultos, profissionais ou não.

O *exercício da parentalidade* foi provavelmente o mais difícil de definir, pois diz respeito aos direitos e aos deveres jurídicos e sociais relativos às funções parentais, num nível que "transcende" uma realidade concreta. O destaque dado à dimensão simbólica do exercício da parentalidade foi questão (Neyrand, 2007) para os sociólogos.

Essa abordagem sintética simples da parentalidade foi discutida, pois não explora a questão da integração das relações familiais nas outras relações sociais, assim como a inserção da criança em todas as sociedades, em diversos grupos e instituições que se encarregam de sua socialização e de sua educação. Constitui, no entanto, importante ferramenta de estudo de situações complexas para os profissionais da saúde e da ação social: o estudo das interações das três dimensões pode permitir uma melhor análise de uma situação concreta, particularmente das situações complexas, pois frequentemente são reveladoras das evoluções da família.

• A família entre privado e público, entre individual e coletivo

Em uma sociedade a criança é criada por vários outros personagens além dos pais. A importância dada pelo legislador à lei da reforma da proteção da infância de março de 2007 lembra que o Estado, representante institucional da sociedade: a) delega a responsabilidade da educação das crianças aos pais, afirmando que a família é a célula de base da sociedade pela ratificação da Convenção Internacional dos Direitos da Criança (CIDE); b) reserva-se sempre a possibilidade de retomar parcialmente, às vezes totalmente, essa responsabilidade. E se toma formas bem diversas nas sociedades industriais ocidentais, a ampla delegação pelos pais da prática da parentalidade se pratica também em outras sociedades que reconhecem às vezes mais facilmente o fato de que a sociedade preexiste à família, e que esta não constitui sua unidade de base.

Nesse contexto, parece útil considerar, com a sociologia francesa em geral e Pierre Bourdieu em particular, que a família

> é uma estrutura mental que, sendo inculcada em todos os cérebros sociabilizados de certo modo, é ao mesmo tempo individual e coletiva, lei tácita da percepção da prática que está no fundamento do consenso sobre o sentido do mundo social (e da palavra família em particular) no fundamento do sentido comum (Bourdieu, 1993).

Assim, não é surpreendente que essas profundas transformações das modalidades de aliança e afiliação vividas pelos indivíduos tendam a transformar a política familiar em uma política da parentalidade. De fato, o laço conjugal profundamente fragilizado, em todo caso transformado pela sua evolução, destaca o acento sobre a parentalidade, em matéria de educação das crianças, constituída como dispositivo autônomo garantido pelo Estado, se necessário, por exemplo, por meio dos juízes de crianças (JE) ou juízes de assuntos familiais (JAF). Desenvolvendo práticas e medidas específicas às novas situações parentais desenvolvidas como alternativas ao modelo matrimonial tradicional, a sociedade civil, a medicina e o tecido associativo contribuem para novas formas de parentalidade que geram em seguida dispositivos regulados pelo Estado, como, desde 1999, as Redes de Escuta, de Apoio e de Acompanhamento dos Pais (REAAP). Sem ser exaustivos, esses dispositivos contribuem para um reconhecimento *de fato* das novas formas de parentalidade que ainda não encontraram reconhecimento jurídico.

Portanto, parece que a parentalidade se desenha inicialmente no campo social, mas não ainda no campo jurídico. Essa evolução da sociedade funciona como um sistema organizando as diferentes situações da parentalidade ao longo de sua diversificação, com um conjunto de figuras parentais diversas e evolutivas para uma dada criança. A questão da coeducação (Jesu, 2004) e da pluriparentalidade (Le Gall; Bettahar, 2001) requer então uma recomposição de diferentes dimensões da parentalidade: a aliança e a socialização, mas também a afiliação.

O lugar da aliança cada vez mais informal, primeiro desenodamento, não é mais instituído pelo casamento, mas pelo "desejo" de dois indivíduos de conceber uma criança, de onde a crescente afirmação de um princípio de coparentalidade implicando dois adultos. Isso se apoia sobre outro desenodamento entre sexualidade e procriação, decorrente dos progressos muito rápidos da Assistência médica à procriação (Delaisi de Parseval; Janaud,

1983). A socialização da criança e de seus "pais adicionais" se torna crucial, particularmente porque a questão da definição da palavra "pai" não foi sempre tratada pelo direito; em contrapartida, foi objeto de múltiplas representações porque toca à questão sensível da autoridade e da figura dita paterna (Boissières, 1995). O novo lugar da filiação no contexto do enfraquecimento do laço conjugal faz do laço parental um elemento de base irrevogável da parentalidade, na sua dimensão tanto psíquica quanto social, tradução concreta das inscrições e dos pertencimentos. As afiliações parentais requerem outras afiliações das crianças a diversos agentes do seu conjunto de referentes (professores, outros adultos próximos); a desfiliação social dos parentes desencadeia frequentemente as desfiliações familiais, particularmente para o pai.

Em resumo, a definição evolutiva da parentalidade como um dispositivo com dimensões coletiva e individual faz da parentalidade um catalisador e um analisador das mutações familial e social. Mais ainda, constitui uma ferramenta para as possíveis políticas preventivas, no campo da família e da parentalidade. Nesse contexto de transformações, é impossível detalhar as modalidades diversas de uma possível prevenção bem inicial, mas um exemplo pode ser tomado nos diferentes tipos de prevenção "preditiva" (como na iniciativa que propõe o parecer de especialistas INSERM) ou, por exemplo, centrada no momento "em que a criança nasce", isto é, no período perinatal (Neyrand, 2007).

Diferentes "concepções culturais" da prevenção

A concepção de prevenção preditiva

• Um controvertido parecer coletivo de peritos

O exemplo recente do parecer coletivo de peritos do INSERM pode ilustrar a imbricação e as dificuldades de delimitação dos campos jurídico e médico em torno da prevenção.

Como no parecer coletivo precedente do INSERM sobre os transtornos mentais da criança e do adolescente (2002) (Capgras; Dugnat, 2007-2008) o parecer coletivo "o transtorno de condutas" se apoiava sobre pesquisa bibliográfica na literatura internacional e no trabalho de um grupo pluridisciplinar de peritos (psiquiatria, psicologia, epidemiologia, genética, neurobiologia, etologia) que consultou em seguida outros pesquisadores para produzir um texto de síntese e de recomendações. Mas a instrumentalização de um saber científico pelas ambições políticas pode ser denunciada, assim como a ausência de certas disciplinas e/ou de certas profissões no grupo de peritos. Tentemos sintetizar os termos de um debate complexo tal como ele o merece.

Os transtornos de conduta, no centro desse parecer coletivo, tal como é definido pela Classificação Internacional de Doenças (CID-10) da OMS e pela classificação norte-americana de doenças mentais (DSM-IV), coloca de fato o problema do estatuto de patologia às diversas manifestações de oposição: constituindo essa patologia como uma síndrome médica, em lhe privando de seu pano de fundo contextual, tirando-lhe sua significação relacional, arriscando-se de suprimir a referência ao desenvolvimento, até mesmo em lhe constituindo um fator de risco ou um fator de previsão de delinquência ulterior, esse parecer coletivo só tratou uma parte das questões ressaltadas, o que se pode defender no plano das ciências fundamentais, mas não no plano médico no sentido humanista. Questionando particularmente o lugar da autoridade parental e afirmando sua vontade de contribuir para prevenir a violência e as agressões físicas desde a primeira infância, esse parecer coletivo persiste a suscitar interrogações complexas sem tratar a complexidade do fenômeno que pretende abordar.

Por isso, utiliza uma definição de transtorno de condutas, e particularmente de transtorno de oposição, reenviando a uma lista de comportamentos bem diversos (desde crises repetidas de cólera e de desobediência da criança difícil até graves agressões ou outras condutas antissociais). O transtorno de condutas se encontra caracterizado por uma "ameaça ao direito do Outro e às normas sociais", e é, então, nesse contexto, considerado "como um fator de risco de delinquência que pode atuar em complementaridade com outros fatores". Desde então, suscetível de ser objeto de tratamento médico-psicológico no contexto de uma prática clínica mais bem-definida e pluridisciplinar, o transtorno de condutas aparece como a possível contribuição da medicina à prevenção da delinquência. No entanto, a delinquência não pertence ao campo da medicina, mas ao campo do direito e da polícia. Um exemplo, dentre outros, é a imbricação dos campos em torno da noção de "prevenção bem no início". Diversas afirmações, que não detalharemos, são consideradas pelos autores como provadas ao término da *expertise*, e desembocam em recomendações heterogêneas construídas em torno da ambição de uma detecção e de uma reeducação bem no início.

Nessa perspectiva, os profissionais de saúde da criança (e da educação) seriam, então, convidados a observar os fatores de risco pré-natais e perinatais, e a conhecer os fatores genéticos e, principalmente, ambientais, suscetíveis de serem detectados. Ao medicalizar os diversos fenômenos psíquicos qualificados de "transtornos de oposição" obrigatoriamente ligados no olhar social à questão da autoridade parental e de suas modalidades concretas abordáveis sob os ângulos educativo, psicológico, social, a iniciativa desse parecer coletivo de peritos interroga profundamente, até mesmo confunde, as fronteiras entre sofrimento psíquico, doença e mal-estar social. Mas, para numerosos profissionais diretamente implicados, o parecer não dá as condições para contextualizar culturalmente seu impacto, como o sentem certos pesquisadores do INSERM (Ehrenberg, 2006).

Os riscos de estigmatização pelo olhar social das diversas manifestações de oposição cujo sentido é variável segundo a idade, sendo algumas delas inerentes ao desenvolvimento psíquico, foram denunciados por fazer essas manifestações constituírem fatores potencialmente preditivos de delinquência nas utilizações normativas desse parecer coletivo, consideradas como ameaçadoras das práticas de cuidados, particularmente psíquicos. Colocando a medicina e algumas "psicoterapias" reeducativas como ferramenta de prevenção, suspeitou-se que o parecer impediria as reflexões sociais sobre as expressões nas famílias do mal-estar social vivido intimamente, ligado às profundas transformações, anteriormente descritas, da criança e da família.

A partir dessa categoria isolada de comportamentos de crianças, ficou colocada a necessidade de uma redefinição de ações de prevenção, proteção e cuidados das quais as crianças devem se beneficiar. No entanto, profissionais muito diversos da saúde, da ação social e de instituições desejam essa reflexão, mas sobre outras bases. Insistem particularmente sobre a dimensão de *self-fulfilling prophecy* dessa detecção realizada bem cedo.

Uma prevenção preventiva

• Práticas existentes que demandam desenvolvimentos

De fato, várias linhas de trabalhos francófonos sobre a prevenção mostraram que é possível, em lugar dessa concepção qualificada de prevenção preditiva, optar por uma concepção de prevenção denominada preventiva ou expressiva, que seria mais atenta às famílias, tanto em período perinatal (cf. os trabalhos de Françoise Molénat, 2000), ou durante a infância e toda a vida (trabalhos de Boris Cyrulnik), mas também atenta às equipes de profissionais (reflexões sobre o bem-tratar de D. Rapport, 2006). Certamente seria rico confrontar tal concepção de prevenção aos programas de Quebec que insistem sobre famílias vulneráveis (Desjardins, et al, 2005. Martin; Boyer, 1995. Martin, 2003).

Essas diferentes correntes compartilham pontos comuns, particularmente o de colocar em primeiro plano a prevenção e o cuidado (compreendido ao mesmo tempo no sentido restrito de *to cure* e no sentido amplo de *to care*), a aliança terapêutica e a possibilidade de estabelecer uma confiança personalizada para cada criança (ou pais) em sofrimento psíquico, a fiabilidade dos profissionais garantida por uma reflexão sobre suas práticas e por uma deontologia rigorosa, uma capacidade de formação em comum favorecendo a qualidade do laço entre eles, atenção permanente ao segredo profissional e o respeito de seus diferentes aportes.

Desse ponto de vista, o desenvolvimento de uma política familiar favorável à parentalidade, que dá um lugar à prevenção das consequências de sofrimento psíquico, mas principalmente respeitosa das pessoas, deveria levar em consideração:

- a necessidade de uma abordagem epistemológica rigorosa e transdisciplinar (etnologia, sociologia, psicologia, medicina) das questões do bem-tratar a criança, qualquer que seja a sua idade;
- o atraso francês (Dumaret; Picchi, 2005) (na ausência não somente de estudo, mas de descrição rigorosa de práticas que já contribuem hoje ao bem-tratar pelas creches, serviços de PMI, serviços de perinatalidade etc.) em matéria de pesquisas descrevendo a situação atual das práticas e de seus efeitos (Neyrand et al., 2006);
- da importância de impulsionar, sobre a base do que já existe, um forte desenvolvimento de práticas inovadoras já avaliadas (Guedeney, 2006);
- a urgência de uma reflexão política nacional que leve em conta as necessidades das crianças, dos pais e das famílias.

Significativo da dificuldade de definir políticas de prevenção, está em voga atualmente esse necessário esclarecimento das reflexões sobre a prevenção e a política da família e da infância, e das modalidades de intervenção com as famílias, parentes e crianças. Mas a prevenção pode se apoiar sobre uma melhor definição da parentalidade, que constitui uma questão em si, decorrente da evolução profunda do direito da família francesa, pois existe atualmente a emergência de uma política da parentalidade que se integra parcialmente à política familiar, mas que a transborda.

Após ter mostrado como, por meio da questão da prevenção, o que aparece é a questão das representações da infância, desejaríamos voltar ao modo pelo qual as culturas de profissionais podem evoluir em benefício de uma certa "atitude que dê uma impressão favorável" no período perinatal: um exemplo de um dispositivo de prevenção implicando os profissionais de saúde, suscetível de ter impacto sobre a "parentalização", e respondendo a esses critérios, é o desenvolvimento da entrevista pré-natal logo no início da gravidez.

Evolução em andamento nas práticas: a entrevista pré-natal logo no início da gravidez na perinatalidade

• Uma profunda evolução da gravidez e do nascimento

As formas de se desejar uma criança, mas também o acompanhamento médico e o acompanhamento não médico da gravidez, do parto e do nascimento, não cessam de evoluir: o aparecimento da medicina neonatal nos anos 1970, o desenvolvimento do ultrassom, o tratamento possível do feto no útero, o reconhecimento do direito à interrupção voluntária e médica da gravidez etc. são formas de mudanças no espaço de uma geração. Mudanças técnicas - portanto, médicas - são até mesmo exemplares para algumas pessoas, da medicalização da sociedade; são os marcadores da demanda de segurança física e psicológica direcionada à medicina na nossa sociedade, particularmente no momento de dar à vida.

A gravidez, o parto, o pós-parto são eventos biológicos que podemos considerar "naturais". Mas o controle pelas mulheres de sua fecundidade constitui uma mudança cultural e antropológica (que não terminou de transformar as relações entre homens e mulheres). Os fenômenos mais frequentemente fisiológicos tratados pela medicina colocam a questão dessas duas dimensões "natural" e "cultural" da reprodução nas nossas sociedades (Kniebiehler, 2001).

À escala individual, eles se afrontam às vezes sob a forma de conflitos interiores, de representações preocupantes ou tranquilizadoras concernindo esse evento tão importante da chegada de um bebê.

Se a lógica "biológica" tomou nas nossas sociedades ocidentais pós-industriais a aparência de um "progresso" médico, com sua promessa de controle crescente do risco, a lógica cultural em todas as sociedades, dentre elas as nossas, constrói um "sentido" em resposta às preocupações inscritas na memória individual e coletiva. E para cada (futuro) pai, o nascimento gera profunda transformação ao mesmo tempo biológica, psíquica e social para a mãe, e psíquica e social para o pai. Os percalços psicopatológicos desse período constituem um campo emergente: o da psicologia, o da psicopatologia (Dayan et al., 1999) e o da psiquiatria perinatal (Brockington, 1996). As consequências dos transtornos da relação pais-bebê e, depois, dos transtornos da relação pais-criança sobre a saúde mental da criança e de seus pais são verificadas e devem ser objeto de prevenção atenta. No entanto, uma parte desses problemas podem ser alimentados, até mesmo gerados, pelas evoluções médicas necessárias e pelas profundas transformações do nosso sistema de saúde e pelo aumento do individualismo (particularmente com a introdução da noção de risco e uma pretensão de gerir a saúde como prestação de serviço entre outros) em andamento na nossa sociedade, os quais fragilizam os laços pessoais e sociais.

Em perinatalidade, a evolução do acompanhamento da gravidez e da organização do nascimento impressiona os "que estão em vias de tornar-se pais", "usuários" de cuidados em torno do "evento" que é o nascimento (Dugnat et al., 2008). A seus olhos, o nascimento não se compõe em diferentes dimensões e conserva um caráter global. É preciso dar-lhe um sentido no plano psíquico para dar lugar à criança.

• Evolução das representações

Embora persistam na memória coletiva numerosos esquemas mais antigos, todas essas evoluções solicitam as capacidades de transformação aos "que estão em vias de tornar-se pais" (de ser a criança de seus pais, em ser pais de suas crianças), obrigando-os a construir permanentemente novas representações "culturais" do nascimento, e podem fragilizá-los na vivência desse acontecimento, assim como podem suscitar a invenção de novos modos de vivê-lo. Esses atos técnicos, com a sua eficácia agora constatada, fazem parte de nossa cultura no sentido amplo do termo, e é preciso que os indivíduos e a sociedade "*socius*" produzam o sentido disso, para prevenir as consequências ansiógenas ou traumáticas.

Para responder à demanda de respeito ao caráter desse acontecimento global que é o nascimento, não basta que um discurso, que poderia ser qualificado de humanista, interpele os profissionais médicos: sua função social é sempre mais claramente uma função de controle perfeito do corpo e da lógica biológica, no momento em que o princípio de precaução aplicado à medicina não poupa o nascimento, e a obrigação deontológica de condições se conjuga a uma injunção de obrigação de resultados, cheia da importância que nossas sociedades pretendem dar à criança. "A humanização" no sentido amplo requer, então, não somente a escuta atenta dos profissionais cada vez mais demandados pelos usuários antes e durante o nascimento, mas, também, de se levar em conta a sua dimensão "cultural" no ato técnico.

Em resumo, a necessidade de "sentido" até na gestão do fato biológico requer uma transformação dos hábitos profissionais: o reconhecimento da necessidade de produção de um sentido ao acontecimento, que faz do bebê de "carne" um personagem reconhecido pelos seus pais, por sua família e pelo grupo social, emana tanto dos indivíduos quanto dos grupos.

No entanto, particularmente na França, a gravidez e o nascimento permanecem frequentemente considerados pelos profissionais médicos sob o ângulo de uma cultura do risco para a mãe e o feto, o que fragiliza esse processo.

Os profissionais médicos são obrigados a responder a uma demanda crescente de responsabilização pela "segurança", mas enquanto o progresso da técnica traz uma segurança física sem precedente, paradoxalmente, a incerteza das mulheres cresce em relação a seu sentimento ou a sua capacidade de ser mãe. Elas enfrentam diferentemente essa incerteza. Constroem sua relação ao "acontecimento nascimento" individualmente, mas, dentre elas, as mais frágeis no plano psíquico ou as mais precárias no plano social são expostas a ansiedades patogênicas para a relação com seu filho.

• O lugar dos usuários (usuárias)

Dentre as usuárias organizadas em associações, essas mesmas associações reagrupadas em um Coletivo interassociativo de associações de nascimento (CIANE), algumas mulheres, apoiando-se sobre a medicina baseada em evidências, lembram que numerosos gestos supostos técnicos são inúteis e deveriam, então, ser considerados como "culturais"... pelos profissionais. O que lembra o fato de que favoráveis ou não ao bom andamento da gravidez e do parto, os gestos técnicos atuais são investidos de um modo simbólico pelos usuários e pelos profissionais. Essa necessidade de construir uma representação da gravidez e de seu acompanhamento, particularmente na primeira gravidez, marca as interações dos futuros pais com os profissionais da perinatalidade.

As mulheres grávidas esperam dos profissionais do nascimento alguma coisa que ultrapassa a qualidade técnica dos atos, implicita ou explicitamente. Em um contexto em plena mudança, pois tudo evolui em torno do bebê a nascer, mas também da criança pequena, gerando essa incerteza e contribuindo para o aumento da demanda de segurança no campo da reprodução e do nascimento. A relação entre mulheres e homens é alterada pelo controle da própria fecundidade pelas mulheres, a noção de casal é profundamente transformada pela evolução das instituições do casamento, e pelo *PACS*, a definição da família se transforma subterraneamente e legislativamente, as interrogações sobre a parentalidade se multiplicam... E isso enquanto a segurança e a confiança dos futuros pais sobre seu saber-fazer em relação às necessidades da criança se enraízam no período pré-natal.

Ajudar os futuros pais a se apropriar de um acompanhamento da gravidez cada vez mais técnico e cada vez mais ansiógeno, acompanhando suas escolhas por informações e orientações adequadas constitui, então, um fator de proteção.

Nesse contexto, o período da vida perinatal, para a criança, a mãe e o pai, e a atividade médica perinatal, devem ser pensados conjuntamente como um fator importante da parentalidade nas suas dimensões diferentes, em particular na dimensão do vivido.

A criança, tendo-se tornado rara e preciosa, é geralmente fruto de um projeto, e a programação da gravidez e o desenvolvimento da assistência médica à procriação fazem aparecer as expectativas dos pais de controle da incerteza pelos profissionais. O andamento da gravidez, apesar da midiatização bem-sucedida de alguns documentários, faz os pais viverem uma série de acontecimentos inesperados que atingem as mulheres nos seus corpos.

• Efeitos da tecnologização do acompanhamento da gravidez

Alguns dados sobre a crescente tecnicidade do acompanhamento da gravidez podem ilustrar os progressos dos quais o público escuta falar, mas que serão vividos e compreendidos por uma mulher de 29 anos e 8 meses (idade média da primeira gravidez atualmente) que geralmente nunca teve a ocasião de segurar um recém-nascido nos seus braços e que mergulha brutalmente em um "percurso de gravidez"!

Houve 815.000 nascimentos em 2007; em 2005, mais de 19.000 nascimentos foram originários de mais de 115.000 tentativas de procriação medicamente assistida; isso representa 2,4% da população nascida naquele ano na França. Aproximadamente 91.500

amniocenteses permitiram a detecção de 4.570 anomalias cromossômicas das quais 50% eram trissomias 21 [ADSP n 61-62].

Potencialmente, as amniocenteses não são mais propostas somente em função da idade da mãe (que aumenta o risco de trissomia), mas em função do aumento do risco mesurado sobre o resultado de testes sanguíneos realizados sobre mais de 80% de mulheres grávidas, mais de 600.000 por ano, que vão gerar mais de 36.000 diagnósticos por amniocentese. Perto de um terço das 6.000 anuais interrupções médicas de gravidez são ligadas a anomalias cromossômicas, e metade, aos diagnósticos de malformação.

Por sua vez, a demanda de segurança tendo conduzido a um acompanhamento médico particularmente estreito, a representação de que a gravidez seria uma doença e/ou uma situação de alto risco persiste no espírito dos (futuros) pais, alimentada por esses dados (Combier; Pouvourville, 1999).

No entanto, se menos de 10% de gravidezes e de nascimentos são de risco (isso com certeza segundo os critérios), no decorrer de uma gravidez se desenvolvendo normalmente, o acompanhamento médico implica, em média, sete a oito profissionais médicos (as parteiras são profissionais médicos com competência determinada): médico generalista, ginecologista médico, ginecologista obstetra, parteiras, anestesista, neonatologistas, ultrassonografistas... e, às vezes, psis. Eles contribuem a um acompanhamento médico denso com nove visitas médicas, três ultrassons em datas precisas (preferencialmente 12, 22, 32 semanas da amenorreia), os diversos exames sanguíneos mensais de detecção (rubéola, toxoplasmose) e principalmente no terceiro mês, a pesquisa já mencionada de uma elevação do risco de trissomia 21 cuja imagem na opinião pública permanece ainda mais inquietante porque é misteriosa e malconhecida como patologia e ligada à interrupção médica da gravidez. O triteste sanguíneo sendo responsável por um grande número de "falsos positivos" contribui a que se proponha uma amniocentese a uma mulher em cada nove, no quarto mês de gravidez, para detectar uma eventual trissomia 21 e pedir implicitamente seu acordo para uma interrupção médica da gravidez.

A esse conjunto de fatores de incerteza e de inquietude, se junta o que é frequentemente representado como uma hierarquização da segurança entre as maternidades: muito poucas mulheres são efetivamente informadas de que as maternidades foram classificadas em três tipos a partir do decreto de 9 de outubro de 1998.

Isso tem por consequência que parte das mulheres, tendo previsto o parto em uma maternidade, dão à luz em outra, em função da estimativa de risco de complicações, estimativa posta em questão pela detecção bem no início da gravidez, sem que essas mulheres tenham podido antecipar isso, e com o risco de serem fragilizadas com isso. Se a constatação é compartilhada, se a maioria das mulheres não é informada dessa organização e se essa ausência de informações que permitiriam a antecipação às vezes lhes é prejudicial, quais medidas concretas podem ser realizadas?

As revistas de "massa" às vezes vêm dar uma imagem falseada dessa realidade, ao passo que poderiam ser um vetor de informação para uma parte das mulheres.

Nesse contexto, uma informação mais cedo, de melhor qualidade, personalizada, emanando de um profissional médico é um fator de segurança emocional protegendo dos efeitos ansiogênicos do estresse. Em relação a isso, surgem movimentos contraditórios. Os médicos obstetras, em um período de baixa da demografia médica e aumento do risco médico-legal que gera um aumento dos prêmios de segurança profissional, veem suas condições de trabalho se degradar e podem renunciar a fazer esse papel. Alguns dentre eles persistem a reivindicar a dimensão relacional como fazendo parte de seu exercício cotidiano; muitas parteiras o fazem (Jacques, 2007).

Mas as expectativas de algumas futuras famílias podem também ir no sentido de um parto menos medicalizado, até mesmo com a presença de outras mulheres diferentes da parteira como as doulas, propondo ajudar a futura mãe e aqueles à sua volta por meio de um modo não médico, durante a gravidez, o parto e o período pós-natal.

Esses fatores de contradição conduziram a um número de medidas particularmente reguladoras, das quais algumas insistem sobre a importância da melhor informação dos pais, informação que lhes permitiria se situar no percurso da gravidez, sendo mais atuantes nas suas escolhas (Pauchet-Traversat, 2007-2008).

No entanto, se a informação pela mídia exerce papel não negligenciável, a informação pelos profissionais de saúde, complementar, personalizada, mostra-se cada vez mais necessária. A entrevista pré-natal bem no início da gravidez, graças ao clima de escuta que oferece, aparece como um instrumento privilegiado: a parteira (ou o médico) que propõe a entrevista representa o conjunto dos profissionais que intervirão no acompanhamento da gravidez e vai, desde o início desta, permitir-lhes antecipar as etapas por vir em um clima de confiança.

• A entrevista, uma resposta parcial e uma alavanca

A intuição sobre o interesse da mulher grávida em uma informação bem inicial dada por um profissional e a atenção aos fatores de risco, e que desembocaram na entrevista pré-natal realizada bem cedo, não é recente. Foram necessários mais de uma dezena de anos antes que fossem reunidas as condições da concretização dessa intuição fecunda, mas também para que fossem descobertas todas as suas implicações, de um lado no registro da vida afetiva e emocional da mulher, de outro lado, na concepção da organização do trabalho em rede em perinatalidade. Nem coleta de fatores de risco, nem consulta psicológica: hoje é a entrevista médica aprofundada – que entra nas competências das parteiras – que se instaura lentamente: as resistências que encontra são proporcionais às esperanças que suscita em matéria de consideração do nascimento em sua globalidade. A necessidade do reconhecimento dessa complexidade da gravidez e do nascimento é, além disso, mais reconhecida pelas autoridades de saúde.

Emanando do ministério da saúde, o terceiro Plano perinatal (2005-2007) (humanidade, proximidade, segurança e qualidade) previa, particularmente nos eixos "humanidade" e "proximidade", o recrutamento de psicólogos (ainda inexistentes em muitas maternidades) em acordo estreito entre as equipes de obstetrícia, da medicina neonatal, de pedopsiquiatria, insistindo no papel de acompanhamento próximo de situações de alto risco psíquico e/ou de alto risco social. O Plano perinatal sublinhava a necessidade do desenvolvimento do trabalho em rede em perinatalidade, mencionando "que um apoio inicial e de qualidade da parentalidade, desde o pré e o pós-parto constituía um fator de prevenção". Enfim, ele previa a realização de uma "entrevista individual do quarto mês" (Puech, 2007-2008).

E é esta entrevista pré-natal inicial que proponho agora apresentar.

• A entrevista pré-natal inicial, enquadre técnico e regulamentar

No acompanhamento das mulheres grávidas, essa entrevista preliminar realizada bem cedo constitui um ponto de partida de uma dupla evolução esperada dos e pelos profissionais, e pelas usuárias: a da precocidade da prevenção e da escuta.

Diferentes dimensões da entrevista pré-natal inicial: suas definições, seus objetivos, seu enquadre regulamentar, suas relações com o trabalho em rede, requerem além do enquadre regulamentar, de uma argumentação sintética, de um ponto de vista sobre o espírito dessa entrevista e o posicionamento muito específico que ele demanda à parteira (ou ao médico) que nela se engaja; uma reflexão sobre as questões de confidencialidade e da necessária articulação com o trabalho em rede são apresentadas a seguir.

• A ambição da segurança global

O relatório da Missão Puech/Bréart/Rozé em 2003 constatou que não bastava mais insistir sobre a segurança física da gravidez para melhorar os indicadores de mortalidade e de morbidade e a qualidade do acompanhamento da gravidez e do nascimento, mas que era preciso imperativamente incluir a "segurança emocional" em uma "segurança global". A lei da orientação da saúde pública de agosto de 2004 fixou os objetivos à perinatalidade.

A Circular de 30 de março de 2006 sobre as redes em perinatalidade (relativa ao Caderno de encargos nacional das redes de saúde em perinatalidade) também indicou a importância da entrevista pré-natal bem no início na melhora da qualidade do acompanhamento.

Se nós insistimos sobre essa estruturação regulamentar da entrevista pré-natal inicial, é para tentar mostrar a que ponto é difícil fazer avaliar as práticas profissionais e então a "cultura" dos profissionais da gravidez e do nascimento em um contexto médico-técnico cada vez mais pregnante - mesmo para seus atores.

O projeto de referência de formação para a entrevista (2004) que utilizamos abaixo é o documento mais detalhado. Ambiciona dar um "espírito" ao ato médico.

Algumas questões: - Qual o "sentido" atual desta entrevista?; - Para quem?; -Por quem?; - Por que tal entrevista?; - Por que tão cedo?; - Quais expectativas?; -Como fazer?

Por que tal entrevista? Para abrir o diálogo (suficientemente cedo) na gravidez, o que permite: recolher os eventuais fatores de estresse no aparecimento de possíveis complicações obstétricas; dar uma volta completa juntos nos alicerces familiares e ambientais; definir com a mulher o conteúdo e as modalidades de transmissão das informações coletadas; antecipar os apoios profissionais ajustados às necessidades e demandas.

Esse encontro e essa escuta tornam possíveis: a antecipação serena do projeto (e do percurso) da gravidez ao nascimento; a experiência de se confiar sem ser julgado; a experiência dos efeitos da fala em confiança.

Com quem se realiza a entrevista? Uma parteira ou um médico.

Quais efeitos são esperados pela mulher? Por quê? Realizado bem cedo e principalmente no "espírito de um trabalho em rede" em boa coordenação entre os diversos profissionais dos diferentes campos, a entrevista, individual ou do casal, visa contribuir a: prevenir e diminuir as complicações obstétrico-pediátricas correlacionadas a fatores de estresse como a ameaça de parto prematuro, a hipertensão arterial, o atraso do crescimento intrauterino, a depressão pré-natal; aumentar a confiança da mulher grávida nela mesma e nos profissionais, prevenir as dificuldades emocionais, favorecer o estabelecimento do laço mãe-bebê, prevenir certos transtornos relacionais do início da relação mãe-criança, favorecer a prevenção dos transtornos do desenvolvimento ligados aos transtornos relacionais iniciais, ajudá-los a conhecer seus direitos e recursos sociais.

A entrevista: um meio, não um fim em si: visa a produzir uma confiança personalizada; ativa a rede personalizada com os profissionais já conhecidos (médico generalista, obstetra...) e ajuda o conjunto de outros profissionais envolvidos no acompanhamento da mulher, a melhor conhecer suas necessidades; organiza a continuidade entre os profissionais e a coerência de suas ações; favorece a descoberta da diferença e da complementaridade dos profissionais e de seus respectivos lugares. A experiência de confiança na parteira e as informações que ela propõe favorecem na sequência o chamado do profissional no momento justo, mais pertinente em relação ao problema ou questionamento específico dessa mulher; contribui indiretamente a um *holding*, uma continência, para as emoções.

Quais os efeitos esperados pelos profissionais? Por quê? Como? A ideia de base é oferecer a possibilidade a todas as mulheres grávidas (ou a um casal) de abordar seus questionamentos no início da gravidez, caso o queiram, a partir do momento da gravidez, com um profissional, sobre a criança por vir, mas em um encontro atento com um cuidador, e não um "especialista" de fatores de risco.

O que a entrevista *não deve ser*, mas que *pode ser*: a entrevista não deve ser um exame médico isolado, não deve ser uma consulta clássica suplementar isolada, *mas* pode ser um tempo de troca com disponibilidade; não deve ser uma detecção sistemática e exaustiva dos fatores de risco, *mas* pode ser a ocasião de identificar conjuntamente, por uma informação mutuamente esclarecida, as potencialidades e vulnerabilidades; não deve ser a abertura de um dossiê médico, *mas* pode ser um aporte suplementar àqueles dos profissionais que seguem ou acompanham a gravidez para melhor focalizar sua vigilância no respeito da confidencialidade; não deve ser um catálogo de conselhos, *mas* pode ser uma informação individualizada após uma escuta benevolente, segundo as necessidades expressas ou observadas.

• Questões da concretização

Na prática, essa entrevista deve permitir abrir bem cedo o diálogo e antecipar o acompanhamento, ao contribuir - organizar um trabalho em rede personalizado em torno de cada mulher grávida, colocando múltiplas questões cujas respostas são a construir: o contexto de realização dessa entrevista proposta a todas as mulheres, a organização concreta da formação de parteiras e de médicos para a realização da entrevista e a oferta desta para os outros agentes da perinatalidade; a (in)formação dos outros profissionais da perinatalidade levados a propor essa entrevista; a deontologia da necessária transmissão de informações que a mulher deseja ver transmitidas; a necessidade do apoio das parteiras descobrindo fragilidades importantes e questionadoras: a implicação dos serviços de proteção maternal (PM) e de proteção infantil (PI) no contexto da lei de proteção à infância de 2007.

Essa implantação supõe o que não está adquirido: a mobilização de parteiras liberais; a disponibilidade dos psis da perinatalidade e dos psis de setor (reatividade...); uma dinâmica de desenvolvimento do "trabalho em rede"; um acompanhamento dos cargos hospitalares criados no contexto do Plano perinatal para a realização da entrevista pelas redes locais e regionais; o desenvolvimento da demanda de usuárias informadas boca a boca ou pelas mídias.

• Uma mudança do estado de espírito dos profissionais

De fato, a entrevista pré-natal bem no início da gravidez pode contribuir para a evolução do estado de espírito de profissionais em relação aos futuros pais, mas é necessária também, desde o início, uma mudança de posição ou de postura profissional. Esses profissionais trabalhando mais em parceria e menos se substituindo um ao outro, conhecer-se-iam e reconhecer-se-iam melhor para se tornar coletivamente capacitados a coordenar suas intervenções de modo compreensível para os futuros pais. Os futuros pais desejando influenciar seu percurso de gravidez, a entrevista pré-natal bem no início permitiria uma informação mutuamente esclarecida entre eles: os pais (expectativas, medos, questionamentos, grau de confiança. Ambiente...) e os profissionais (preocupações de qualidade, interesse por um acompanhamento global, respostas possíveis de profissionais e de instituições de proximidade e de redes...). Em resumo, tem-se a expectativa de essa entrevista pré-natal inicial ser um alicerce à capacidade do futuro pai em ser "agente" de acompanhamento da sua gravidez.

A entrevista, no seu "espírito", favorece uma parceria personalizada (ativação de parceiros presentes ou a serem introduzidos). Supõe um espírito de trabalho em rede, um bom conhecimento dos agentes da rede. A entrevista pode beneficiar-se amplamente da existência de uma rede local de perinatalidade formalizada. Se se (re)conhecem mutuamente, os profissionais contribuem para ultrapassar as lógicas institucionais e as clivagens entre cidade e hospital, entre sanitário e médico-social, frequentemente fonte de incompreensão e de preocupação para as mulheres grávidas. Coletivamente, realizam-se formações interinstitucionais e interprofissionais ditas "formações em rede" (revisão de casos, reciclagem, outros...) que melhoram a qualidade do acompanhamento da gravidez. No entanto, essa coordenação só é possível ao se levar em conta o estado concreto das redes regionais e de eventuais redes locais.

Além disso, a entrevista necessita da adoção de uma posição de escuta ao mesmo tempo mais aberta e atenta, que demanda uma mudança de posição real. Pois quando se instaura uma relação de confiança de qualidade, a mulher grávida e o futuro pai podem se abrir, caso o queiram, sobre as preocupações no que diz respeito a sua parentalidade.

Essa passagem de uma abordagem médica a uma abordagem ao mesmo tempo global e mais personalizada, com um projeto de detecção de patologias ou do risco de patologias, mas também uma detecção da expectativa de pontos fortes e/ou frágeis dos futuros pais e de sua rede pessoal, familial, amical, social e profissional, pressupõe uma formação para a entrevista cujas modalidades são propostas no referencial. A entrevista, a partir da experiência de parteiras que já a praticam, mobiliza uma competência da ordem do saber-estar - que deve ser aprofundada em autoformação, em formação breve para a entrevista, no curso de formação continuada de parteiras - mas também, além disso: na escuta.

No momento da prática da entrevista pré-natal bem inicial é desejável, segundo muitas parteiras e alguns médicos, poder se apoiar sobre um trabalho de revisão em grupo para permitir um "conversar junto" entre profissionais da perinatalidade praticando a entrevista, a qual está longe de ser difundida atualmente.

A partir disso, duas questões se colocam: a da transmissão pertinente das informações úteis e de seus destinatários, que está incluída na questão, mais ampla, do trabalho em rede que é a figura dominante no discurso das colaborações entre profissionais de saúde.

• Deontologia e qualidade das transmissões

Em relação à lei de proteção à infância de 5 de março de 2007 apresenta-se a questão da transmissão de algumas informações coletadas, por exemplo, na entrevista, mais particularmente em relação à transmissão do que a lei de proteção à infância chama atualmente as "informações preocupantes", e menos a transmissão de informações ordinárias.

A lei que reforma a proteção da infância de 5 de março de 2007 articula a prevenção em torno de três eixos, dentre os quais o eixo das ações de prevenção perinatal. O artigo L.2112-2 do Código da Saúde Pública prevê para as mulheres grávidas, desde então, "ações de acompanhamento que parecem necessárias na ocasião de uma sistemática entrevista psicossocial, realizada ao longo do quarto mês de gravidez", mas também de ações médico-sociais preventivas e de acompanhamento asseguradas a partir de pedidos ou com o acordo dos interessados e em ligação com o médico responsável pelo tratamento ou os serviços hospitalares, para os pais em período pós-natal, na maternidade, em casa, nos dias que se seguem ao retorno à casa, no momento das consultas. Em resumo, a entrevista é mencionada até na lei! No entanto, essa lei "visa prevenir o mais no início possível os riscos de perigo para a criança ao evitar que estes aconteçam ou limitando os seus efeitos".

Nesse discurso impregnado de preocupação de uma certa ordem pública, os profissionais da prevenção devem convidar os parentes a dar-lhe uma atenção benevolente, tomar cuidado com ele, tratar-lhe bem. Certamente, os profissionais da prevenção aqui designados são os profissionais da ação médico-social departamental (Ajuda social à infância...), mas os profissionais da saúde são levados a colaborar com os profissionais territoriais (parteiras, puericultura, médico de PM e seus colegas educadores e assistentes sociais da ajuda social à infância) em algumas situações, em particular no contexto dos "*staffs* de parentalidade" e das ações de prevenção médico-social mencionadas anteriormente.

Profissionais se preocuparam com a coleta possível de informações confidenciais em um contexto médico durante a entrevista e sua divulgação a outros profissionais.

Diante dessas preocupações, no contexto das modificações jurídicas do segredo profissional e do papel crescente dado aos profissionais da ação médico-social, os serviços de conselhos gerais levaram a lembrar (por exemplo, Gouzvinski, 2007) que o dossiê médico é propriedade do paciente, a recomendar que a redação de uma síntese da entrevista do quarto mês, prevista nas Recomendações da HAS e contestada por alguns profissionais, caso deva ser feita, que o seja com a paciente.

• Uma ferramenta no centro dos dispositivos emergentes de trabalho em rede de proximidade

A entrevista pré-natal bem no início e a concretização de redes de saúde em perinatalidade são duas ferramentas essenciais "acopladas" do Plano de Perinatalidade 2005/2007. Mas sua necessária articulação traz questões muito concretas. Se ainda está longe de ser proposta sistematicamente como está previsto pelo Plano, a entrevista se instala progressivamente; as redes de saúde de proximidade são raras e colocam problemas de concretização que não parecem resolvidos. O desaparecimento anunciado das redes ditas "monotemáticas" em benefício das redes "pluritemáticas" também não favorecerá em curto prazo a extensão da prática da entrevista e sua contribuição à melhora do acompanhamento da gravidez. Poder-se-ia desejar respostas individuais e coletivas a essa observação apresentada aqui, o que permite desejar o desenvolvimento sinergético da entrevista e das redes de proximidade, assim como os outros meios de melhora do trabalho em parceria em perinatalidade.

De fato, constata-se, atualmente, que essa entrevista se situa mais frequentemente no quarto mês de gravidez quando ela é realizada no contexto de um funcionamento em rede local de perinatalidade, pois pode ser proposta no momento da declaração da gravidez pelo profissional (médico generalista ou especialista) que a efetua. No entanto, se é nesse momento que ela funciona melhor no seu papel de ferramenta de prevenção (mesmo se pode ser proposta mais cedo se uma dificuldade particular é observada por um dos profissionais que acompanham a paciente, e mesmo se deve ser proposta a qualquer momento da gravidez quando a mãe o queira, se a gravidez é conhecida tardiamente), constata-se que atualmente ainda é raro que seja feita muito cedo.

• A prevenção de riscos em perinatalidade

As redes têm vocação de contribuir a uma segurança global (física e psíquica) da mãe e do (futuro) bebê na França em 2008.

Essas orientações do terceiro plano de perinatalidade estavam conjugadas a meios não negligenciáveis que foram afetados globalmente apesar de restrições (Puech, 2007-2008).

Será que vão permitir que o conjunto de profissionais trabalhando em torno da gravidez se coordene melhor, aprenda a sair de um "individualismo" prejudicial, a desenvolver um tratamento global? Se for ainda muito cedo para constatá-lo, não faltam os esforços que esbarram contra os hábitos profissionais, porque depois de mais de dez anos as experiências em rede de saúde (e não somente de cuidados), baseada na complementaridade dos atores - incluindo os liberais - rede que tem por objetivo responder às necessidades de acompanhamento global, médico-psicossocial e de proximidade, do conjunto de mulheres grávidas (e de casais) que fazem parte de um território, somos obrigados a constatar que tais redes permanecem isoladas e são pouco numerosas (Capgras, 2007). E a pensar que se desenvolverão muito lentamente.

No entanto, as redes que já existem visam à melhora da qualidade do acompanhamento da gravidez ao oferecer ao conjunto de mulheres um dispositivo mais coerente que, além disso, permite conhecer em tempo real as gravidezes e coordenar o seu acompanhamento, sua vigilância com o conjunto de agentes concernidos. Elas são eficazes e eficientes de acordo com todos, particularmente daqueles que as avaliaram.

Nessas redes, a entrevista é uma ferramenta preciosa. A entrevista pré-natal bem inicial: um meio ou um fim para o trabalho em rede?

Uma das funções da entrevista é oferecer informação de qualidade a todas as mulheres grávidas sobre as diferentes "dimensões" da gravidez: médica, social, mas também psicológica, e os tratamentos ou apoios possíveis. A experiência de rede de proximidade em perinatalidade mostra que, no seu contexto, a entrevista permite concretizar as condições de um acompanhamento coordenado pela identificação dos fatores de risco médicos, sociais, até mesmo psicológicos, e dos problemas da parentalidade nascente, mas também da observação dos pontos de solidez dos pais, esses também percebidos durante a entrevista (mesmo se se pode imaginar que os médicos clínicos gerais e os ginecologistas obstetras formados para essa entrevista e lhe consagrando um tempo suficiente graças a uma derrogação tarifária possam também concretizá-la).

Em relação aos fatores de risco médicos, a identificação bem cedo deve permitir endereçar o paciente para o profissional mais capacitado para se responsabilizar pela patologia observada e implantar as ações de prevenção, assim como um acompanhamento reforçado da gravidez. A observação dos problemas sociais dessas mulheres grávidas permite promover ajuda adequada (por exemplo, o apoio de uma técnica de intervenção familial e social) já que, tratando-se de fase inicial da gravidez, tal ajuda permite evitar os efeitos deletérios sobre o desenvolvimento da gravidez. Em relação às preocupações da parentalidade nascente, essa ação bem cedo permite esperar prevenir alguns transtornos da relação pais-bebê e uma parte dos transtornos do desenvolvimento da criança, consequentes ao transtorno relacional.

Praticada pelos profissionais médicos, pelas parteiras bem-formadas e, principalmente, não isoladas, essa porta de entrada individual na preparação ao nascimento permite escutar e talvez responder às preocupações dos futuros pais que, não expressas, podem entravar o desenvolvimento da gravidez, do parto e do pós-parto.

Oferecendo à mulher grávida um tempo de escuta, de expressão do vivido da gravidez, as entrevistas permitem - sem pretender resolver todas as preocupações - expressar, propor ações de prevenção, encaminhar para todos os outros profissionais da rede (se necessário) e dar informação personalizada.

A questão permanece aberta de saber quais profissionais (liberais, hospitalares, territoriais...) são mais capacitados para propô-la, a questão dos meios (o plano perinatalidade não previa a totalidade dos meios necessários à generalização da entrevista do quarto mês), aquela das coordenações, entre profissionais de várias especializações, da entrevista.

A articulação é necessária entre as áreas, pois fundamentalmente essa entrevista interroga fortemente as clivagens entre dois campos, e diretamente a articulação entre os diferentes profissionais de três áreas: médica, social e psicológica. Essa articulação está sempre em questão ao menos em dois pontos.

Como atualmente fazer com que essa entrevista possa ocorrer verdadeiramente cedo? E estando colocada na nomenclatura dos atos médicos como a primeira de oito sessões de preparação ao nascimento, essa entrevista poderia contribuir a um aumento do número e da precocidade dessa preparação, pois os médicos, na sua maioria, não se dão exatamente conta da sua utilidade, só encaminhando as mulheres a uma parteira liberal ou a uma maternidade no último trimestre de gravidez...

Como fazer da entrevista o momento de descoberta da diversidade de apoios possíveis? Pois se o "valor agregado" dessa entrevista é o de permitir a cada paciente ter a segurança de um acompanhamento adaptado, se uma dificuldade qualquer é notada nessa entrevista, há geralmente desconhecimento das possibilidades de acompanhamento. Essa falta de legibilidade vem redobrar os limites e as desigualdades dos meios de apoio...

Na prática, a entrevista, mesmo inclusa na preparação ao nascimento como a primeira sessão, é difícil de ser implantada em larga escala considerando que: numerosas maternidades abandonaram a preparação por falta de pessoal; as parteiras autônomas recebem as pacientes que preparam por volta do sétimo mês de gravidez; as pacientes ainda não são informadas dessa possibilidade; os profissionais não compreendem os objetivos dessa entrevista que lhes preocupa, frustra-lhes; divertem-se (aqueles que não acreditam na virtude do diálogo).

Em algumas redes de saúde perinatal de proximidade (Clamecy, Decize, Orange/Valréas, Thann, Versailles) atuais, os profissionais e pacientes bem-informados, sensíveis a essa iniciativa, tendo experienciado essa entrevista, demandam-na; os profissionais expressam sensação de "segurança" nas suas pacientes e de "conforto" de trabalho neles mesmos; as pacientes expressam sua satisfação ao reconhecer seu interesse, o respeito e aumento da coerência no acompanhamento da gravidez a partir da entrevista. Mas, globalmente, a maior parte das entrevistas são propostas nos lugares onde existe, na melhor das hipóteses, um "trabalho em rede" e, na pior, onde não há comunicação entre os profissionais.

Por que outras mulheres não se beneficiariam desse conforto? É então que se coloca a questão do desenvolvimento do trabalho em rede...

• Uma (re)evolução das relações profissionais/mulheres grávidas

Pois, não somente (quando a entrevista e a rede local funcionam em sinergia) as pacientes, os casais, tornam-se agentes de sua gravidez, as pacientes evocam vulnerabilidades que não mencionam espontaneamente nas (breves) consultas médicas de acompanhamento; eles se autorizam mesmo a um projeto de nascimento em alguns casos.

Mas os profissionais aprendem também na entrevista a "compor" com as mulheres grávidas, a se posicionar diferentemente e a (re)encontrar a dimensão relacional de sua arte: se as parteiras e os médicos não são psicólogos, eles podem ter a experiência de receber a fala de sua paciente, mas também, igualmente necessário, é encontrar respostas, um outro modo de ver sobre a continuação a ser dada quando situações difíceis são observadas durante a entrevista em relação aos profissionais parceiros da rede, particularmente os psicólogos, pedopsiquiatras, psiquiatras. Eles descobrem, então, o trabalho pluridisciplinar, melhorado pelos estudos/revisões de casos difíceis.

A entrevista é, então, em todos os sentidos do termo, "uma consulta em rede", pois a rede sem entrevista não tem o mesmo sentido. A entrevista é uma ferramenta de prevenção bem cedo no acompanhamento da gravidez e essa prevenção bem no início é o objetivo primeiro das redes de saúde. Inversamente, a entrevista sem um trabalho em rede de proximidade ou um trabalho em parceria pode ser perigosa e ressaltar preocupações, particularmente se não se levantarem meios para trazer elementos de resposta. As possibilidades de derivas já são conhecidas dos profissionais exigentes. Por exemplo, as estruturas hospitalares podem utilizar a entrevista como um tempo de abertura do dossiê médico (com as lacunas a preencher, até mesmo uma lógica de detecção/observação pelos inventários (com questões pré-fabricadas como: "Você viveu violências na sua infância?").

De fato, a lei de reforma da proteção à infância (no seu artigo 5) prevê que a Proteção Maternal e Infantil é responsável por medidas de acompanhamento quando a entrevista conduz o profissional médico a pensar que elas são úteis... Com o risco de confundir tudo e criar tal clima, no espírito de alguns profissionais e de algumas mulheres ao menos, uma "banal" detecção de fatores de risco psicossociais com sentimento de obrigação para os profissionais de saúde de transmitir as "informações preocupantes" concernindo as pacientes "apresentando dificuldades, necessitando de apoio social, educativo, ou de cuidados". A entrevista pré-natal bem no início deve ser conduzida e concretizada com rigor deontológico.

Os profissionais devem, de todo modo, se formar atentamente para que essa entrevista não se reduza à realização de um inventário de fatores de risco em uma iniciativa de detecção estritamente médica, mas que constitua autenticamente um momento de troca permitindo à mulher organizar com conhecimento de causa seu projeto de gravidez e nascimento em um clima de respeito e confiança.

• Sinergia entre desenvolvimento da entrevista pré-natal e do estabelecimento da rede

O desejo de trabalhar coletivamente para ultrapassar as clivagens entre os agentes médicos e sociais, "psicológicos e somáticos" liberais e hospitalares não pode ser decretado. É uma (r)evolução cultural.

Mas a satisfação de mães (até mesmo dos pais), a implicação crescente dos usuários por meio das associações, particularmente do Coletivo interassociativo das associações de nascimento (CIANE), o dinamismo comunicativo do qual os profissionais fizeram experiência nas primeiras redes de perinatalidade, permitem esperar que em torno de maternidades suficientemente numerosas, as práticas de trabalho evoluindo em direção a uma integração da gravidez e do nascimento em redes de saúde de proximidade se desenvolverão nos próximos anos. Essas práticas se baseiam bastante no comprometimento das parteiras.

Se essas dinâmicas locais são sustentadas, elas permitirão o reconhecimento da importância das parteiras na organização do nascimento na França, uma melhor repartição dos papéis de diferentes profissões e uma atenção acrescida às diferentes dimensões da gravidez e do nascimento. Para o conjunto de profissionais do nascimento, essa revalorização poderá constituir um contrapeso ao movimento atual de medicalização sempre aumentada do nascimento com seus limites e efeitos sobre a confiança em si dos futuros pais.

A entrevista, meio eficaz de prevenção, poderá se implantar se os profissionais se organizarem entre eles para propô-la sistematicamente ao conjunto de pacientes. Essa realização em rede dos profissionais permitirá aperfeiçoar os recursos necessários a fim de melhor responder às necessidades identificadas durante a entrevista, como também pleitear aumento dos recursos humanos a se dedicar a este período crucial do nascimento.

Conclusão

Nós esperamos, por meio dessa circulação nos aspectos "micro" e "macro" da cultura, ter mostrado como nas nossas sociedades complexas tomadas nos movimentos de Evolução extremamente rápidos na escala da História, é possível, mas difícil, fazer evoluir as práticas profissionais para que permaneçam ou se tornem mais respeitosas das necessidades fundamentais "transculturais". A cultura de um bebê permanece o desafio para a espécie humana inteira; como introdução à linguagem, supõe a troca de palavras em torno do berço.

Referências

BASTARD, B.; CARDIA-VONÈCHE, L. Comment la parentalité vint à l'état: retour sur l'expérience des Réseaux d'écoute, d'appui et 'accompagnement des parents, *Revue française de l'action sociale,* n. 4. 2004. p. 155-172.

BLONDEL, B.; SUPERNANT, K.; MAZAUBRUN, C. (du); BRÉART, G. La santé périnatale en France métropolitaine de 1995 à 2003. Résultats des enquêtes nationales périnatales, *Gyn Obstet Biol Reprod.*, n. 35. 2006. p. 373-387.

BOISSIÈRES, C. Une typologie des politiques familiales en Europe. Recherches et prévisions, *CNAF,* n. 41. 1995. p. 35-44.

BOURDIEU, P. La famille comme catégorie réalisée. *Actes de la recherche en sciences sociales,* n. 100. 1993.

BRÉART, G.; PUECH, S.; ROZÉ, J. C. 20 propositions pour une politique périnatale. Rapport de la Mission périnatalité. Paris: DHOS/ ministère de la Santé, set. 2003. Disponível em: <http//lesrapports. ladocumentationfrancaise. fr/BRP/034000572/0000.pdf>. Acesso em:

BROCKINGTON, I. F.; KUMAR, R. C. *Motherhood and Mental Illness.* Londres: Academic Press London, 1992. p. 288.

______. *Motherhood and Mental Health.* Reino Unido: Oxford Université Press, 1996. p. 632.

BRUEL, A. et al. *De la parenté à la parentalité.* Toulouse: Érès, 2001.

BUGHIN, M.; LAMARCHE, C.; LEFRANC, P. *La parentalité: une affaire d'État ?* Paris: L'Harmattan, 2003.

CAPGRAS, D.; DUGNAT, M. Construire un réseau de périnatalité de proximité, quelle(s) méthode(s)? L'exemple de Novanat (Haut-Vaucluse, sud-nord). *Vocation sage-femme,* n. 42. maio, 2006.

______. Quelles règles des mises en oeuvre des principes d'une conduite de projets dans le développement d'um réseau local de périnatalité?. *Vocation sage-femme,* n. 46-47. nov.-dez., 2006. p. 11-16.

______. Le projet de naissance, revue *ADSP,* n. 61/62. Paris: La

Documentation française, p. 83-86, dez. 2007/mar. 2008.

Alguns elementos "culturais" em matéria de prevenção

CAPGRAS, D. La Nièvre, département pionnier de l'entretien de grossesse. Revue *La Santé de l'homme*, n. 391. INPES, p. 27, set.-out. 2007.

CASTEL, R. *L'insécurité sociale: qu'est-ce qu'être protégé ?* Paris: Le Seuil, 2003. p. 95.

CIM 10 6. Disponível em: http://fr.wikipedia.org/wiki/Classification_internationale_des_maladies.

CIRCULAR DHOS/DGS/O2/6 C, n. 2005-300. jul. 2005. (relative à la promotion de la collaboration médico-psychologique en périnatalité).

CIRCULAR DHOS/O1/O3/CNAMTS, n. 2006-151, mar. 2006. Disponível em: <http //www.informationhospitaliere.com/actualite-2109-circulaire-dhos-o1-o3-cnamts-2006-151-30-mars-2006-relative-cahiercharges-national-reseaux-sante-perinatalite.html>. (relative au Cahier des charges national des réseaux de santé em périnatalité)

COLLECTIF CIANE. Des états généraux de la naissance à la plateforme périnatalité. Revue *Spirale*, n. 41, p. 30-42, 2007.

COMBIER, E.; POUVOURVILLE, G. (Ed.). *Périnatalité: l'évolution des pratiques médicales en France*. Paris: Éditions La mutualité française, 1999.

COOPER, P.; MURRAY, L. (Ed.). *Post Partum Depression*. New York: The Guilford Press, 1997.

COREN, E.; PATTERSON, J.; ASTIN, M.; ABBOTT, J. Home-based support for socially disadvantaged mothers. *The Cochrane Database of Systematic Reviews*, issue 1, 2003.

CRESSON, G. Tensions et paradoxes du devenir parent. *ADSP*, n. 61-62, *Revue du Haut Conseil de la Santé publique*, La documentation française. dez. 2007/mar. 2008. p. 78-79.

DAYAN, J.; ANDRO, G.; DUGNAT, M. (Ed.) *Psychopathologie de la périnatalité*. Paris: Masson, 1999.

DAYAN, J. Parentalité et psychopathologie. Entrée parentalité.

In: HOUZEL, D.; EMMANUELLI, M.; MOGGIO, F. *Dictionnaire de psychopathologie de l'enfant et de l'adolescent*. Paris: PUF, 2000. p. 492-493.

DELAISI DE PARSEVAL, G.; JANAUD, A. *L'enfant à tout prix. Essai sur la médicalisation du lien de filiation*. Paris: Le Seuil, 1983. (coleção Points actuels)

DESJARDINS, N.; DUMONT, J.; LA VERDURE, J.; POISSANT, J. Les services intégrés en périnatalité et pour la petite enfance à l'intention des familles vivant en contexte de vulnérabilité. *Guide pour soutenir le développement de l'attachement sécurisant de la grossesse à 1 an*. Québec: Santé et services sociaux Québec, 2005. p. 177.

DSM IV. Disponível em: <www.rvd-psychologues.com/diagostique.php3>.

DUGNAT, M. (Ed.). *Prévention précoce, parentalité et périnatalité*. Toulouse: Érès, 2004. p. 256.

DUGNAT, M.; DOUZON-BERNAL, M. Pour un entretien prénatal précoce "prévenant". Le livre blanc de la périnatalité en France, *Spirale* 41. Toulouse: Érès, mar. 2007. p. 43-60.

Bebês e culturas

DUGNAT, M.; GLANGEAUD-FREUDENTHAL, M. C.; ISSERLIS, C.; SUTTER-DALLAY, A. L. *Guide pour la pratique de l'entretien prénatal précoce et l'accompagnement psychique des femmes devenant mères*. Toulouse: Érès, 2008. p. 224.

DUGNAT, M.; DOUZON-BERNAL, M.; CAPGRAS, D. Entretien prénatal précoce: un tournant dans la relation entre les futures mères et les professionnels. Revue *La santé de l'homme,* n. 391. (INPES), out. 2007.

DUGNAT, M.; DOUZON-BERNAL, M. Quelques questions sur les différentes figures des réseaux en périnatalité. *Spirale* 41. Toulouse: Érès, mar. 2007. p. 96-105.

DUMARET, A. C.; PICCHI, V. Soins précoces: devenir psychosocial des familles et développement de l'enfant. *Ann. médico-psychol.*, v. 163, n. 6, p. 476-85, 2005.

ÉTATS GÉNÉRAUX DE LA NAISSANCE (LES). Conclusions, Paris, jun.

2003. Disponível em: <http://portail.naissance.asso.fr/etats-gen/conclusions.pdf>.

EHRENBERG, A. Santé mentale: malaise dans l'évaluation. Remarques pour améliorer la politique de l'expertise en santé publique. *Médecine/sciences*, n. 22. p. 548-553, 2006.

EXPERTISE COLLECTIVE INSERM. *Troubles mentaux. Dépistage et prévention chez l'enfant et l'adolescent, synthèse et recommandations*. 2002.

______. *Trouble des conduites chez l'enfant et l'adolescent*. Éditions INSERM, 2005. p. 442.

GAVARANI, L. *La passion de l'enfant*. Paris: Denoël, 2001.

GODELIER, M. *Métamorphoses de la parenté*. Paris: Fayard, 2004.

GOUZVINSKI, F. Secrets professionnels et pratiques de réseaux. *Communication personnelle*. 2007.

GUEDENEY, A. Facteurs de risques familiaux et environnementaux des troubles du comportement chez le jeune enfant. *Psychiatrie de l'enfant*. v. 49. Paris: PUF, 2006. p. 227-278.

HERMANGE, M. T. *Périnatalité et parentalité*. Paris: La Documentation française, 2006. p. 45.

HAUT COMITÉ DE LA SANTÉ PUBLIQUE. *La sécurité et la qualité de la grossesse et de la naissance: pour un nouveau Plan périnatalité*. Rennes: Éditions de l'École nationale de santé publique, 1994. p. 255.

HAUTE AUTORITÉ DE SANTÉ (HAS). *Comment mieux informer les femmes enceintes? Recommandations pour les professionnels de santé*. 2005.

______. Recommandations pour la pratique clinique. *Préparation à la naissance et à la parentalité (PNP)*. nov. 2005.

______. *Recommandations professionnelles. Suivi et orientation des femmes enceintes en fonction des situations à risque identifiées*. maio 2007. p. 37. Disponível em: <http://www.has-santé.fr/portail/display. jsp ?id=c_547976>.

Alguns elementos "culturais" em matéria de prevenção

HOUZEL, D. (Dir.) Les enjeux de la parentalité, rapport au ministère du Travail et des Affaires socials. Toulouse: Érès, 1999.

JACQUES, B. De la matrone à l'obstétricien: quel partage des rôles pour les professionnels? *Revue La santé de l'homme*, INPES, n. 391, p. 20-22, set.-out. 2007.

JACQUES, B. *Sociologie de l'accouchement*. Paris: Le Monde-PUF, 2007. p. 224. (col. *Partage du savoir*)

JESU, F. *Co-éduquer. Pour un développement social durable.* Paris: Dunod, 2004. p. 224.

KNIEBIEHLER, Y. *Maternité, affaire privée, affaire publique.* Paris: Bayard, 2001.

LE COLLECTIF PASDE0DECONDUITE. *Pasde0deconduite pour les enfants de 3 ans*. Toulouse: Érès, 2006. p. 240.

______. Actes du colloque pasde0deconduite pour les enfants de 3 ans. *Prévention, dépistage des troubles du comportement chez l'enfant*, n. 11, jun 2006. (col. Santé et société)

______. *Enfants turbulents: l'enfer est-il pavé de bonnes préventions?* Toulouse: Érès, 2008. p. 304.

LE GALL, D.; BETTAHAR, Y. (Ed.) *La pluriparentalité*. Paris: PUF, 2001.

LENOIR, R. *Généalogie de la morale familiale.* Paris: Le Seuil, 2003.

LOI nº 2006-396 du 31 mars 2006 pour l'égalité des chances. Consolidée au 26.08.08. Disponível em: <www.legifrance.gouv.fr/WAspad/UnTexteDeJorf?numjo=SOCX0500298L,142k>.

LOI nº 2007-293 du 5 mars 2007 de la réforme de la protection de l'enfant. Disponínel em: <www.assemblee-nationale.fr/12/dossiers>.

MARTIN, C.; BOYER, G. *Naître égaux et grandir en santé: um programme intégré de promotion de la santé et de prévention en périnatalité*. Québec: Direction générale de la santé publique, 1995. p. 213.

MARTIN, C. La parentalité en question. Perspectives sociologiques.

Rapport pour le Haut Conseil de la population et de la famille. Paris: Haut Conseil de la population et de la famille, 2003. p. 58.

MINISTÈRE DE LA SANTÉ ET DES SERVICES SOCIAUX. *Les services intégrés en périnatalité et pour la petite enfance à l'intention des familles vivant en contexte de vulnérabilité: cadre de référence*. Québec: Santé et services sociaux, 2004. p. 79.

Mission d'information sur la famille et les droits de l'enfant à l'Assemblée nationale. Rapport parlementaire, 25 janvier, président M. Patrick Bloche, rapporteure Mme Valérie Pecresse, Députés. Disponível em: <www.ladocumentationfrancaise.fr/rapports-publics/0064000103/index.shtlm>.

MOLÉNAT, F. *Mères vulnérables: les maternités s'interrogent*. Paris: Stock-Pernoud, 1999.

______. *Pour une éthique de la prévention*. Toulouse: Érès, 2000. p. 136.

Bebês e culturas

NEYRAND, G. La dynamique d'un réseau de prévention psychique précoce. Résistances et perspectives. *Revue française des Affaires Sociales*, n. 1, p. 103-125, jan-mar. 2004.

______. *L'enfant face à la séparation des parents. Une solution, la résidence alternée*. Paris: Syros, 2004. Nouvelle édition remaniée 2001. (Troisième édition La Découverte)

______. *Faut-il avoir peur de nos enfants?* Paris: La Découverte, nov. 2006. (col. Sur le vif)

______. La parentalité comme dispositif, Mise en perspective des rapports familiaux et de la filiation. La filiation recomposée: origines biologiques, parenté et parentalité. *Recherche familiales*, n. 4, p. 71-88.

NEYRAND, G.; DUGNAT, M.; REVEST, G. et al. *Enfance, famille et petite enfance, mutation des savoirs et des pratiques*. Toulouse: Érès, 2006.

PAUCHET-TRAVERSAT, A. F. Comment préparer la femme et le couple à la naissance et à la parentalité? *ADSP*, n. 61-62, *Revue du Haut Conseil de la santé publique*, La Documentation française, p. 58-62, dez. 2007/mar. 2008.

PAUCHET-TRAVERSAT, A. F. Comment préparer la femme et le couple à la naissance et à la parentalité. ADSP, n. 61-62, *Revue du Haut Conseil de la Santé Publique,* La Documentation française, p. 58-62, dez. 2007/ mar. 2008.

Périnatalité et parentalité: une révolution en marche?, Dossier, revue *La santé de l'homme*, *INPES,* n. 391, set.-out. 2007.

Plan périnatalité – 2005-2007: humanité, proximité, sécurité, qualité. Paris, 2004. Disponível em: <http://www.sante.gouv.fr/htm/actu/perinatalite04/planperinat.pdf>.

Prévention, dépistage des troubles du comportement chez l'enfant (actes du colloque « Pasde0deconduite pour les enfants de 3 ans » du 17.06.2006). n. 11, Société française de santé publique. nov. 2006. (col. Santé et société)

PUECH, F. Le plan périnatalité 2005-2007 *ADSP,* n. 61-62, *Revue du Haut Conseil de la santé publique*, La documentation française, p. 35-37, dez. 2007/mar. 2008.

RAPOPORT, D. *La bien-traitance envers l'enfant. Des racines et des ailes*. Paris: Belin, 2006. p. 205.

Rapport *Rénover le droit de la famille* au garde des Sceaux, ministère de la Justice. Françoise Dekeuwer Defossez. Paris: La Documentation française, 1999. p. 256.

20 propositions pour une politique périnatale. Rapport de la Mission périnatalité. DHOS/ministère de la Santé, Paris, G. Bréart, S. Puech, J.C. Rozé. set. 2003.

Alguns elementos "culturais" em matéria de prevenção

Rapport *Périnatalité et parentalité* remis le 25 février 2006 à Philippe Bas, ministre délégué à la Sécurité sociale, par Marie-Thérèse Hermange, Sénateur de Paris. p. 45.

Recherches et prévisions, n. 76. "La paternité aujourd'hui". jun. 2004.

Référentiel de formation à l'entretien prénatal précoce. Disponível em: <http://www.afree.asso.fr/Refrentiel.pdf>.

SCHAUDER, C. L'entretien systématique du 4e mois de grossesse; vers une nouvelle police des familles. *ADSP,* n. 61-62. *Revue du Haut Conseil de la santé publique,* La Documentation française, p. 87-88, dez. 2007/ mar. 2008.

STOLERU, S. Aspects conceptuels. Entrée parentalité. In: HOUZEL, M.; EMMANUELLI, F.; MOGGIO. *Dictionnaire de psychopathologie de l'enfant et de l'adolescent*. Paris: PUF, 2000. p. 491.

THÉRY, I. *Couple, filiation et parenté aujourd'hui*. Rapport à la ministre de l'Emploi et de la Solidarité et au garde des Sceaux, ministère de la Justice, Paris, La Documentation française. Paris: Odile Jacob, 1998. p. 413.

______. *Le démariage*. Paris: Odile Jacob, 2001. p. 469.

______. *La distinction des sexes*. Paris: Le Seuil, 2008. p. 666.

TREMBLAY, R. *Prévenir la violence dès la petite enfance*. Paris: Odile Jacob, 2008. p. 269.

VILAIN, A.; PERETTI, C. (Ed.); HERBERT, J. P. Enquête périnatale 2003: compléments de cadrage: les disparités sociales en matière de santé périnatale et apport d'autres sources. DGS DREES, INSERM. 2005. p. 56.

Intervenção precoce em saúde mental: Uma necessidade![1]

Mira Wajntal[2]

A satisfatória redução de 16% no coeficiente de mortalidade infantil na primeira infância desde 2000, e de 83% desde 1975,[3] criou uma nova demanda de políticas públicas para essa faixa etária, visando uma melhor qualidade de vida para os bebês e suas famílias.

A crescente demanda da atenção básica para a primeira infância está sendo atendida com programas de puericultura, imunização, combate à desidratação, incentivo ao aleitamento materno,

---

1 Agradeço a contribuição do Prof. Dr. Jayme Murahovischi que tão gentilmente comentou as apresentações realizadas no "Fórum Municipal da Infância e Adolescência", em 2 de fevereiro de 2007 e no "VII Encontro Nacional sobre o Bebê", (SP), para elaboração final deste texto e, anexou seus próprios "sinais de alerta", para problemas no desenvolvimento da criança.

2 Psicanalista, membro do Departamento de psicanálise do Instituto Sedes Sapientiae, mestre em Psicologia Clínica pela PUC-SP, autora do livro "Uma Clínica para a Construção do Corpo", Via Lettera, SP, 2004: organizadora do livro *Clínica com crianças: enlaces e desenlaces*, Casa do Psicólogo, SP, 2008.

Trabalhou no Caps infantil da Mooca até 2009.

e-mail: mira.wajntal@uol.com.br

3 SEADE - Fundação do Sistema Estadual de Análise de Dados.

controle de criança de baixo peso, campanhas de esclarecimento sobre epidemias e doenças infectocontagiosas. Mas ainda falta *um programa de ação na esfera da saúde mental.*

É recente a ideia de que um recém-nascido já tem um psiquismo em funcionamento que dá sinais dos problemas no seu desenvolvimento. Dessa forma, *criar uma política de diagnóstico e intervenção em saúde mental para primeira infância na atenção básica passa a ser um novo desafio.*

Impacto na população

Não é fácil avaliar a prevalência de problemas de saúde mental na infância, já que as pesquisas usam metodologia diversificada e não comparável. Ressalta o fato de que todas indicam números elevados.

Em *Problemas de Saúde Mental das Crianças* (2005), Tanaka e Lauridsen-Ribeiro se referem aos estudos de Roberts, Attkisson, e Rosebblatt, (1998), que incluem trabalhos realizados em mais de 20 países na faixa etária de 1 a 18 anos. Nesse estudo as taxas de prevalência global de transtornos mentais variam amplamente, de 1% a 51% (média de 15,8%). E discutem como as taxas de prevalência tendem a aumentar com a idade: entre os pré-escolares (1 a 6 anos) está em torno de 10,2%; entre os pré-adolescentes (6 a 13 anos), 13,2%; e entre os adolescentes (mais de 13 anos), 16,5%.

Fleichitlich e Goodman, também citados por Tanaka e Lauridsen-Ribeiro (2005), constataram que embora cerca de 30% a 50% das crianças com sintomas possam preencher critérios de diagnóstico, apenas entre 5% e 15% terão impacto significativo que irá resultar em um quadro de sofrimento psíquico para a criança e para suas famílias.

No Brasil, existem poucos estudos na área de epidemiologia dos transtornos mentais na infância. Lauridsen-Ribeiro e Tanaka (2005) destacam, como o mais importante deles, Almeida Filho (1982, 1985), pesquisa realizada em Salvador, que tomou por amostragem crianças de 5 a 14 anos. A prevalência global de transtornos mentais para o grupo foi de 23,1% – o que se afigura exagerada.

Em outro estudo realizado por Lauridsen e Tanaka (1999), *"Morbidade referida e busca de ajuda nos transtornos mentais na infância e adolescência"*, procurou-se avaliar as queixas referidas de doença mental em crianças e adolescentes (1 a 19 anos) pelos próprios familiares. Nesse caso, a taxa de prevalência encontrada foi de 4,7%.

Por fim, os autores concluem que "mesmo usando uma taxa de prevalência mais conservadora, como a do Institute of Medicine (Offord; Fleming, 1996), que é de 12%, pode-se estimar que, no município de São Paulo, em torno de 100.000 crianças e adolescentes entre 5 e 14 anos podem apresentar algum tipo de transtorno psiquiátrico (Fundação IBGE, 2000)".

Esse número se torna ainda maior se pensarmos na esfera do estado de São Paulo. Segundo os dados do IBGE,[4] o número de crianças que está na primeira infância é de aproximadamente 2.830.995, o que resulta em uma estimativa de 288.761 crianças potencialmente em risco, se aplicarmos a taxa de prevalência de 10,2% apontada por Lauridsen-Ribeiro e Tanaka (2005).

O aumento da taxa de prevalência de distúrbios mentais na infância, em paralelo ao avanço da idade, indica a necessidade de se criar uma política de intervenção muito cedo para a atenção básica. Defendemos a ideia de que nessa iniciativa poder-se-ia tanto diminuir a incidência das taxas quanto minimizar o impacto

---

4 População e Domicílios – PNAD 2005

População estimada no estado de São Paulo 2005	40.442.795
População residente – 0 a 4 anos	7,0 %
População residente – 5 a 9 anos	8,2 %
População residente – 10 a 14 anos	8,3 %
População residente – 15 a 19 anos	9,0 %

da morbidade dos sintomas psíquicos, com benefícios para a população e para economia do estado.

A intervenção muito cedo pode diminuir o custo da saúde mental para o estado

Até meados do século passado acreditava-se que um diagnóstico de problemas de saúde mental só podia ser realizado a partir dos três anos de idade. De fato, uma política de intervenção precoce não pretende fazer diagnóstico no primeiro ano de vida, mas detectar, a partir de sinais de risco, possíveis problemas no desenvolvimento do bebê com a finalidade de intervir antes que se instale definitivamente um processo mórbido.

Não podemos esquecer que é nesse período de desenvolvimento que a criança possui maior neuroplasticidade. Dessa forma, uma ação nesse período de sua vida não só tem maior responsividade terapêutica como também implica menor tempo de tratamento e ações menos dispendiosas. Isso é válido, inclusive, para os casos de comorbidade associada.

Sabemos que quando uma criança recebe um diagnóstico tardio, em saúde mental, aos sete ou oito anos, ela possivelmente necessitará de cuidados muito mais extensivos e dispendiosos que podem incluir uma equipe multiprofissional – e com resultados longe dos ideais. Nessa ocasião, não raro a criança e sua família já se encontram em processo de exclusão social desgastante, que nem sempre conseguiremos reverter. Em geral, quadros crônicos acabam por se traduzir em famílias que passarão o resto de suas vidas dependentes de uma instituição de saúde. Essas instituições acabam estagnando, devido à impossibilidade de dar escoamento à demanda.

Como foi possível pensar em um diagnóstico precoce

É recente a ideia de que no primeiro ano de vida seja possível detectar sinais de risco para o desenvolvimento psíquico, e utilizar essas observações para evitar a progressão dos problemas detectados. Pode-se dizer que essa mudança de concepção passa a ser cada vez mais exequível, uma vez que *se substitui a observação isolada de bebês pela observação da relação mantida entre o bebê e seu cuidador,* em geral a mãe.

É claro que os indicadores que avaliam o desenvolvimento como um processo maturacional ainda têm valor clínico, e seus sinais de alerta devem ser observados (ver tabela no final do texto).

Spitz (1965) foi um dos primeiros a valorizar a observação que inclui a relação do bebê com seu cuidador. Estudando crianças que, embora fossem alimentadas e mantidas asseadas corretamente, eram privadas de contato constante com um adulto que lhes desse afeto, ele descreveu de que modo um bebê pode desenvolver uma patologia do contato com o Outro. Demonstrou, também, o primeiro sinal positivo de vínculo que a criança estabelece: o sorriso dos dois aos três meses de vida. Esse é, até hoje, unanimemente considerado sinal de desenvolvimento adequado. Posteriormente ao trabalho de Spitz, foram sendo acrescentados outros sinais, como a possibilidade de o neonato mostrar a língua por imitação desde as primeiras horas de vida.

Podemos dizer que todas essas observações têm em comum a ideia de que a relação de maternagem é tradutora de realidade e criadora de ambiente para o bebê. Para exercer adequadamente essa tradução, é necessário um bom funcionamento da díade mãe-bebê.[5]

Há uma *Pesquisa multicêntrica de indicadores clínicos de risco para o desenvolvimento infantil* (2005) conduzida pelo Ministério da Saúde. Essa pesquisa procura avaliar sinais de risco para o desenvolvimento

---

5 É importante sublinhar que o cuidador tem participação fundamental na estruturação do aparelho psíquico, mas não podemos atribuir à sua pessoa as causas das patologias, como se o cuidador fosse agente intencional destas. Devemos ter cuidados redobrados com alguns discursos sobre a clínica de culpabilização da mãe. Particularmente, prefiro a imagem de que estão "todos no mesmo barco", e o clínico deve auxiliar a encontrar "a rota do melhor caminho" – e não procurar os causadores da dificuldade.

infantil, incluindo a relação mãe-bebê. Discute como "durante a primeira infância, as manifestações comportamentais que se operam nas pequenas crianças têm um caráter acentuadamente polimorfo. Assim, uma manifestação motora é, ao mesmo tempo, neuromaturativa, psicológico-cognitiva, tem valor trófico-fisiológico, e também é - simultaneamente - expressão emocional e significativa da relação com os outros em geral e com o meio" (Colóquio Franco-Brasileiro sobre a Clínica com Bebês, 2005). Por isso, nem sempre é tão fácil fazer esse diagnóstico.

Na França, a associação *PréAut* pesquisa especificamente a prevenção do autismo, e descreveu dois índices sinalizadores de risco para o autismo que contribuem com a ideia de que o aparelho psíquico se instaura nos dois primeiros anos de vida.

Embora não se possa dizer que a síndrome autista esteja instalada na primeira infância, nem que haja sinais positivos, no primeiro ano de vida, justifica-se a intervenção na relação mãe-bebê por meio da escuta analítica nesse período, em que há neuroplasticidade cerebral, e ainda há a possibilidade de a estruturação do psiquismo encontrar novos caminhos. Isto é, há a possibilidade de se intervir na estruturação que suportará o funcionamento do inconsciente (Laznik, 2004, p. 21), antes que esta se fixe como uma síndrome irreversível.

Os sinalizadores de risco do mau funcionamento da díade mãe-criança

Segundo o *PréAut* (Laznik, 2004), os sinalizadores de risco do mau funcionamento da díade mãe-criança são:

1. *O não olhar entre uma mãe e seu filho* – É sinal de *dificuldade na relação do bebê com o Outro*. Todos conhecemos a festa jubilatória que um bebê realiza em torno dos seis meses de idade frente à sua imagem no espelho. Pode-se dizer que, nesse momento, o bebê passa a reconhecer o valor que seus pais lhe atribuem. Embora

ainda imaturo e dependente, ele começa a se perceber como uma individualidade, e pede a confirmação do Outro sobre esse seu reconhecimento. *Ele se volta para o Outro para, por meio do olhar do adulto que o sustenta, confirmar o seu valor.*

2. *A não instauração do circuito pulsional completo* – O circuito pulsional é um dos suportes da estruturação do aparelho psíquico. Ele se dá em três tempos que são facilmente observáveis se tomarmos a pulsão oral como exemplo.

- O primeiro tempo é *ativo*, quando o bebê vai à *busca de um objeto* oral para dele se apoderar por meio da sucção – por exemplo, o seio ou a mamadeira.
- O segundo tempo é observado quando o bebê tem *satisfação em chupar uma parte de seu próprio corpo*. Em geral, essa experiência está associada a uma imagem de satisfação, e é conhecida como *autoerotismo*.
- O terceiro tempo é o da *satisfação pulsional*. *É quando o bebê se faz objeto para um outro*, por exemplo, oferece o pezinho ou a "barriguinha" para o Outro "comer" ou "mordiscar".

Notem que para ter esse movimento instaurado, a criança faz uma provocação, se oferecendo, dessa vez, como algo muito "apetitoso" para o Outro. Essa possibilidade de captar o valor do objeto e se fazer dotar desse valor para o Outro, é de grande importância psíquica. Esse movimento é o que liga o circuito pulsional.

Podemos acrescentar a essa lista a observação de como a mãe dirige sua palavra ao bebê. Ela supõe a existência de um interlocutor que pode diferir de si, ou não? Ou o trata como mera extensão de si?

As crianças que não apresentarem os comportamentos descritos podem desenvolver quadros de sofrimento que se apresentarão ao final da primeira infância como recusa de estabelecer trocas afetivas, não responder quando solicitadas, aparentar surdez e ter exagerado apego a um objeto, uma rotina, um movimento, um trecho de uma história, de um filme, de uma música.

Suas manifestações são expressões de repúdio à audição, de desinvestimento vocal e do olhar e recusa das informações táteis e cinestésicas, fornecidas pelo meio externo. A aproximação ou intervenção de um outro, em geral, também é ignorada. Essas crianças só não podem deixar de tomar conhecimento das excitações oriundas das suas entranhas - excitações que serão descarregadas pela atividade motora, resultando no que chamaremos de estereotipia ou comportamento autista.

Com idade avançada, aos cinco ou seis anos, seus destinos parecem já inexoravelmente traçados. Mostram-se trancadas frente ao mundo, aos outros, situação que facilmente é tomada como sentença de futuro imutável.

Dificuldades no atendimento em saúde mental da criança na atenção básica

Existem várias dificuldades que podem ser apontadas como problemas para se criar um fluxo de atendimento adequado à saúde mental da criança. O principal deles é *a dificuldade de se criar um fluxo de detecção do problema*. Lauridsen e Tanaka (2005, p. 43-44), citando o trabalho de Costello (1986), listaram os seguintes fatores:

1. "Os pais não costumam queixar-se dos problemas emocionais ou de comportamento de seus filhos aos pediatras".
2. "Os pediatras têm dificuldade de identificar os problemas ou valorizar sua importância".
3. "Os pediatras têm receio de colocar 'rótulos deletérios' em seus pequenos pacientes".
4. "Os pediatras são relutantes em expressar o diagnóstico para os pais, por recear não ter tempo ou habilidade suficiente para lidar com o problema".

Os dados obtidos pela pesquisa realizada em uma UBS da Cidade de São Paulo (Lauridsen; Tanaka, 2005) concordam com essa enumeração de Costello.

Como solução para o problema, os pediatras que participaram da pesquisa sugerem a existência de um treinamento e formação de uma equipe multiprofissional de retaguarda, criando um trabalho de maior proximidade com um profissional de saúde mental.

Nessa mesma pesquisa, encontrou-se boa sensibilidade dos pais para a presença de problemas mentais nos filhos. Mas suas preocupações pouco influenciaram a realização de um diagnóstico, o que aponta para uma dificuldade de comunicação dos pais com os pediatras, ou a desvalorização de suas queixas na consulta.

Outros obstáculos encontrados para a boa realização de um diagnóstico foram:

- A organização do processo de trabalho médico.
- O curto tempo das consultas.
- A dificuldade em se realizar um encaminhamento especializado.
- A falta de retorno e confiança nos serviços especializados.

Diagnóstico precoce – Nova concepção de saúde mental

Podemos concluir que para se implantar uma política de intervenção precoce a participação dos pediatras é fundamental. São esses os profissionais que, a partir de uma observação clínica constante do bebê, poderão detectar bem cedo uma patologia do desenvolvimento, que aparece como disfunção do contato com o Outro.

A detecção bem cedo tem a seu favor a neuroplasticidade cerebral, permitindo que possamos intervir antes da instalação de um quadro crônico e irreversível. Para tanto, é necessária a implantação de treinamento e de uma discussão ética, evitando que essa prática apenas crie estigmas alarmistas e preconceitos sobre os bebês e suas famílias.

Serviços de saúde hoje

Hoje, nos serviços públicos especializados em saúde mental, já recebemos uma boa parcela de encaminhamentos de crianças na faixa etária de três a quatro anos com "patologias do contato com outro". Há dez anos (Wajntal, 2001), falávamos de crianças que chegavam a esses serviços de saúde com sete ou oito anos. Infelizmente, ainda não podemos comemorar o marco de estarmos intervindo plenamente na primeira infância.

Podemos tranquilamente dizer que a intervenção na relação mãe-bebê, por meio da escuta analítica das disfunções do funcionamento dessa díade, iniciada nessa idade já traz melhores perspectivas, tanto em relação à sua evolução quanto à redução do tempo de tratamento. Isso contribui e incentiva todos os esforços no sentido de se continuar "batalhando" por políticas públicas que contemplem um diagnóstico e uma intervenção precoce já na primeira infância.

Em geral, o atendimento dessas crianças ou bebês contempla pelo menos mais uma pessoa: aquela que se responsabiliza pelos seus cuidados e exerce a função materna. Nesse modelo, acredita-se que a constituição do sujeito psíquico deva ser realizada com a presença daqueles que exercem essa função. A principal particularidade do atendimento de criança é a maneira como este é demandado: sempre haverá, primeiro, um adulto falando por ela. Um adulto a quem o sintoma ou manifestação da criança fez sentido ou é reconhecido como fonte de sofrimento. Quanto menos a criança fala, mais falam por ela, demandam por ela.

Um exemplo clínico

A mãe de Leo procurou ajuda no CAPSi Mooca há cerca de três anos. Era a terceira vez que procurava atendimento para o filho. A primeira foi motivada pelo atraso de aquisição da fala. A segunda, pela dificuldade em se adaptar na escola. Dessa terceira vez ele foi reencaminhado para nós.

Na ocasião, ele estava com três anos. A queixa era de atraso na fala e extrema dificuldade de adaptação à rotina escolar, pois ele se recusava a ficar na sala com a porta fechada: caso isso fosse exigido, ele batia a cabeça contra a parede, se mordia, gritava, chutava e mordia quem dele se aproximasse. Sua fala era repetitiva e sempre declinada na terceira pessoa.

A mãe de Leo é adequada e continente com ele, embora inibida afetivamente. Leo é o segundo filho. A irmã mais velha apresenta uma síndrome genética. Seus pais haviam se separado há mais de dois anos, quando Leo ainda não havia completado um ano de idade. A relação dos pais é ruim, pois o pai só tem olhos para um ciúme doentio que sente da esposa – esse foi, inclusive, o mote da separação. Diante de tais fantasias, ele se torna agressivo.

Foram realizadas várias entrevistas com os pais, ora com Leo presente, ora individualmente; uma vez com o pai e a mãe juntos – o que foi catastrófico. A tarefa inicial de articular essa mãe que não podia sentir nada, esse pai ciumento e a criança gritona não foi fácil. Para conter as crises de Leo como essa descrita, em geral, a mãe o segurava no colo ou o prendia em uma cadeira tipo bebê-conforto, atitude que discutimos amplamente: por um lado, o comportamento autoagressivo justificava a contenção na cadeirinha; por outro, o fato de amarrar a criança era constrangedor para a mãe.

No primeiro ano de atendimento, o trabalho de escuta analítica consistiu, antes de tudo, em circunscrever funções de cada um dos pais com os filhos. Especificamente, mediar a relação do pai com eles, tentando colocar a mãe fora dessa relação. O pai privava os filhos de sua presença e, portanto, de qualquer contribuição para a criação e o cuidado, agindo apenas para punir a mãe. Portanto, trabalhamos para que esse pai olhasse para seus filhos, independentemente do ciúme que sentisse pela mãe deles, sem que cada ato seu continuasse visando apenas a ex-mulher, e desconsiderando as crianças.

Ele passou a ter contato frequente com as crianças, levando-as a cada quinze dias para passar parte do fim de semana com ele.

Pelo lado da mãe, à medida que começou a configurar o pacto inconsciente de seu casamento, ela passou a lidar melhor com o ciúme do ex-marido, sem ficar tomada pelas cenas a que ele a submetia tanto quanto às crianças, embora ela ainda se queixasse de sua pouca contribuição e participação em todos os sentidos.

Paralelamente a isso, periodicamente eram realizadas reuniões na escola com sua professora, a coordenação pedagógica e os demais docentes.

Depois de uns oito meses de escuta dessa família, Leo surpreendeu fazendo jogos de triangulação com os adultos. Eram jogos elementares, que colocavam em pauta com "quem ele escolheria ficar" ou passear de mãos dadas.

Comecei a propor que, alternadamente, nossos encontros sejam individuais. Em geral, nesses encontros, ele queria andar de carro ou de motoca pelo CAPSi. Havia um carro de brinquedo de cor prata com o eixo da direção quebrado, pelo qual ele tinha especial paixão. Ele brincava de ir e vir, escolher e decidir.

Em um encontro conjunto, o pai relatou sua paixão por automóveis e motos. Ele tinha um caminhão e uma moto. O fato de não possuir um automóvel era apontado pelo pai como empecilho quanto a estar mais com as crianças. O pai também contou que, quando vem com o filho ao parque, sempre passa por um trator antigo – é programa obrigatório. Seu sonho é pedir permissão à administração do parque para consertá-lo para as crianças poderem passear nele.

Leo passou a falar de seu incômodo com o fato de seu querido carro prateado estar quebrado, expressando-se cada vez de forma mais elaborada. Fizemos uma brincadeira de levá-lo à oficina e o consertamos na sala de artes. Como não é nada fácil realizar esse conserto, devido à minha dificuldade em ser uma mecânica, ele dizia:

"precisamos chamar o meu pai". Eu concordava com ele quanto a que o pai possivelmente estaria muito mais habilitado a consertar o carro. Mas ainda assim podíamos tentar fazer o conserto nós mesmos e, caso não o conseguíssemos, chamaríamos o pai.

O pai mora em outra cidade e naquele período estava muito relutante em comparecer ao atendimento comigo, pois julgava que eu estava "combinada" com sua ex-mulher. Temia que esse pedido de Leo contivesse uma armadilha, uma cena já conhecida: a extrema imobilidade que a ausência do pai gerava, deixando tudo na dependência de seu humor. E, como ele só tinha olhos para a raiva que sentia da mãe, nunca se fazia presente, como mencionei anteriormente, vindo apenas para puni-la. Então, eu também podia ficar na mesma vulnerabilidade que a mãe de Leo, e a continuidade do tratamento ficaria sujeita a tal punição.

O conserto foi um sucesso e Leo ficou fortalecido. Sua fala e expressão melhoraram significativamente, as crises no período escolar diminuíram e, progressivamente, ele começou a participar mais nas aulas. Sua participação passou a ser assumida como um desejo próprio, não dependia mais do desejo ou conflito do Outro.

Um dia, abri a porta e convidei Leo e sua mãe para entrar, ao que ele me respondeu:

"Espera! Estou tomando meu lanche!".

Encontrei essa agradável surpresa: uma criança falante e determinada em suas vontades. Depois disso, mantive-o sob meus cuidados por quase mais um ano. Queria ter segurança da conquista. Suas brincadeiras passaram a ser ricas e com roteiros mais complexos. Por vezes, durante um jogo ainda precisava explicar: – "Faz de conta. Não é de verdade, a gente brinca que é assim".

Ele começou também a se socializar e a se interessar muito pelos amiguinhos, pelos aniversários e festas comemorativas. Passou a acompanhar a classe, com desempenho melhor que muitos colegas, segundo a professora.

Leo passou a não querer mais as sessões. Prefere os amigos da escola e aprender com a professora. Está se alfabetizando, dançou quadrilha na festa junina daquele ano. Veio à sessão e pediu férias – está cansado da terapia.

Reconhecendo o seu pedido de alta, fizemos um plano de desligamento do atendimento, com a possibilidade de retorno sempre que necessitasse.

Sinais de alerta de problemas do desenvolvimento do bebê, contribuições do Prof. Dr. Jayme Murahovischi, Pediatra, Livre-docente em Pediatria Clínica

Considere como sinal de alerta a criança que:

Aos 3 meses completos

- Não levanta a cabeça.
- Não abre as mãos (mãos sempre fechadas).
- Não sorri.
- Não fixa o olhar no rosto de uma pessoa.

Aos 6 meses completos

- Mostra rigidez dos membros.
- Não controla cabeça.
- Não dá risada.
- Não balbucia.
- Não localiza som/não vira a cabeça para procurar o som.
- Não olha para o cuidador.

Aos 9 meses completos

- Não se senta sem apoio.
- Pernas rígidas ou moles.
- Mãos fechadas/não têm pressão em pinça.

- Não balbucia/sorriso social pobre.
- Não reclama quando um adulto se ausenta.
- Não encontra alívio para seus desconfortos com as ações do cuidador.
- Exagerada ansiedade ou indiferença à presença de estranhos.

1º ano completo

- Criança parada, inerte.
- Colocada de pé, não se apoia segurando com as mãos.
- Não brinca de esconde-achou.
- Não responde quando chamada pelo nome.
- Indiferente ao ambiente.

2º ano de vida (de 1 a 2 anos)

- Não responde quando chamada pelo nome.
- Não aponta partes do corpo.
- Não aponta para mostrar ou pedir objetos.
- Não expressa desejos/protestos.
- Não usa palavras simples.
- Tem linguagem atípica.
- Não atende comando de duas ordens.
- Não faz contato olho no olho quando lhe falam.

A partir dos 2 anos

- *Perda de aquisições anteriores.*
- Linguagem muito atípica, repetitiva, inteligível, deficitária ou regressiva.
- Fascinação por atividades não habituais.
- Movimentos repetitivos sem propósito.
- Não encara, não aponta para mostrar ou pedir.

- Não consegue ficar sentada
- Fala demais.
- "Sonha acordada".
- Age sem pensar.
- "Incapaz de esperar a vez".
- Dificuldade de aprendizado na escola.

Atitude dos pais que servem de alerta

- Excessivamente críticos, moralistas ou restritivos.
- Atitudes que minam a autoconfiança da criança.
- Inconsistentes ao educar a criança.
- Erráticos no controle. Evitam contato físico ou visual com a criança.
- Apatia.
- Hostilidade.
- Desinteresse.
- Rejeição.

Referências

LAURIDSEN, E. P. P.; TANAKA, O. Y. Morbidade referida e busca de ajuda nos transtornos mentais na infância e adolescência. *Rev. Saúde Pública*, São Paulo, v. 33, n. 6, 1999.

LAURIDSEN, E. P. P.; TANAKA, O. Y. *Problemas de saúde mental das crianças:* abordagem na atenção básica. São Paulo: Annablume, 2005.

LAZNIK, M. C. *A voz da sereia*: o autismo e os impasses na construção do sujeito. Bahia: Ágalma, 2004.

MURAHOVISCHI, J. *Pediatria – Diagnóstico + Tratamento.* 6. ed. São Paulo: Sarvier, 2003.

PESQUISA MULTICÊNTRICA DE INDICADORES CLÍNICOS DE RISCO PARA O DESENVOLVIMENTO INFANTIL. In: Colóquio Franco-Brasileiro sobre a Clínica com Bebês, v. 1, Paris, 2005. Disponível em: <http://www.proceedings.scielo.br/scielo.php?script=sci_arttext&pid=MSC0000000072005000100007&lng=en&nrm=abn>. Acesso em: 21 dez. 2006.

SEADE - Fundação do Sistema Estadual de Análise de Dados. Disponível em: <www.seade.gov.br/>.

SPITZ, R. A. *O primeiro ano de vida*. São Paulo: Martins Fontes, 1998.

WAJNTAL, M. *Uma clínica para a construção do corpo.* São Paulo: Via Lettera, 2004.

DISPOSITIVOS DE INTERVENÇÃO MÃE-BEBÊ

A clínica psicanalítica do bebê

Marie Christine Laznik[1]

Tradução: Pedro Henrique Bernardes Rondon (Abepps)

Roberta Bertoni

"É no Outro que o sujeito se identifica e mesmo que se experiencia antes de mais nada."

(LACAN, *Écrits*, p. 181)

Quando um psicanalista recebe um bebê com seus pais, a quem ele se dirige? Qual o seu objetivo? Escutamos o bebê? A mãe? Ou o bebê na mãe? O pai com o bebê que ele foi um dia? Orientamos nossa escuta para o laço entre o pai e a mãe? Ou priorizamos o vínculo entre esse pequeno outro que quereríamos ver tornar-se um grande Outro (para falar em lacanês) e esse bebê? Tudo isso é igualmente importante. Em cada caso haverá, a cada momento, uma prioridade por onde começar.

Um dos riscos que corremos é o de fazer uma psicoterapia psicanalítica da mãe com o bebê dentro da sala. Isso é muito frequente: a Escola de Genebra (a primeira no mundo a ter criado um

1 Marie Christine Laznik, doutora em psicologia clínica, psicanalista, membro da Association Lacannienne Internationale, trabalha com adultos em consultório e na consulta psicanalítica com bebês e pais do Centre Alfred Binet.

atendimento psicanalítico da díade mãe-bebê) parte do princípio que precisamos escutar a mãe falar com o bebê dentro da sala. Para eles, a presença do bebê permite ficar mais próxima de algumas de suas fantasias. É evidente que a escola de Genebra parte de uma hipótese que é compartilhada pela Escola Psicanalítica Francesa, e, até mesmo, frequentemente pelos lacanianos, de que tudo se passa dentro e por meio do psiquismo materno e que, portanto, se trabalharmos os fantasmas da mãe tudo irá melhor. Para eles, o bebê não é um interlocutor, tampouco se preocupam com o que acontece em seu aparelho psíquico, uma vez que o concebem como sendo apenas cera virgem sobre a qual serão impressos os fantasmas parentais, e, em particular, os do Outro materno.

Quando eu analiso os filmes gravados durante as consultas, o que me impressiona é que em cada caso minha intervenção é, a cada momento, diferente, porque eu me deixo enormemente influenciar por aquilo que vem do bebê. Por exemplo, num desses filmes, o bebê olha de repente a moça que filma, e eu me vejo apresentando-lhe, ela e as nossas funções respectivas. Nunca fiz isso antes, e nunca o farei novamente. Inventamos a cada vez.

Robin

Robin é um bebê que encontrei pela primeira vez quando ele tinha cinco meses. A mãe telefonou para o nosso serviço de atendimento a bebês explicando que ele já tinha sido internado duas vezes na UTI, e que ela não suportava mais ficar separada dele. Por ter sentido muito medo na ocasião dessas doenças, a mãe não tinha conseguido colocá-lo na creche, como estava previsto. Então, a diretora da creche sugeriu que ela nos telefonasse.

A mãe de Robin disse à assistente social que recebe as demandas no nosso centro, que seu bebê tinha tido uma meningite meningocócica tipo B – o que é muito grave. Em seguida, segundo ela, ele tinha "contraído malária" (de fato, uma infecção hospitalar) e de novo tinha ido para a UTI.

O que me levou a pensar que essa pobre mãe estava num estado de choque pós-traumático, e que seria preciso trabalhar essa experiência dificílima que ela tinha tido com seu bebê.

No entanto, desde a primeira consulta, a mãe insistiu em deixar claro que eu não deveria me enganar, que sua ansiedade e a inquietude com o bebê tinham começado a partir do seu nascimento. Ela me explicou que ele tinha nascido prematuro, quatro semanas antes do termo, e me contou o seu parto: ela teve muitas contrações, ruptura da bolsa, e começou a perder sangue (o que ela chamou de descolamento de placenta), precisando, assim, de uma cesariana.

Essa passagem é muito interessante, ela nos mostra que quando escutamos um dos pais, ele nos guia exatamente ao ponto ao qual devíamos ser guiados! Mesmo que, anteriormente, nós estivéssemos com uma ideia preconcebida que teria obturado completamente a situação. A mãe começou me contando da primeira internação, e de como ela sofreu nesse momento.

Mãe: "E então, o Robin veio ao mundo por uma cesariana. Eu fiquei um pouco chocada porque esperava ter um parto inteiramente normal, mesmo o bebê tendo nascido com um mês de antecedência. Mas como as coisas iam mal para ele, era a melhor maneira de proceder. Depois, vivemos um curto período feliz até setembro, quando ele teve uma febre muito alta. Seu pai e eu o levamos ao pronto-socorro, numa noite de setembro: ele estava com uma meningite meningocócica tipo B. Ficamos com muito medo! Os médicos não sabiam muito bem o que fazer. Fizeram uma punção lombar e exames: a febre não baixava e o meu bebê estava com taquicardia. Então ficamos extremamente angustiados!

Laznik (dirigindo-se ao bebê): Ulalá, o que a mamãe está dizendo?

O objetivo dessa intervenção é lembrar à mãe que o seu bebê está ali, ouvindo também, e mesmo se não entende o conteúdo do que ela diz, ele percebe a angústia que dela emana ao falar. Ele está deitado justo ali em baixo. Eu o convido a participar da nossa conversa.

Mãe: Vivemos dez dias de pavor!

Laznik: Que difícil!

Nessa hora eu interpreto como o faziam esses homens que traduziam para os viajantes os gestos e os atos dos nativos que encontravam. O que implica que eu faço a hipótese de que o bebê é um sujeito capaz de compreender. Estou na "ilusão antecipatória".

Mãe: Depois de ter sentido medo durante dez dias, porque ele também sofreu muito, nós nos sentíamos muito mal, mas ele ainda mais, eu creio. Ele voltou para casa, nós o recuperamos, mas, uma semana depois, eu tive que interná-lo novamente no Hospital Trousseau por causa de um paludismo. Ele tinha sido contaminado no Hospital, isso é inacreditável!

Laznik (para o bebê): Você teve todos esses aborrecimentos, e ainda assim sorri?

E, é claro, a intervenção funciona: o bebê se mostra interessado no que estou contando. Presumo que o que captou sua atenção não foi o conteúdo do que acabei de dizer, mas, sobretudo, a forma do discurso que lhe dirijo. Eu falei em motherease (mamanhês) *e o meu enunciado tem a prosódia adequada para atraí-lo. Se a forma se dirige ao bebê, o conteúdo visa preferencialmente à mãe, que efetivamente o retoma.*

Laznik (dirigindo-se ao bebê): A mamãe está nos contando que foi muito difícil, que você esteve duas vezes no hospital. Que ela ficou com muito, muito medo!

Mãe: Sim, eu e meu marido levamos uma porrada!

Laznik: Ah, sim, ela teve medo, mas agora essa história te diverte! Você mesmo tira a sua "pepeta" para vir conversar com a gente e nos contar o que achou de tudo isso.

O trabalho de tradutor da mãe para o bebê que supostamente entende, prossegue. Eu utilizo o entusiasmo do bebê, despertado pela prosódia do "mamanhês", *para re-narcisar sua mãe. Alguns minutos mais tarde, ela me explicará a razão pela qual o bebê nasceu quatro semanas antes do tempo.*

Mãe: Eu tive um descolamento de placenta nesse dia. Acordei no meio da noite perdendo sangue e cheguei à maternidade. A parteira quis desencadear o parto perfurando a bolsa e depois de sete horas de trabalho, ainda não tinha acontecido nada, apesar das injeções, perfusão etc. Quando o médico viu que tinha sofrimento fetal, me disse "Vamos fazer logo uma cesariana". Isso foi um choque. Me deram uma anestesia; eu não vi quando, não escutei nada, eu fiquei paranoica.

Laznik: Foi uma anestesia? Como?

Mãe: Foi uma peridural.

Laznik: Uma peridural e a senhora não viu nada?

Mãe: Não, eu sei que o anestesista estava de mãos dadas comigo, eu gritava "me solta, me solta!", eu estava totalmente tensa porque não tinha ouvido o bebê chorar. A senhora sabe, nos filmes nós escutamos os bebês chorando ao nascer. Temos essa imagem. Então, primeiro ele não chorou e em seguida eu não o vi, então eu me fiz...

Laznik: Ora, porque ele não sofreu.

Mãe: Sim, mas isso só entendi depois.

Laznik: Para ele o nascimento foi tranquilo.

Laznik (falando no lugar do bebê): Eu não tive que trabalhar, mamãe.

Mãe: Meu marido estava atrás da porta, ele viu o bebê imediatamente. Quando eu o vi... UFA! Eu tinha tido muito medo.

Laznik.: A senhora imaginou que tinha acontecido alguma coisa?

Mãe: Sim.

Laznik: Que tipo de coisa?

Mãe: Que ele estava morto!

Nessa hora, ela me conta uma "alucinação negativa", no sentido em que Freud a entende: ela está sendo monitorada - tem um monte de gente ao seu redor - e, de repente, ela se convence de que os batimentos cardíacos do seu bebê não são mais visíveis no monitor. Apesar de que tudo funciona normalmente, ela não vê mais nada. Ela tem certeza de que houve uma catástrofe. É nessa hora que chega o obstetra e diz que terão que fazer uma cesariana. Para ela, isso é a prova (ela diz: "estou alucinando") de que seu bebê está morto, ou morrendo.

No momento em que ela conta de sua convicção de que seu bebê recém-nascido esteja morto, me vem uma lembrança, algo que acontece comigo muito raramente: me vem à cabeça o nome de uma analisanda que já está comigo há anos. A particularidade da sua história é que ela sofreu vários abortos espontâneos antes de conseguir ter um filho. No curso de sua análise *ficou clara a ligação desse fato com a sua história pessoal, mas eu não penso nos meandros do seu caso.* Não, eu tenho em mente apenas o nome dela, e a *ideia de que esses abortos têm relação com algo relativo ao complexo fraterno. Então, eu pergunto baixinho à mãe:*

Laznik: A senhora teve irmãos ou irmãs?

Mãe: Sim, eu tenho uma irmã mais nova. Eu tinha dez anos quando ela nasceu, mas não me lembro muito bem. É estranho: eu passei muito tempo com ela, mas não me lembro desse período; eu me lembro dela um pouco maior.

Laznik: A senhora conseguiu esquecer a época em que sua mãe estava grávida?

Mãe: Sim. De fato, eu acho que a gravidez dela foi mais um incômodo do que um prazer para mim. Quando eu era pequena, isso não só não me deu prazer como me causou constrangimento. Então, devo ter recalcado, provavelmente por ciúme.

Laznik: Como todas as irmãzinhas?

Mãe: Como todas as irmãzinhas.

Laznik: Não tinha outra coisa? Não havia outras coisas que te perturbavam?

Mãe: Não.

Então eu repito a questão: "Não tinha mais ninguém? Nessa hora eu falo ainda mais baixo, como se minha pergunta fosse uma intrusão... porque obviamente não estávamos fazendo uma *anamnese. Imediatamente uma relação transferencial é estabelecida. Imediatamente. É uma sessão que* não tem nenhuma semelhança *com uma consulta psiquiátrica na qual participa a criança com um de seus pais. Essas duas pequenas frases são as únicas nas quais eu pergunto alguma coisa, e pergunto com muita delicadeza. O caso que me veio à mente, foi o de uma pessoa que parou de fazer abortos espontâneos quando conseguimos trabalhar o ciúme absolutamente terrível que ela tinha de um irmão muito próximo dela.*

Então murmuro: não tinha mais ninguém?

Mãe: Não.

Laznik: Ah, não?

Mãe: Tinha meu irmão que tem um ano de diferença comigo.

Laznik: Quer dizer?

A mãe faz de conta que não está entendendo a pergunta, e brinca com seu bebê. É inconcebível seguir adiante sem levar em conta a sua resistência; ela vai me contar como ele é engraçadinho, tudo o que ele come, como ela brinca com ele, como ele já sabe pegar os objetos. Nesse momento, sei que tenho que acompanhá-la. Ela fala dois minutos. Cento e vinte segundos – é bastante tempo. Temos, portanto, todo um percurso da palavra em torno do bebê, e ao final de cento e vinte segundos, eu pergunto: ele é mais velho ou mais novo do que a senhora? Faço essa pergunta sussurrando, sem que isso tenha sido premeditado, no entanto, me dou conta de que estou sussurrando como se eu tivesse a impressão de que o que ela me diz é verdadeiramente inconsciente, de que eu estou sendo extremamente intrusiva.

Ela responde: "um ano a menos do que eu".

Laznik: Então, houve um bebê logo em seguida ao seu nascimento?

Mãe: Sim.

Laznik: Quando a senhora era ainda apenas um bebezinho muito pequeno?

Mãe: Hum, sim.

Para a analista, fica claro que o nascimento do filho da paciente, reatualizou seu ódio mortífero por um bebê. A angústia maciça da mãe seria um sinal de que o assassinato esteve a ponto de se realizar? Eis uma interpretação que não deve ser feita em hipótese alguma. Em primeiro lugar, porque gera uma culpabilidade totalmente desnecessária. A analista não tem que se dirigir ao eu (ego). Em segundo, porque ela seria injusta: nós não sabemos nem mesmo quem é *esse bebê. O irmão? O próprio bebê-mãe? Não temos certeza de que com um ano de idade a criança seja capaz de distinguir-se de outro bebê. Existia apenas um lugar para o protossujeito que ela era, ainda sem linguagem, e esse semelhante. Qual dos dois eliminar? Mas se ela nada soube dessa vivência é porque houve elisão [*vermeided*], estamos aquém do recalcamento. Para tornar aceitável essa representação, vou interpelá-la do lugar da mãe em relação a esse bebê que sofre:*

Laznik: Ah! Nesse caso, não deve ter sido nada fácil. A senhora se dá conta de como seria difícil para ele (se referindo ao bebê) se a senhora estivesse grávida de um bebê que nasceria daqui a cinco meses?

Mãe: Eu não quero nem pensar nisso!

Laznik (dirigindo-se ao bebê): Sabe, dizem que você não tem nem irmão nem irmã, mas para a mamãe - você se dá conta? Na época em que a mamãe tinha a sua idade a vovó já estava com um bebê na barriga. - Você imagina só? Isso não foi fácil para a mamãe... (O bebê inclina seu corpo em direção a Laznik com um enorme sorriso para ela.) Ah, você gosta de dar sorrisos!

O bebê me olha de maneira extraordinária, no filme o vemos projetando o seu corpo em direção à minha voz. A mãe encontra-se numa situação em que lhe é impossível negar a importância do que eu falo, porque o seu bebê parece tão emocionado com o que eu conto, *tão vidrado naquilo que eu digo, mostrando que para ele o que estou dizendo é importante. O que é muito interessante é que por meio do que digo ao bebê, eu eludo os mecanismos de defesa da mãe: e isso faz com que ela ganhe alguns anos de análise. Talvez eu esteja pondo em palavras algo que nunca tinha sido nomeado. Pois, nesse caso, não se trata de alguma coisa que foi pensada, e em seguida recalcada por ela: com um ano de idade, ela era ainda incapaz de enunciar e ter enunciados.*

Laznik (dirigindo-se ao bebê): É verdade, Robin? Você protesta! Imagina se de repente decidíssemos que em cinco meses você teria que ser grande? Isso não seria justo.

Mãe: Ah não, não seria justo! Precisamos passar um tempo com ele e ele com a gente.

Laznik: Então, é isso.

Mãe: Mas ao mesmo tempo, eu me digo que não tem graça ser só! Não é para já, mas tampouco para muito mais tarde. Eu não tenho vontade de deixar passar quatro anos. Eu digo para mim mesma "quando ele já tiver alguma autonomia": souber se vestir, coisas assim. Quando ele tiver dois anos, dois anos e meio, a gente pensa em dar para ele um irmãozinho ou uma irmãzinha. Pouco importa se um ou uma, para ele e para nós também.

Laznik: Mas é muito diferente quando temos mais de três anos e já vamos à escola e que um bebezinho nasce, como a senhora está planejando. Mas, quando temos apenas um ano, e que somos nós mesmos bebês e chega um outro bebê, é muito mais difícil para o bebê mais velho, porque ele é obrigado a suportar coisas penosas, hein? Dizem-lhe "você é a mais velha". E tem um outro no seu lugar. E isso não é nada fácil, para nenhum bebê no mundo, isso não é fácil!

A analista faz uma interpretação no mesmo estilo utilizado por Freud com o pequeno Hans a respeito de seu Édipo: isso que o bebê viveu é muito *difícil <u>para todos os bebês</u>. Nova reviravolta. Eu vou aproveitar o interesse do bebê, que foi captado pela intensidade do que está acontecendo, para tomá-lo como testemunha.*

Mãe: É incrível, eu e meu irmão éramos muito próximos. Aliás, é estranho, porque eu nunca fiz perguntas sobre quando eu era pequena, sobre quando eu tinha a idade do Robin. Só agora, defrontada a essa realidade é que eu fiz perguntas à minha mãe. O que aconteceu com a gente? Era ela quem se ocupava de nós? Eu ia a uma creche? Era isso, era aquilo... e de fato nós não fomos à creche, tínhamos uma avó que se ocupava de nós.

E aí, muito emocionada, ela começa a me contar da sua avó, mãe da sua mãe, que foi a pessoa que de fato a criou e que faleceu um pouco antes de ela engravidar de Robin. Ela conta isso com muita emoção e começa a chorar. Nesse ponto eu retraduzo para o bebê o que está acontecendo, porque acredito que um bebê não deve ser pego numa situação complicada como essa, sem que ela seja posta em palavras: não quer *dizer que eu pense que isso será suficiente, nem que ele "compreenderá", o importante é que ele escute que se pode falar sobre o ocorrido. Então, digo-lhe: "Sabe, a mamãe tinha uma vovó que adoraria ter te conhecido, e você também, gostaria muito de conhecê-la". Evidentemente a mãe chora, mas o bebê me escuta extraordinariamente atento. Então, falamos dessa senhora, dessa avó que foi sua verdadeira mãe, porque sua mãe que trabalhava não podia se ocupar muito dela. No fundo ela estava de luto por sua avó.*

Laznik (dirigindo-se ao bebê): Estamos falando da vovó da mamãe que morreu, você sabe, e a mamãe teria gostado tanto, que a vovó dela tivesse te conhecido, e a vovó da mamãe também queria ter te conhecido.

Laznik (dirigindo-se à mãe): E a sua mãe trabalhava o tempo todo?

Mãe: Sim, ela trabalhava. Eu não me lembro muito bem de situações com a minha mãe, tenho mais lembranças com a minha avó. Eu acredito que eu e minha mãe tenhamos estabelecido uma comunicação muito tardiamente, mas muito, muito tardiamente, porque eu queria dar conta de tudo, já que eu era a mais velha, eu fazia um pouco... e agora tem o Robin, o que facilita as coisas.

Laznik: Eu acredito que a senhora esteja recuperando o tempo, o tempo que não lhe foi dado, que a vida não lhe deu naquele momento. É nesse ponto que vai se estabelecer o contrato terapêutico.

Mãe: Tem uma história que me perturba: eu tinha uma chupeta. Robin passou a chupar chupeta no hospital, para acalmar suas dores; o que era aconselhável devido ao seu quadro. Mas eu tinha uma chupeta quando era pequena e sempre me perguntei por que eu a tinha. Eu não fiquei doente... é verdade que tem crianças que chupam chupeta, outras não. E a minha mãe me disse "Sim, era para te acalmar em relação ao teu irmão, nan-nan-nan, nan-nan--nan", eu chupei chupeta por muito tempo, e foi muito difícil largá--la. Sempre me contam essa história da chupeta. Então, quando vi o Robin chupando chupeta me angustiei. Eu disse para mim mesma "ele vai chupar chupeta até que... eu não sei até que idade" e é uma coisa que eu não gosto. É claro que eu entendo que ele tenha necessidade de mastigar, mas eu não quero que ele fique com a chupeta na boca o tempo todo, por qualquer coisa. Talvez, num momento em que esteja irritado, eu dê para ele um pouco, para acalmá-lo. Por exemplo, à tarde, ele chupa chupeta para pegar no sono, mas à noite não. (Dirige-se ao bebê) Você quer um pouco a "pepeta"?

Laznik (respondendo como se fosse o bebê): de que estamos falando, hein, mamãe?

Mãe: Você quer a "pepeta"? Um agradinho?

Laznik (falando como se fosse o bebê): Sim, mamãe, meus olhos estão fechando. E, você sabe, mamãe? Para mim a "pepeta" não vem substituir o teu abraço, você não me dá a chupeta porque você não pode me pegar no colo, por causa de um irmãozinho que veio logo em seguida. A "pepeta" é uma vantagem, ela não me priva de você, enquanto você tinha a impressão que te davam a chupeta porque tinham que cuidar do bebê. Ao passo que de mim, eu vejo que você cuida.

Mãe (dirigindo-se ao bebê): Ulalá, você tem razão meu espertinho. (Ela lhe dá a chupeta). E você dá risadinha, umas risadinhas engraçadinhas! Você tem razão, vamos tirar uma sonequinha para descansar?

Falar no lugar do bebê permite que se realize o trabalho de separação das gerações: mamãe, eu não sou você, eu não sou o seu irmãozinho. E você, você é uma mamãe diferente daquela que você teve.

A colaboração pulsional do bebê é com certeza uma grande ajuda. Não apenas no que concerne ao olhar, mas também quando, pela inversão pulsional, o bebê torna-se objeto da pulsão oral de sua mãe.

Penso que é a maneira como eu me dirijo a esse bebê, isto é, o ritmo, a prosódia, o timbre da minha voz que o atraem e que o interessam muito. E seu interesse permite que o que eu diga abra caminho, do bebê ao psiquismo materno. Na minha opinião, o que é muito importante, é que o bebê se interesse enormemente pelo ritmo e também, provavelmente, por determinados significantes que flutuam.

Embora a partir do final dessa entrevista a angústia da mãe tenha diminuído, isso não impediu a ação da repetição e, passados dez meses, ela, num ímpeto, também, confiou seu bebê à avó.

Qualquer mãe pode ter vivido, sem saber, uma história terrível enquanto bebê, tendo assim efeitos transgeracionais. É o caso da mãe de Robin: existia uma história ligada à sua primeira infância - e desconhecida para ela, mas que teve um papel fundamental.

Eu nunca explicitei "pedagogicamente" o que quer que fosse para essa mãe. A situação impossível na qual ela estava se desbloqueou porque no psicodrama pudemos *representar* o papel do Outro. No entanto, eu diria, em termos lacanianos, o Outro, que é a entrada em ação de alguma coisa "entre dois". Não se trata de encontrar pais eficientes, que sustentem muito bem seus papéis diante de um bebê, que é apenas cera virgem na qual se imprimem os fantasmas maternos. O bebê é apenas uma pálida imagem daquilo que os fantasmas de sua mãe fazem dele.

Com os bebês comuns, que de imediato aceitam a relação com o Outro maternante, que instantaneamente têm vontade de repetir aquilo que lhes agrada - a sua extrema permeabilidade ao que provém do Outro materno os torna, de fato, vulneráveis aos fantasmas que este porta. Esse é o destino banal do ser humano e com o qual nos confrontamos na clínica clássica com bebês.

A importância do psicodrama

Encontrei Lacan em junho de 1972, comecei a trabalhar em análise com ele em janeiro de 1973, onde fiquei por oito anos. Como falar desse homem extremamente presente, colocando de boa vontade a mão num ombro desamparado, escandindo de vez em quando sua escuta pelo som de sua respiração, recebendo seus analisantes com frequência num ritmo elevado, cinco vezes por semana no meu caso e no de muitos outros; às vezes mais, quando o caso exigia. Sessões curtas, certo. Mas um tal ritmo permite um trabalho muito diferente daquele que se pratica quando as sessões são mais espaçadas.

Na época, por razões de estrutura, que a conjuntura provavelmente favorecia, eu estava muito pouco atenta ao meu próprio desamparo. Um psicanalista kleiniano teria interpretado: "A senhora me coloca no lugar de quem deve se preocupar com a senhora".

Lacan não era loquaz, mas ator; na cena que meu inconsciente lhe atribuía, ele atuava. Perto da porta, de pé, com a mão no meu ombro: "*Minha criança, mas assim* – indicando meu casaco fino demais – *você vai ficar doente!*". Naquela ocasião, em que eu estava a cem léguas de poder pensar em mim num estado de tal desamparo, a voz de Lacan – com pena de mim – me permitiu aceder a alguma coisa dele.

Quando Lacan articula o que deve ser o desejo do analista, ele o remete à função da falta, apoiando-se no dito socrático no *Banquete*: "Amar e desejar alguma coisa é tê-la ou não a ter? É possível desejar aquilo que já temos?". E Lacan conclui que, para Sócrates, o objeto do desejo é necessariamente aquilo de que o sujeito "é desprovido, é esse tipo de coisa que ele deseja tanto quanto ama" (Lacan, 1991, p. 139). Essa reflexão me permite introduzir uma vinheta acerca de um momento de minha análise que por muito tempo me deixou perplexa. Vou chamá-la de "cena do telefone".

Eu estava passando por um momento da minha análise em que eu pensava pouco. Sem saber bem por quê, faltei a três sessões consecutivas. Na manhã da quarta, um telefonema de Lacan me diz: "Então, minha criança, quando é que eu vou te rever?".[2] Eu me escutei dizendo: "já vou, doutor". O que foi que eu escutei na sua voz? Eu só captei plenamente a dimensão de queixa quando disse ao meu marido: "ele fala como a minha mãe". Eu reconheci na sua fala a voz queixosa dessa mãe viúva, carente, não dispondo de nenhum outro recurso além de sua filha única, posição que me era penosa de sustentar. Era essa mãe carente que me fazia fugir.

Apesar de eu não estar completamente enganada pelo teor de encenação desse telefonema, quando fui sair com o carro do estacionamento, eu acelerei de leve, mas o suficiente para que meu carro fosse vagarosamente se chocar violentamente contra uma ferragem invisível embaixo do caminhão em frente, o que teve como consequência dividir todo o capô do motor, como uma lata

2 Não no esqueçamos que tendo cinco sessões por semana, eu devo tê-lo encontrado segunda-feira, ter faltado os dias seguintes, e o telefonema terá tido lugar na manhã em quatro dias.

de conserva que se abrisse. Clivada, dividida. Fiquei rindo, tendo o sentimento de visualizar minha própria divisão, produzida por esse telefonema, em que o Lacan representou minha mãe, a coitada.

Lacan era capaz de encenar coisas. Ele não era loquaz. Ele encenava. René Diatkine, que foi seu analisando durante oito anos, viveu exatamente a mesma coisa. Daí veio sua paixão pelo psicodrama. Em vez de fazer sessões psicanalíticas, ele e seu aluno Serge Lebovici decidiram fazer psicodrama psicanalítico, o que nos marcou muito. Eu fiz muito. Representávamos cenas que não explicitávamos depois, era muito "lacaniana" essa maneira de representar: podia ser uma cena curta e parávamos onde alguma coisa importante tinha sido representada, deixando as coisas abertas. Dirigíamos ao inconsciente.

Nós retomamos essa técnica com as crianças pequenas no Centre Alfred Binet. Num congresso, na Holanda, apresentei um caso em que trabalhei com essa técnica. Vários psicanalistas que estavam lá disseram que não consideravam aquilo como psicanálise, mas como "*Play-therapy*". Então eu lhes contei uma história que é verdadeira.

Fui contratada no Centre Alfred Binet como psicoterapeuta em 1973. Por acaso, meu consultório ficava ao lado do consultório de Serge Lebovici que, na ocasião, era o presidente da IPA. Um dia, ao chegar, eu me enganei de porta e, em vez de abrir a minha, abri a dele, e vi um senhor de uns sessenta anos, de quatro, embaixo da mesa, com um menininho de uns três anos, e os dois latiam como dois filhotinhos de cachorro "au, au, au...". Isso era uma "*Play-therapy*"? Em todo caso, era uma superencenação!

Vamos tentar ver como tudo isso se apresenta por meio de um caso preciso, no qual estão reunidos todos esses elementos. No Centre Alfred Binet, nossa maneira de brincar, e de trabalhar em geral, é muito menos rígida do que o da Escola de Genebra, onde a mãe, o bebê e o analista, presentes na sessão, não se movem. Certamente eles não são lacanianos e, portanto, preferem falar.

Mas, para retomar o exemplo que citei ainda agora, o de Robin, essa criança que tinha estado gravemente doente duas vezes, e de sua mãe em sofrimento porque era pequena demais para simbolizar a chegada de seu irmão.

Continuando um pouco mais nesse exemplo, se eu tivesse ficado simplesmente tagarelando, do gênero: "você sabe por que essa criança adoeceu duas vezes etc.". Nada de importante teria acontecido. Nada poderia ter *acontecido*. Eu nunca explicitei "pedagogicamente" o que quer que fosse para essa mãe. Se a situação impossível na qual ela estava se desbloqueou, foi porque no psicodrama podemos *representar* o papel do Outro. Essa é uma herança lacaniana que seus seguidores muito frequentemente deixam de lado. Lacan encenava muito. Graças a isso, ele evitava determinadas hospitalizações.

A "rigidez analítica" não tem muito a ver com Lacan, e eu penso que podemos de fato reutilizar as ferramentas lacanianas, partindo da hipótese de que há linguagem desde o início. Por linguagem, eu entendo, que somos capturados pelas enunciações do Outro. Estas compreendem o gestual, o ritmo e os elementos de prosódia da voz. Devemos ser fiéis em sentido estrito, ou ao espírito? Talvez seja esse o papel de seus analisandos, entre os quais me incluo, de segui-lo na maneira aberta como ele releu Freud, e pela qual, durante sua vida inteira, remanejou seus conceitos em função de suas descobertas conceituais aliadas à sua clínica.

Referências

LACAN, J. *Écrits: a Selection.* Paris: Le Seuil, 2001.

______. *Le Séminaire 8 – Le transfert.* Paris: Le Seuil, 1991.

______. *Le Séminaire 11 – Les quatre concepts fondamentaux de la psychanalyse.* Paris: Le Seuil, 1991.

Maison Verte – a atualidade de um dispositivo institucional voltado à primeira infância e aos pais

Daniela Teperman[1]

A *Maison Verte* foi aberta em 1979, como um lugar de encontro, de sociabilização. Um lugar de escuta e de trocas para tudo aquilo que envolve a chegada de uma criança, que conta com a presença de profissionais formados em psicanálise e onde a interdição é legitimada. Um lugar no qual as pessoas se endereçam à criança, onde seus atos têm um sentido. Este endereçamento se originou na constatação de Françoise Dolto que as pessoas falam *das* crianças, mas pouco falam *com* elas.

Como para sua abertura a fachada fora pintada de verde, e como as crianças já a nomeavam "Casa Verde", este nome foi mantido. No entanto, algo do chiste se instaurou aí, dado que se falava da *Maison Verte* (Casa Verde) e da *Maison Ouverte* (Casa Aberta), a sonoridade permitia o equívoco, e este foi escutado por

---

1 Psicanalista, mestre em Psicologia Escolar e do Desenvolvimento Humano pelo IPUSP, doutora em psicanálise e Educação pela Faculdade de Educação da USP. É autora do *livro Clínica Psicanalítica com bebês – uma intervenção a tempo* (Casa do Psicólogo/Fapesp) e coorganizadora do livro *O que os bebês provocam nos psicanalistas* (Escuta/Fapesp).

This (2007) - um de seus fundadores[2] - como referido às outras tantas instituições que foram inauguradas em toda a França e em outros países, assim como à abertura na qual os fundamentos desta instituição repousavam.

O dispositivo implantado na *Maison Verte* articula-se em torno de dois conceitos principais: laço social e subjetivação. Trata-se de um lugar intermediário entre a vida familiar a o espaço coletivo. Um espaço que favorece a relação inicial pais-crianças-sociedade, sem, contudo, identificar-se à obrigação de sociabilização precoce instituída pela civilização ocidental (This, 2007). Sustenta-se na possibilidade, criada por Dolto, de uma extensão da psicanálise à comunidade, baseada na ideia de prevenção desta psicanalista, implicada tanto nas suas transmissões na rádio[3] quanto na *Maison Verte*.

A *Maison Verte* se apresenta como um "lugar onde o que importa é falar com várias pessoas sobre o comportamento das crianças, num clima social acolhedor, que dissipa a ansiedade e desculpabiliza pais e filhos" (Ledoux, 1991, p. 186). Com isso, contribui para minorar a solidão dos pais e metabolizar as relações excessivamente exclusivas entre pais e filhos. Ali os pais podem se ocupar de seus próprios filhos, comparar suas atitudes educativas,

---

2 Formavam a equipe fundadora da Maison Verte Françoise Dolto, Bernard This, Pierre Benoit, Colette Langignon e Marie-Hélène Malandrin.

3 Em 1977 a rádio *France Inter* convidou Dolto a participar de uma série de programas destinados a ajudar os pais com dificuldades com seus filhos. Mesmo que a proposta fosse ao encontro de suas preocupações do momento, ela hesitou em aceitar (François, 1992). No primeiro tomo de *Quando a criança aparece*, Dolto faz o seguinte comentário: "Não seria então possível ajudar os pais em dificuldades a expressar-se, a refletir sobre o sentido das dificuldades de seus filhos, a compreender estes e a acudi-los, no lugar de procurar fazê-los se calar ou ignorar os signos do sofrimento infantil [...] Informar os pais, responder a sua demanda de ajuda. Desdramatizar as situações bloqueadas. Desculpabilizar uns e outros, a fim de despertar os poderes de reflexão [...] Isso seria possível? Não teria que tentar fazer a experiência? [...] Certamente não se tinha que esperar muito deste tipo de programa de rádio, mas seria esta uma razão para se subtrair a isso? Certamente isso provocaria, por mais que se dissesse, muitas discussões? Mas seria esta uma razão para não provar?" (Dolto citada por François, 1992, p. 183/184, tradução livre). No mesmo momento em que a *Maison Verte* abria suas portas, os três livros que mostravam o diálogo de Dolto com os ouvintes do programa de rádio da *France-Inter* eram lançados.

conversar com outras pessoas que possam auxiliá-los em suas dificuldades. O que se demanda aos pais é que acompanhem seus filhos, que permaneçam e que contribuam com alguma participação financeira.

A *Maison Verte* não pretende confundir-se com um berçário, uma creche ou um centro de atividades organizadas. Os autores do projeto são enfáticos: a *Maison Verte* não pode ser comparada a outras instituições criadas para responder às demandas dos adultos (creche para cuidar[4] das crianças, escola para educá-las, centros de saúde para mantê-las com boa saúde). Diferencia-se, ainda, de um espaço de tratamento, de um espaço pedagógico, ou de uma escola para pais: "Dolto insistia em que esses centros de lazer da primeira infância não fossem burocratizados, medicalizados e psicologizados, mas permanecessem como uma espécie de jardins públicos abertos, sem matrícula e sem instrução" (Ledoux, 1991, p. 186). This (2007) justifica o distanciamento que a *Maison Verte* assumiu em relação às escolas para pais: não é com princípios educativos de outros que se educa um filho: os pais não esperam receber conselhos ou técnicas. Desta forma, a particularidade da *Maison Verte* reside não apenas naquilo a que se propõe, mas naquilo a que se recusa, estabelecendo-se em total ruptura em relação às estruturas médico-pedagógicas ou assistenciais clássicas.

É preciso um certo cuidado ao abordar o pedido de conselhos por parte dos pais. A formulação de This pode levar a estabelecer que "bons pais" seriam aqueles que sabem que, na transmissão, não se trata de orientar por conselhos. A observação de Malandrin (2009) – que também está entre os fundadores da *Maison Verte* – de que os pais demandavam mais conselhos no início, faz pensar que a demanda diminui diante do modo pelo qual é tomada neste

---

4 Embora vários outros ressaltem as diferenças do dispositivo implantado na *Maison Verte* em relação às creches, avalio que esses espaços institucionais contemplam a dimensão educacional e não somente os cuidados, e não estão organizadas apenas para responder à necessidade de guarda das famílias.

dispositivo. Entretanto, é importante destacar que se trata de uma demanda legítima. O que se deve questionar, na atualidade, é o modo pelo qual aqueles que se intitulam "especialistas da família"[5] têm-se posicionado diante da demanda dos pais por um modelo e por certezas na educação de seus filhos. No que tange ao psicanalista, é importante pontuar que, se este não escolhe o lugar em que se impõe o pedido social - lugar em que é demandado - ele pode sim escolher a sua resposta.

Mas por que os pais vêm à *Maison Verte* com suas crianças? Bernard This arrisca uma resposta: "... é a própria situação, mais que nossas intervenções, de toda maneira muito marginais, e que explicam apenas parcialmente os efeitos benéficos constatados" (This, 2007, p. 56, tradução livre). Entendo que o que This define como "a própria situação" remete ao fato de que essa estrutura de acolhimento representa, para pais e crianças, um primeiro encontro com o coletivo, um encontro mediado pela presença dos pais e pela presença da palavra, mediado também pela presença da interdição. Na *Maison Verte* se propicia uma experiência em um espaço coletivo preservado em relação à perda necessária de gozo, um espaço no qual esta é legitimada[6] e que pode então servir de amparo aos pais naquilo que tem se convertido em tarefa hercúlea na atualidade: interceptar - de modo singular - o discurso social, na tarefa educativa de enodar laço social e subjetividade.

Ao diferenciar-se das instituições pedagógicas e de tratamento e situar a psicanálise no centro do dispositivo, a *Maison Verte* se estabelece em ruptura com o referencial da cura, que marcou a origem da psicanálise. Lembremos que o referencial da cura funciona com

---

5 O leitor encontrará uma leitura precisa e crítica sobre as particularidades que o especialista vem adquirindo na atualidade em VOLPE, M. M. (2011) *S.O.S. Família e Escola:* um estudo sobre a mediação dos especialistas da subjetividade no processo educativo. São Paulo: Humanitas/FAPESP.

6 Lebrun (2004) reconhece no indivíduo contemporâneo a pretensão de livrar-se da perda de gozo que a vida na comunidade exige, e detecta nas instituições a dificuldade de sustentar esta perda necessária.

hora marcada, situa-se a partir de uma demanda, põe em jogo a questão diagnóstica, aspectos propositadamente ausentes nesse dispositivo institucional. Com isso, a presença da psicanálise e dos psicanalistas na *Maison Verte* foi colocada em xeque e Françoise Dolto, cujas ideias estão na base deste projeto, foi duramente criticada! Não só por propor a psicanálise para além do dispositivo da cura, mas também pelo modo como, sustentada em um ideal de prevenção, dirigiu-se aos pais, muitas vezes de forma diretiva.[7] O risco dessas críticas é invalidar a inventividade e a sensibilidade presentes na escuta e nas intervenções de Dolto, tanto na clínica como na instituição.

A *Maison Verte* se consolidou como dispositivo institucional absolutamente singular ao oferecer um espaço no qual a psicanálise se inscreve e convida *coletivamente* à escuta singular de todos aqueles que atravessam suas portas. Há mais de trinta anos, vem permitindo que pais e crianças, sem dossiês nem papéis, possam encontrar um psicanalista, sem a obrigação de uma cura psicanalítica (This, 2007). Esta experiência não só abriu o caminho para a pesquisa sobre os efeitos que a presença do discurso psicanalítico pode ter numa comunidade, como permitiu ainda que inúmeros profissionais da primeira infância se posicionassem diferentemente em sua prática profissional (psicólogos, trabalhadores sociais, pedagogos etc.).

O anonimato está no centro do dispositivo, mesmo que possa gerar certo mal-estar no público atendido, nas equipes de trabalho e, sobretudo, nas agências financiadoras, preocupadas em medir e produzir dados estatísticos. Com o anonimato, recusa-se a formalidade de inscrição e a visada pedagógica ou diagnóstica, já que não se pretende avaliar as crianças ou produzir dossiês médicos ou administrativos.

---

7 Malandrin (2009) pontua que Dolto precisou de um certo tempo para moderar a tonalidade e a rapidez de suas intervenções, tendo que lembrar-se de que estava num centro de acolhimento. No filme "*Você escolheu nascer*" há uma cena de Dolto conversando com uma mãe na *Maison Verte* e, de fato, naquele recorte, ela é bastante diretiva, quase prescritiva.

Os profissionais que atuam na *Maison Verte* atribuem ao anonimato a possibilidade de os pais se darem conta de que podem vir sem marcar hora e de que não é necessário formular uma demanda, permitindo-lhes fazer deste espaço o uso que lhes convier, pois há pais que vêm descansar, outros que buscam romper a solidão que vivem em casa, e outros que trazem suas questões e seus medos (Aubourg, 2009).

No entanto, a presença do anonimato não implica a oferta de acolhimento anônimo. Vale explicitar de que forma este dispositivo se atualiza no cotidiano da instituição. Quando a criança chega, seu nome é anunciado e registrado numa lousa, seu sobrenome não é demandado. Acredita-se que o sobrenome esteja ligado à identidade civil e social mais que à construção de sua identidade afetiva. Esta regra tem a finalidade de silenciar o estatuto social das famílias, um silêncio que liberaria os pais e os profissionais do imaginário no qual encerram certas profissões, certas situações, certos nomes. O que está aqui em jogo é uma tentativa de dar um tratamento à dimensão imaginária de modo que ela não seja a norteadora da escuta e das intervenções dos profissionais. Vejo nesta tentativa - desde que seja tomada sempre como uma tentativa, e não como uma pretensão de exclusão da dimensão imaginária - um cuidado importante no que tange às relações que se estabelecem entre as famílias e os profissionais numa instituição, sobretudo quando estes últimos autorizam-se a intervir orientados por uma leitura de ordem imaginária. Esse tipo de intervenção ocorre cotidianamente nas instituições educacionais ou assistenciais (por exemplo, quando se nomeia uma mãe ou um pai que não levam ou buscam seu filho nas atividades como "pais ausentes", ou se define as famílias recompostas ou monoparentais como "famílias desestruturadas").

Malandrin lembra que a regra do anonimato surpreende mesmo na França. Foi aceita pelo poder público no projeto inicial, mas incomoda muito os financiadores que veem este dispositivo como contradição ao desejo de prevenção e controle. Em uma entrevista[8] realizada com Malandrin, Schauder (2009) diz que o anonimato se justifica, sobretudo atualmente, diante da ascensão do discurso científico nas instituições, como uma "proteção" diante de pesquisadores que preconizam a política de prevenção, mas anunciam uma prevenção que se atualiza sob a forma de uma predição. Malandrin pontua, na sequência, que o anonimato, como dispositivo institucional, não pode ser reduzido ao desejo de se proteger do controle social ou dos avanços do discurso científico.

Pierre Benoit também mostra a preocupação em situar a *Maison Verte* diante dos avanços do discurso da ciência. Observa que, se outrora o mistério sobre as origens estava a cargo da religião, na atualidade o discurso da ciência se apresenta como detentor destas respostas; com a psicanálise, no entanto, não se pretende responder a essas questões, mas procurar mantê-las em aberto. O autor localiza a errância do sujeito moderno como algo que a *Maison Verte* se esforçaria por prevenir. Aqui o que está em jogo, trinta anos depois de sua abertura, é a atualidade deste dispositivo, tema ao qual Aubourg (2009) se dedica e que mobilizou os profissionais envolvidos neste projeto a organizar um colóquio[9] em 2009.

Mesmo que a *Maison Verte* tenha contado desde o início com créditos públicos para manter-se, Dolto não queria que ela se convertesse em uma nova instituição, com toda a carga de rotina, repetição e convenções que isso implica. This (2007) descreve os vários modos pelos quais Dolto e o pequeno grupo fundador da *Maison Verte* procuraram resistir à institucionalização e suas consequências. Entre esses modos está a organização dos profissionais

---

8 A publicação mais recente sobre a Maison Verte data de 2009 e recebe o título *Uma psicanalista na cidade, a aventura da Maison Verte*. Foi organizado por Marie-Hélène Malandrin, e está dividida em três grandes partes, a primeira se apresenta sob a forma de uma entrevista, concedida a Claude Schauder - que recebeu o título: educação/psicanálise, um enodamento impossível? - a segunda reúne documentos de arquivos da Maison Verte (1976-1992) e a terceira é uma compilação de textos de Françoise Dolto sobre a Maison Verte (1978-1988).

9 "*La recontre: les 30 ans de la Maison Verte*", realizado de 17 a 19 de outubro de 2009.

em um colegiado e a recusa de uma estrutura hierárquica (com o objetivo de que os profissionais estivessem a serviço da instituição e não que se apropriassem dela), consolidando a *Maison Verte* em uma democracia institucional. O trabalho em tempo parcial, a presença de uma equipe a cada dia da semana, tinha como objetivo que nenhum dos profissionais monopolizasse a totalidade das informações ou pudesse reunir o conjunto da experiência vivida na instituição.

Uma nova equipe a cada dia da semana parecia aos fundadores uma regra indispensável para combater o desejo de mestria na dinâmica institucional, ao permitir que cada um se engajasse no seu trabalho, com seu próprio estilo, mas sempre acompanhado por outros profissionais, por outros estilos. Nessas equipes, relatam os fundadores, ninguém se arriscava a ser mais que os outros, a identificar-se com um lugar de mestria ou de detentor do saber. Penso que os riscos institucionais estão colocados para todos, mesmo para os mais advertidos. Apesar desta preocupação sempre presente e intrínseca ao dispositivo, as diferenças na formação, as tentativas de fazer prevalecer um discurso sobre os outros e as disputas institucionais fizeram parte do percurso da instituição e podem ser localizadas na leitura do livro de Bernard This, nos documentos e cartas reproduzidos no último livro sobre a *Maison Verte*, e na entrevista que Malandrin concedeu a Schauder. Contudo, destaco dois pontos essenciais que me parecem centrais na busca pela manutenção dos princípios que estiveram na origem deste projeto. O primeiro é o entendimento de Dolto de que a paridade salarial[10] (igualdade de salários entre todos os profissionais que atuavam na instituição) deveria ser garantida - Dolto chegou a ameaçar retirar-se do projeto caso isso não ocorresse -; e o segundo é a recusa a

10 Este ponto é aprofundado na entrevista concedida por Marie-Hélène Malandrin a Claude Schauder no livro *Une psychanalyste dans la cité*.

submeter-se ao processo de avaliação proposto pela *Fondation de France*.

A eficácia do dispositivo é também atribuída ao fato de que os profissionais - compondo uma equipe que se modifica a cada dia e para a qual há a preocupação de garantir a presença de pelo menos um homem[11] - não se propõem como bons pais de substituição e não se identificam com um lugar de saber. Resta verificar se de fato este aspecto é preservado no fazer cotidiano desta instituição, ou seja, se não há um atravessamento de um saber-fazer, de uma maestria nas relações que se estabelecem entre os profissionais e os pais. Ainda que algo de maestria ou prescrição possa escapar nas intervenções dos profissionais, o que me parece estar preservado na escolha por não traduzir este dispositivo em um modelo a ser replicado e por não fazer concessões diante das agências financiadoras é a manutenção de um lugar para *invenção na intervenção sustentada no discurso psicanalítico*[12] e no lugar de sujeito do desejo para a criança. Ao recusar-se à avaliação[13] e ao controle pelo poder público, a *Maison Verte* também recusou o "para todos igual" inevitável em qualquer política pública. Assim, dizer não para a institucionalização, para a avaliação e para a replicação é

---

11 O esforço por garantir a presença de pelo menos um homem diariamente na instituição é abordado por Bernard This (2007). O autor fala em paridade, presença masculina e função paterna, procurando inscrever o cuidado em garantir a presença do pai - por exemplo, na decisão de abrir a instituição aos sábados à tarde - na leitura lacaniana da função do pai. Com isso, This parece recair em uma imaginarização das formulações de Lacan. Aubourg apresenta uma explicação mais simples e objetiva acerca da presença dos homens no cotidiano da instituição: "a equipe é mista porque na idade em que estão em jogo as identificações sexuais, é importante que a criança possa ter uma aproximação aos dois sexos encarnados e não somente no discurso" (Aubourg, 2009, p. 7, tradução livre).

12 Malandrin (2009) observa que a psicanálise mantém sua vitalidade na *Maison Verte*, enquanto em outras instituições que recebem crianças ela permanece apenas como uma referência no âmbito das supervisões.

13 O tema da avaliação é tratado com rigor em duas obras recentes: Najles, A. R., (2008) *Problemas de aprendizaje y psicoanálisis*. Buenos Aires: Gramma Ediciones e por Miller, J.-A. e Milner, J.-C. (2006) *Você quer mesmo ser avaliado?* Entrevistas sobre uma máquina de impostura. São Paulo: Manole.

dizer não ao "para todos"[14] os pais que ordena as políticas públicas que se instituíram na mesma época na França, visando ao apoio à parentalidade. É neste ponto que a *Maison Verte* se define como uma instituição singular, impossível de ser enquadrada nos dispositivos existentes na atualidade.

A *Maison Verte* serviu de inspiração para outros dispositivos que foram criados ao redor do mundo (Bélgica, Rússia, Suíça e mesmo no Brasil, no Rio de Janeiro, com o nome de "A casa da árvore") e foi utilizada como modelo pelo poder público francês para a criação de uma série de centros de acolhimento pais-criança ao redor do país. Contudo, recusou a proposta de compor uma federação de centros de acolhida, recusou a supervisão, a formação, ou filiação, acreditando que cada instituição deveria encontrar seu caminho, e mesmo o caminho para financiar o seu projeto. Schauder propôs a criação de uma federação para gerar impacto pelo poder público e às demandas de avaliação que eram associadas à possibilidade de se obter financiamento. A *Maison Verte* via como ilusória a possibilidade de estabelecer critérios comuns para fundamentar o trabalho realizado nesses centros. Para Malandrin, tratou-se de uma escolha tomada pela ética: "Em nome de que critérios comuns podemos validar esses centros? Sua legitimidade é conferida pelos pais, na utilização que fazem do dispositivo, que está a seu serviço e de seu filho" (Malandrin, 2009, p. 45, tradução livre).

Em 1991, a *Fondation de France*, responsável pelo financiamento das atividades desenvolvidas na *Maison Verte*, endereçou-lhe uma carta adiantando que seria realizado um trabalho de avaliação que permitiria *valorizar sua ação* em instituições locais e nacionais. Naquela época, essa Fundação mantinha aproximadamente trinta centros de acolhida pais-criança. Em 1992 foi unânime no grupo que atuava na instituição a decisão de se retirar deste estudo,

---

14 Ver o artigo família, parentalidade e época: articulações possíveis. in: Moreira, L. V. C. e Rabinovich, E. P. (2011) *Família e Parentalidade:* Olhares da Psicologia e da História. Paraná: Juruá Editora.

decisão que gerou uma carta aberta.[15] Nesta, os profissionais mostravam seu ceticismo e suas sérias reservas em relação a uma avaliação objetivizante que poderia induzir a distorções das opções de base assumidas na instituição (paridade de salários, rodízio diário da equipe, recusa de reunião de síntese e anonimato).

A *Maison Verte* na atualidade e a atualidade da *Maison Verte*

Em julho de 2009 fiz uma visita à *Maison Verte* na qual tive a oportunidade de conversar informalmente com os três profissionais que atuavam naquele dia (denominados *accueillants*) e observar uma tarde de funcionamento da instituição. Fui recebida por duas mulheres e um homem, todos com formação em psicanálise e com experiência de atuação em outras atividades clínicas e institucionais. Com isso, o primeiro fato com o qual me deparei é que permanece a concepção inicial de contar diariamente com três profissionais e que entre estes haja pelo menos um homem. Esta não foi a única observação que fiz que me permitiu localizar a presença de aspectos no acolhimento e na estrutura deste que remontam à criação deste espaço tal como foi concebido desde o princípio.

Uma das *accueillantes* fez uma rápida apresentação da instituição. Como era a mais antiga entre os profissionais que atuavam naquela tarde - atua na *Maison Verte* há vinte anos - foi quem mais tomou a palavra. De uma forma geral, a estrutura da *Maison Verte*

---

15 Esta carta foi redigida por Marie-Hélène Malandrin, e consta como documento n. 19, de abril de 1992. Reproduzo a seguir um trecho: "A *Maison Verte* é uma experiência que criou uma situação nova na cidade pela introdução deste 'dispositivo de trabalho'. Esta inovação na sua pesquisa 'clínica' não pode ser regulamentada administrativamente: o respeito pelo dispositivo e por suas regras evidenciam um longo e necessário trabalho de elaboração pela equipe que busca sustentar a criança em suas questões, e as distorções do dispositivo revelam frequentemente as incompreensões estruturais deste lugar. Em geral, é a criança, em sua palavra e gesto - em corpo que se exprime, em comportamento que significa uma palavra a ser escutada - que corre o risco de ser ignorada. Este movimento de pesquisa deve ser mantido" (2009, p. 184, tradução livre)

permanece a mesma, tanto em termos do espaço físico - como pude observar e comparar a partir dos textos e vídeos de Dolto - como em termos do acolhimento. A cada dia, três profissionais são responsáveis pelo acolhimento, e, a cada dia da semana, incluindo o sábado, há um trio diferente, sempre constituído por pelo menos um homem. Todos os *accueillants* - nomenclatura que também se mantém conforme o projeto inicial - têm formação em psicanálise.

A rotina é a seguinte: a partir das 14h o portão é aberto e as famílias começam a chegar. Vêm a pé, com os bebês em seus carrinhos, que ficam estacionados do lado de fora da casa. São recebidos por um dos *accueillants* que se ocupa de perguntar o nome da criança e registrá-lo em um quadro negro; pergunta se é primeira vez que vêm à *Maison Verte* e se apresenta e aos colegas daquele dia.

Caso seja a primeira vez, o *accueillant* trata de mostrar o espaço e enuncia as duas regras que organizam a circulação naquele espaço: caso a criança brinque com água, deve usar o avental, caso brinque com as motocas, não pode ultrapassar uma linha vermelha que divide o espaço para as motocas e o espaço com sofás onde ficam os pais e as crianças menores.

Durante a conversa fiz algumas perguntas sobre o funcionamento atual da *Maison Verte* - que, até onde pude notar, é idêntico ao modo como foi concebido - e sobre mudanças em relação à clientela nestes trinta anos de funcionamento. Há pais que vêm com uma preocupação específica? O que os traz atualmente à instituição? Quais as demandas mais frequentes? O perfil das famílias mudou ao longo deste período?

A *accueillante* mais antiga na instituição observa que os pais frequentam aquele espaço por motivos muito variados, no entanto, a possibilidade de estar com outros pais e seus filhos, dada a solidão em que vivem as famílias atualmente em Paris, sobretudo as jovens mães com seus filhos, parece ser um forte apelo. Comenta que no inverno a população aumenta consideravelmente, chegam a receber cinquenta crianças em um período, o que atribui à impossibilidade de circulação em outros espaços (como praças, parques etc.).

Um dado que se destaca na observação da *accueillante*, mas que também partilha com os outros membros da equipe - um total de quinze, que se reúnem uma vez por mês e funcionam em um colegiado, logo não há uma hierarquia (também de acordo com o projeto inicial) - é que houve aumento considerável do número de crianças que vêm com suas babás (naquela tarde um casal veio pela primeira vez com seu bebê e já adiantou que este retornaria com a babá), nesses casos, o que se demanda destas famílias é que venham pelo menos uma primeira vez para se apresentar.

Algo que me chamou a atenção foi a ênfase que dão ao fato de que a *Maison Verte* não é uma creche, o que fica claro no projeto e também no folder que é distribuído aos pais. Esse fato parece mostrar a preocupação em não se confundir com uma estrutura à qual têm muitas críticas. Esse dado aparece quando partilho com eles minha percepção de que a creche, mesmo se tratando de um espaço diferente da *Maison Verte,* pode também ter este efeito organizador e preventivo sobre as crianças e seus pais. Minha pergunta não é apenas sobre o funcionamento da *Maison Verte*, mas sobre as estruturas de acolhimento à primeira infância e suas famílias na França, e o que teríamos a aprender com elas no Brasil. Para os *accueillants*, em relação a esse tema, não há conversa: "uma creche é outra coisa!".

O mesmo ocorre quando pergunto sobre os outros espaços de acolhimento que se multiplicaram na França e que teriam inspiração na *Maison Verte*. Umas das *accueillantes* observa que de fato a *Maison Verte* serviu como modelo para que se instituíssem outros serviços, mantidos pelo poder público; no entanto, há uma variabilidade enorme nestas práticas e muitos destes centros nem têm psicanalistas em seus quadros.[16]

---

16 Essa observação vai ao encontro do seguinte dado: na França, em 60% das atuais "*Maisons Vertes*" não existem psicanalistas ou psicólogos; em somente 18% desses lugares a psicanálise

No dia de minha visita havia por volta de vinte crianças na casa. Cada criança que chegava era recebida por um dos *accueillants,* que anunciava seu nome e o registrava na lousa.

Quando iniciei a observação, já havia uma mãe na sala da casa, com duas meninas gêmeas de cerca de onze meses, oferecendo o lanche da tarde - um iogurte e algumas bolachas. Era uma jovem mãe, com aparência cansada pela demanda das filhas. Quando uma das meninas deixou cair uma bolacha no chão e eu fiz menção de pegá-la, a mãe comentou que isso daria mais trabalho. Respondi que não tinha problema e recuperei para a menina a bolacha e outros objetos que ela deixou cair propositalmente no chão. Chamou a minha atenção que quando as meninas terminaram o lanche a mãe limpou a mesa e o chão, deixando tudo em ordem.

Um aspecto digno de nota é que quando desci para o espaço no qual circulam as crianças e seus pais (há uma pequena cozinha na parte superior da casa onde conversei com os *accueillants*), a convite de umas das *accueillantes,* esta não fez nenhuma recomendação ou prescrição sobre como deveria proceder durante a observação.

A casa é exatamente como descrita nos livros de Dolto e de seus colegas fundadores e como aparece nos vídeos: há basicamente três espaços, uma sala com sofás e alguns brinquedos; no canto há uma pia com os brinquedos de plástico e os aventais (a regra sobre o uso dos aventais para brincar com água é retomada sempre que uma criança se dirige a este espaço, seja pelos pais, seja por um dos *accueillants*). Em outro espaço, externo, há um brinquedo de plástico e no terceiro espaço, que fica logo na entrada, há uma casinha e as motocas.

Os três *accueillants* circulam pelos diferentes ambientes. Uma circula pela sala, outra observa, o terceiro mostra um modo

---

é citada enquanto, nos anos 1980, em 40% das "*Maisons Vertes*", a psicanálise era referência teórica. Fonte: "Programme Enfance à La Fondation de France", sob a responsabilidade de Elizabeth Wattel-Buclet.

muito delicado e hábil de se aproximar das crianças e de suas mães (quando alguma criança se aproxima de mim, ele comenta: "Ah, você está olhando pra ela... mas é verdade, você nunca a viu antes.")

Aos poucos, vão chegando várias crianças, sempre acompanhadas pelos adultos responsáveis. Chama a minha atenção a chegada de duas mulheres, cada uma com dois bebês, imagino que são amigas. Aos poucos descubro que ambas são babás. Uma delas cuida de dois bebês de duas famílias diferentes. A prática de "babá-partilhada" é comum na França. Essa babá fala bastante, descreve sua longa jornada de trabalho, conta que tem uma alergia de comida fresca e que então não pode cozinhar para as crianças, cada família prepara a comida de seus filhos. Uma das *accueillantes* conversa um longo tempo com esta babá, escuta-a, faz alguns comentários.

Enquanto isso, a outra *accueillante* se detém um tempo com uma menininha de seis anos que acompanhava o grupo. A menininha é a filha da outra babá. Ela conta que durante muitos anos foi babá de outra família, e que naquele trabalho podia levar sua filha junto com ela (com praticamente a mesma idade do bebê que cuidava). A *accueillante* pergunta se ela mantém contato com essa família e com a criança que cuidava, ao que a moça responde afirmativamente.

Há no salão também uma mãe grávida, com uma menininha de uns dois anos. Depois chega outra mãe, que fala com os adultos e crianças em francês, mas fala com seu bebê, que engatinha pela sala, numa outra língua, que não consigo identificar.

Mais no fim da tarde chega um menino argelino, Chérif, com sua mãe. O menino começa a chorar logo em seguida, em um momento em que não avista sua mãe. Depois vai brincar com água e quando o *accueillant* lhe diz que tem que usar o avental, Chérif sai chorando, inconsolável. Também chora em outro momento em que quer o telefone que está com outra menininha e o *acccueillant* interfere, dizendo que o brinquedo estava com ela antes.

A *accueillante* que atua há mais tempo na Maison Verte conversa bastante com a mãe de Chérif (não escuto, mas depois fico sabendo que parece que o pai não diz "não" jamais ao filho, que em casa ele faz o que quer e que muda os canais da televisão enquanto os pais estão assistindo). No fim da tarde, na hora em que a mãe diz que tem que ir embora, o Chérif tem uma crise e começa a atirar brinquedos na mãe. Então a *accueillante* que conversava com sua mãe intervém, leva-o em direção à saída colocando-o embaixo do braço, diz que é sua mãe quem decide e que agora ela decidiu que está na hora de ir embora; que os adultos é que decidem. No fim do dia, a *accueillante* comenta comigo e com os seus colegas como ele precisa disso, destas palavras, e como ele olhou de forma agradecida para ela diante de suas intervenções. Comento com eles que um pouco antes observei que Chérif tinha devolvido para a menininha o telefone que tinha arrancado de suas mãos...

Durante aquela tarde, pude observar que há uma certa descontração na casa, as crianças comem, brincam, não há muita bagunça, mas também não há um cuidado exagerado em arrumar tudo. Uma mãe abre um saco de batatas fritas e oferece aos outros. Outra criança pede para a mãe um biscoito. Um bebê cai, a boca sangra e um dos *accueillants* pega a caixinha de primeiros socorros, ajuda a mãe, que fica por ali mais algum tempo. Os pais se encarregam de organizar e manter limpo o espaço - como no caso da mãe das gêmeas.

No fim da tarde, uma senhora de véu chega com uma menininha ruivinha, depois fico sabendo que se trata de uma babá também. A mãe chega um pouco depois; a babá vai embora e a mãe fica mais um tempo por ali com a filha. O tema da imigração está também presente neste espaço, seja pela mãe de Cherif, seja por esta babá muçulmana...

Ao conceber a *Maison Verte*, ao escutar as angústias dos pais em relação à educação de seus filhos, Françoise Dolto propôs um novo modo de inserção da psicanálise. Com isso, articulou a possibilidade da psicanálise desempenhar uma função social sem perder de vista a ética psicanalítica, o que permitiu que diversos profissionais da primeira infância se posicionassem diferentemente dentro de suas práticas. Eliacheff (2004) em um pequeno artigo no qual trata das instituições voltadas à primeira infância na França, pontua que desde a *Maison Verte* não houve muita inovação neste domínio.

Se, por um lado, a *Maison Verte* representa uma resistência aos avanços do discurso da ciência propondo um dispositivo no qual a criança é tomada como um sujeito, por outro, parece evitar identificar-se com um ideal, um modelo ideal de instituição, o que convém em um dispositivo que firma suas bases na ausência de ideais (de crianças ideais, de filhos ideais, de pais ideais). Desta forma, sustenta-se como uma instituição furada, incompleta, não detentora de uma verdade válida para todas as famílias ou para todas as outras estruturas de acolhimento pais-criança. Ao recusar-se à avaliação, à normalização e à homogeneização, a *Maison Verte* continua a apostar na singularidade e na inventividade do encontro com cada criança e com cada família.

Desta forma, a atualidade da *Maison Verte* reside na possibilidade de fazer frente ao que se identifica na atualidade como um mal-estar na família, quando, de fato, o que se passa é que a família vem sendo soterrada pelas certezas disseminadas pelo discurso da ciência, que converte o impossível da educação em impotência parental e, no mesmo ato, promete certezas e ausência de riscos no desempenho de uma suposta competência parental. A *Maison Verte* resiste à avaliação, à normalização e ao discurso homogeneizante e assexuado da parentalidade ao apostar na singularidade e na inventividade do encontro com cada criança e com cada família.

Referências

AUBOURG, F. La Maison Verte: um dispositif à la portée de l´enfant. *Figures de la psychanalyse*, n. 18, , p. 227-240, 2009/2.

BENOIT, P. Ce qu´ est la Maison Verte. Document n. 15, 1988. In: *Une psychanalyste dans la cite* - l´aventure de la Maison Verte. Paris: Éditions Gallimard, 2009. p. 149-158.

DOLTO, F.; MALANDRIN, M. H. (ed.); SCHAUDER, C. (ed.) *Une psychanalyste dans la cité* – l´aventure de la Maison Verte. Paris: Éditions Gallimard, 2009.

ELIACHEFF, C. *La famille dans tous ses états*. Paris: Éditions Albin Michel, 2004.

FRANÇOIS, Y. *Françoise Dolto* - de la ética a la práctica del psicoanálisis de niños. Buenos Aires: Nueva Visión, 1992.

LEBRUN, J. P. *Um mundo sem limite*: ensaio para uma clínica psicanalítica do social. Rio de Janeiro: Companhia de Freud, 2004.

LEDOUX, M. *Introdução à obra de Françoise Dolto*. São Paulo: Zahar, 1991. (Coleção Transmissão da psicanálise)

MALANDRIN, M. H. Éducation/psychanalyse, l´impossible nouage? In: *Une psychanalyste dans la cite* - l´aventure de la Maison Verte. Paris: Éditions Gallimard, 2009. p. 11-105.

THIS, B. *La Maison Verte* - créer des lieux d´accueil. Paris: Éditions Belin, 2007.

QUADROS DE PSICOPATOLOGIA MATERNA E O LAÇO MÃE-BEBÊ

A loucura materna e o laço mãe-bebê

Marina Bialer[1]

O espelhamento no laço mãe-bebê

O presente artigo se propõe a abordar a loucura, distinta da noção psicopatológica de doença mental, como dimensão estruturante da constituição do laço entre a mãe e seu bebê, objetivando pensar no enlace entre mãe e bebê na construção da maternagem e na possibilidade de intervenções psicoterápicas institucionais nos casos em que tal processo está em perigo.

Na maternagem, alguma dose de loucura é necessária. Loucura para imaginar um sujeito onde ele ainda não existe, loucura para sonhar um futuro para um bebê que acaba de nascer ou que ainda está em gestação. A marca parental implica alguma dimensão de loucura ao sonhar um advir para um bebê e supor um sujeito onde ele ainda não existe.

O estádio do espelho, tal como elaborado por Lacan, permite-nos observar alguns dos processos psíquicos que envolvem a loucura materna da mãe, ou daquele que ocupa este lugar para o

1 Psicanalista, Doutora em Psicologia Clínica pela USP, Doutora em Recherches en Psychanalyse pela Université Paris 7 Denis Diderot e Pós-Doutorado pela FE-USP.

bebê. No ser humano, poder marcar o bebê com traços que estarão na base da identificação primordial exige uma boa dose de loucura da pessoa que encarna o Outro deste bebê.

O bebê precisa destas marcas do Outro para constituir a sua subjetividade, sendo que tais marcas implicam poder ver um sujeito florido, dotado de capacidades motoras, cognitivas e psíquicas, quando, de fato, elas ainda são incipientes, incompletas e insuficientes, e demandam serem regadas pelo olhar, pelo toque e pela música da voz parental para brotarem.

O estádio do espelho ilustra certa posição do Outro que é necessária para que haja o enodamento entre o real, o imaginário e o simbólico, estruturantes da constituição subjetiva do humano.

No esquema óptico, utilizado para representar o espelho humano, o buquê completo só existe como imagem e não na realidade, embora seja este buquê ilusório que assegura a unidade das flores visualizadas formando um buquê dentro do vaso. Tal unidade imaginária tem um papel decisivo tanto na formação do ego, quanto na construção da realidade, permitindo que a imagem do vaso com flores tome a frente do corpo real, que se torna inacessível. O belo buquê com flores ganha os holofotes, ofuscando a existência, no real, das flores despedaçadas ou separadas. Por meio do estádio do espelho assim ilustrado, observamos a imbricação entre o real e o imaginário na economia psíquica do ser humano, e o papel do espelhamento de um Outro humano, das marcas de um Outro, essenciais para a subjetividade humana.

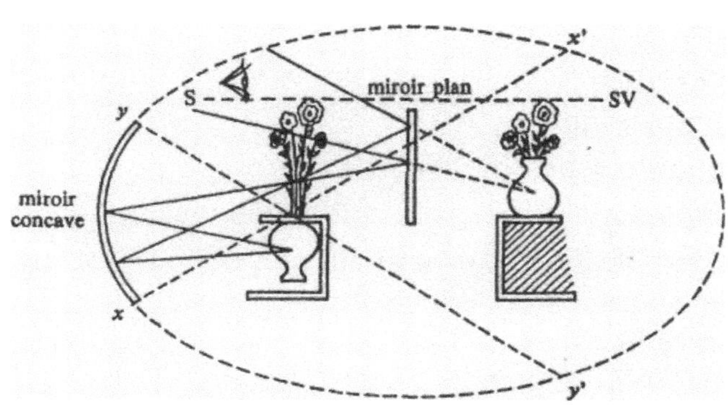

(Lacan, 1960/1999, p.151)

O esquema representado no espelho ilustra a antecipação necessária para que o bebê possa se apropriar do corpo próprio e habitá-lo subjetivamente, demonstrando como o espelhamento do olhar materno envolve a capacidade de se deixar iludir por esse bebê e de falicizá-lo, promovendo, para o bebê, a ilusão de uma unidade de si próprio, que só existe nos olhos de quem o vê e sustenta as funções que ele ainda não é capaz de executar. Outro ponto importante neste esquema é a mudança subjetiva possibilitada pela apropriação desta imagem como própria, em um reconhecimento marcado pelo prazer e pelo "júbilo" (Lacan, 1949-1999, p. 93) na inscrição deste Outro encarnado, que é essencial para a estruturação psíquica do bebê e para a sua marcação pelo traço do Outro.

A prematuridade do bebê humano no nascimento estrutura a sua permeabilidade ao Outro e a importância dessas marcas do Outro na estruturação subjetiva. Vanier (2006) aponta a importância simbólica do olho (Outro) neste esquema, assinalando que é justamente a posição do olho que assegura que pequenas mudanças e alterações na posição do olho não acarretem drásticas mudanças na imagem; havendo uma regulação do imaginário pelo simbólico no humano, a qualidade dessa imagem dependendo da inclinação do espelho, de acordo com o posicionamento do Outro simbólico.

A saída da captação imaginária na imagem ideal para a busca do olhar do Outro, do adulto que o carrega no colo diante do espelho, permite que se inscreva o Outro neste circuito do bebê ante a imagem especular. No estádio do espelho assim transcorrido, há uma crochetagem do traço do Outro e nesta operação de marcação pelo traço unário há dois movimentos: um por parte do Outro, que dá um sinal de amor e outro por parte do bebê que deve ir também em direção ao Outro para se apropriar daquele sinal da presença do Outro. Neste sentido, Lacan (1960-1961/2001) aponta por parte do Outro, os movimentos de assentimento e prazer, e por parte do bebê, o movimento de ir em direção ao Outro.

Uma vez que o esquema óptico aponta para o fato de que a imbricação entre o corpo real e a imagem ilusória depende do posicionamento do olho do Outro em certo lugar, onde a ilusão óptica seja viável, a título ilustrativo, podemos transformar este esquema para demonstrar que o olho em uma outra posição pode implicar a não constituição da imagem da unidade buquê-flores, da imagem da unidade corporal que é estruturante para a subjetividade humana. O posicionamento do olho do Outro encarnado que não cria a ilusão óptica pressupõe que a mãe (ou o Outro encarnado) não veja a imagem do bebê, mas seu corpo real. A existência de mães que não se deixam enganar pela ilusão desta imagem, conforme apontado por Lacan (1962-1963/n.d.), evidencia um olhar do Outro encarnado cuja apreensão do bebê pode ser correlata a uma falta desta função ilusória da imagem unifiante. A origem da psicopatologia materna, neste caso, é uma excessiva lucidez, isto é, a falta da loucura de ver um buquê de flores completo, quando efetivamente ele não existe na realidade, o que pode originar dificuldades na construção da imagem do corpo, do imaginário e da vivência de unidade corporal por parte do bebê.

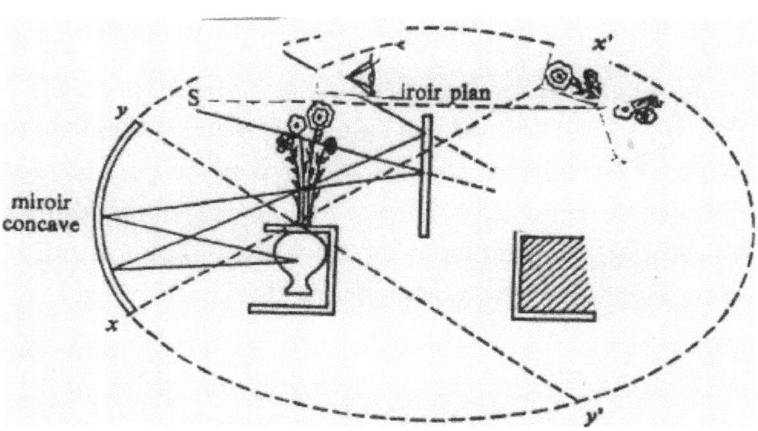

(Bialer, 2012, p. 35)

O bebê que não recebe do seu Outro a ilusão de um corpo próprio pode ter uma falha de todo o campo imaginário, do eu e do narcisismo, além de não ter funções corporais apropriadas ou marcadas pelo significante do Outro, uma vez que dada a prematuridade do ser humano, há a dependência do bebê em relação ao Outro humano para a estruturação de suas funções psíquicas primordiais.

Outro psicanalista que se debruçou sobre a importância do processo de espelhamento humano para a construção do psiquismo humano foi Winnicott, um dos psicanalistas mais sensíveis aos delicados processos psíquicos envolvidos no laço mãe-bebê. Acho importante precisarmos alguns pontos comuns e algumas distinções entre a leitura winnicottiana da mãe como espelho e a análise do papel da mãe no espelho na leitura lacaniana.

Um ponto em comum a ambos os espelhos é o apontamento da prematuridade humana, formulada por Lacan em termos da permeabilidade ao Outro simbólico e da dependência da imagem do Outro e da marca do Outro para a construção do eu, da imagem do corpo próprio e do narcisismo. Em Winnicott, também é ressaltada a existência de um estado de prematuridade, mas formulado em termos de não integração e de imaturação - processos de maturação que precisam ser desenvolvidos gradualmente - concomitantemente à necessidade da elaboração imaginativa das funções corporais. Outro ponto em comum é a ênfase em Winnicott da necessidade de uma imbricação entre o corpo somático e o psíquico no ser humano, para abordar o fenômeno que Lacan elabora em termos de crochetagem do simbólico no real, marcação de alíngua no corpo e enodamento entre o real, o simbólico e o imaginário.

Podemos, agora, abordar alguns pontos de divergência na leitura do espelhamento. Para Winnicott (2005), no enlace entre a mãe o bebê, quando a mãe está no estado de "preocupação materna primária" (p. 21), ela espelha o seu bebê de modo a refletir o que ele realmente está sentindo e quem ele é. Winnicott enfatiza que nesta idade muito inicial, o bebê precisa da permanência oferecida pela mãe, da mãe dedicada que, identificada com o bebê, propicia-lhe o sentimento de continuidade, por meio do *handling* e do *holding*, e o sentimento de realidade e de existência. A "mãe winnicottiana" que se identifica com o bebê, reflete o ser do bebê; é um espelhamento do bebê, devendo o estado de identificação permitir à mãe percebê-lo o mais próximo possível de quem ele é.

Na leitura winnicottiana do espelho, a psicopatologia materna implica que o bebê tenha que se adaptar às marcas da própria mãe, em vez de dela obter o reflexo de suas "necessidades" e de sua imagem, ao passo que na leitura do espelho lacaniano, haveria uma "desvirtuação" necessária da mãe ao marcar o bebê com seus próprios traços, lá onde eles não existem. A marcação do traço do Outro é uma marcação do bebê pelo Outro, inscrevendo uma marca que implica ser parasitado pela linguagem e que envolve algo que não reflete o bebê, mas traz a marca de seu Outro, sendo que isto, para Lacan, não é, no entanto, uma psicopatologia psiquiátrica, mas uma consequência do simbólico no humano.

Enquanto na leitura winnicottiana existiria uma distorção patológica no fato de que o bebê encontra o Outro quando olha a si mesmo, na leitura lacaniana haveria uma distorção que é a norma; a partir da imagem marcada pelo Outro tal como formulada por Lacan, o bebê não tem mais acesso ao corpo real, mas somente à imagem permeada pela marca do Outro. Em Lacan, tal distorção pela marca do Outro não é patológica (em termos psiquiátricos); ao contrário, é a loucura materna necessária para se permitir iludir, permitindo à mãe não ser demasiadamente lúcida e ser capaz de oferecer ao bebê uma imagem ilusória, marcada pelo traço unário à base de sua identificação primordial, processo que pode ser ilustrado pela seguinte formulação do espelho:

(Lemaire; Teboul, 1993, p. 41)

Do lado esquerdo, ilustra-se a figura exata e lúcida das flores despedaçadas ou sem formar ainda um buquê de flores, enquanto do lado direito há o belo ilusório buquê de flores: o bebê, sua majestade.

A loucura materna na clínica

Inspirada por Winnicott, proponho designar tal estado de loucura materna necessária para a capacidade de maternagem pelo termo de loucura materna primária. Embora minha amiga psicanalista Clarissa Medeiros, ao ler esse texto, tenha apontado com toda a pertinência que Winnicott designa tais processos psíquicos pela terminologia de onipotência – uma onipotência que não remete ao adoecimento, mas ao processo psíquico materno de onipotência necessário para o desenvolvimento emocional do bebê – prefiro privilegiar a minha designação desses fenômenos como uma loucura que, em si, não é psicopatológica e pode ser construída em mães que se enquadram nas diversas nosografias psicopatológicas. Alguns exemplos clínicos podem ser interessantes para pensarmos tais questões, sendo que vou, inicialmente, citar brevemente o material clínico de gestantes, que estiveram em tratamento psicológico comigo.

Gisele foi encaminhada para avaliação no serviço de psicologia após uma "crise" ao descobrir que estava grávida; berrando desesperadamente que morreria, ela é encaminhada para o setor de psicologia. Na primeira consulta, ela traz as diversas prescrições de medicamentos psiquiátricos, fala da "depressão", de "crises nervosas", de internações psiquiátricas, de "delírios" e de alucinações visuais de sangue saindo pelos ouvidos. Durante as consultas, no transcorrer da gestação, Gisele sai de uma apatia afetiva para um período de intensas recordações. Ela começa a se lembrar do estupro que sofreu aos nove anos, da mão que tampou sua boca, do cheiro, do nojo, do pai, da faca que colocou embaixo do travesseiro e que tantas vezes a protegeu, das tentativas de fuga, da fuga de si mesma. Lembranças da vontade de matar, da vontade de se matar, do desejo de matar a própria capacidade de lembrar e pensar o ocorrido. Da apatia surgem lágrimas; o pensamento, que era incoerente, organiza-se; sua fisionomia muda completamente. Gisele compartilha com o marido o "segredo" e pode ter sua história acolhida. Angústias antes impronunciáveis: o medo de estilhaçamento que, à beira do insuportável, levou-a ao adoecimento mental, que precisou do contorno da "camisa de força na hora que o nervoso pegava a cabeça". Mas depois de falar do segredo, a "cabeça ficou leve" e, então, Gisele pôde começar a falar do bebê: dos cuidados com o enxoval, da escolha do nome, dos preparativos do quarto e da atenção a sua chegada. No puerpério, ela vem serena me procurar eventualmente no setor de saúde mental, trazendo sua filha nos braços para me visitar e mostrar seu maternar.

O termo transparência psíquica, desenvolvido por Bydlowski (2000), parece-me caracterizar a permeabilidade às vivências psíquicas, tal como observamos em Gisele e, de um modo geral, na clínica do período gestacional. É como se ela tivesse tecido uma colcha de retalhos com suas recordações, evidenciando o potencial mutativo que a escuta de grávidas pode permitir para muitas gestantes através de uma escuta clínica que pode favorecer o desenvolvimento da capacidade de maternagem, potencializando os efeitos da transparência psíquica no período pré-natal.

Outro caso clínico de que me recordo é o de Paloma. Paloma tinha catorze anos e morava em um lar provisório para crianças e adolescentes, sendo que desde os onze anos, morava fora de casa, "na rua". Ela havia voltado para sua casa quando engravidou, mas foi colocada no abrigo pela assistência social, em decorrência de um histórico de tentativas de infanticídio na família. Quando chegou, Paloma foi logo falando: "Eu não quero este bebê, não queria estar grávida. Eu acho que deveria dar o bebê para alguém cuidar dele. Acho que posso matá-lo ao me virar à noite... e quando ele nascer... acho que vou esquentar demais o leite, e a mamadeira irá derrubar nele e ele irá queimar (...) Eu não gosto lá da casa (abrigo). Lá tem duas colegas que fazem loucura. Tenho uma colega com AIDS que quer engravidar. Ela sai por aí tentando. Olha a minha pele, será que o médico pode tratar... estou com uma alergia... tá tudo descascando. Quando uma mãe grávida de quatro meses morre, o bebê morre junto ou não, quando a mãe morre? Eu tentei várias vezes me matar antes. Tomava um monte de pílulas da minha mãe... daí eu sentia a veia pulsando". Inicialmente, o obstetra me encaminha Paloma porque ela está sempre fugindo dos atendimentos, tem pavor de injeção e, como ela própria me diz, acha muito estranho um doutor preocupado com ela, querendo saber como está e querendo cuidar dela. A gestação de Paloma transcorre tranquilamente e a instituição de saúde (um centro de saúde da mulher dentro de um posto de saúde municipal) se torna para ela um espaço de cuidado, onde o gestar, tanto física quanto psicologicamente, pode transcorrer com tranquilidade. No entanto, para nossa surpresa, aos oito meses de gravidez, ela entra correndo no posto, em trabalho de parto prematuro, e com um filhote de gato nos braços. "Doutor, Doutor, Doutora, encontrei este filhotinho na rua. Ele pode ser atropelado. Fiquei preocupada. Ai, a ambulância que vai me levar pra maternidade tá me chamando. Fiquei com medo de ele ser atropelado... então trouxe ele pra dentro. Eu tenho que ir correndo, vou ter o bebê". E ante o desamparo de

Paloma colocado em ato diante de nós, cuidamos da sobrevivência do filhote naquele centro de saúde. Paloma dizia que queria que todos morassem naquele local e que ele funcionasse 24 horas por dia; oferecemos o *holding* que nos era possível propiciar, mas certamente ainda havia um percurso a ser cumprido.

Um dos casos que mais me inquietou, no entanto, não tinha a aparência de loucura ou de psicopatologia como os que descrevi até aqui. Uma gestante que recebi para algumas consultas no programa de gestação de alto risco falava somente de varizes. De todas as formas tentei puxar os fios, esperei que com o tempo algo emergisse, mas em todas as consultas durante a gravidez, a temática sempre foi o incômodo com as varizes, seus tratamentos etc. Nesse caso, podemos dizer que não havia "demanda" para um atendimento psicológico, e que se tratava apenas de um enquadre institucional. Neste mesmo contexto institucional eu havia recebido outras gestantes sem uma demanda de tratamento psicológico e estava habituada a coordenar grupos de pré-natal onde se falava de tudo o que viesse à cabeça, sem um foco no "psicológico". A total ausência de "sonhar" esse bebê pela mãe fez soar um sinal de alarme gravíssimo, mas se às vezes o "acompanhamento psicológico" da gestação pode viabilizar um gestar da possibilidade de sonhar o bebê, outras vezes, não.

A psicopatologia materna e o laço mãe-bebê

Não é, pois, a psicopatologia materna em si que define a capacidade de alguém maternar seu bebê. Uma mãe paranoica, depressiva, esquizofrênica, melancólica pode ser uma mãe que estabeleça um laço de maternagem com seu bebê, permitindo que este tenha desenvolvimento saudável no âmbito social, afetivo e intelectual.

É importante evitar reducionismos de tipologias parentais à origem de laços maléficos. Nos casos em que uma psicopatologia materna efetivamente coloca em risco o laço mãe-bebê, a prática da hospitalização psiquiátrica conjunta das mães com quadros psicopatológicos e de seus bebês tem se mostrado um importante recurso institucional no campo da perinatalidade. No campo da psiquiatria, a hospitalização de mães e de seus bebês surgiu na Inglaterra, vinculada geralmente aos serviços de psiquiatria geral de adultos. Na França, onde as unidades de hospitalização psiquiátrica mãe-bebê se difundiram e se solidificaram enquanto prática de tratamento de psicopatologias maternas, essas unidades foram predominantemente vinculadas ao serviço de psiquiatria infantil, tendo como foco as possíveis consequências psíquicas das psicopatologias maternas para o laço mãe-bebê.

Durante o meu mestrado tive a oportunidade de entrar em contato com o cotidiano de várias unidades mãe-bebê na França. De um modo geral, tais unidades são espaços acolhedores, em um misto de casa comunitária e creche, com um apêndice de consultório de puericultura e saúde mental, oferecendo um ambiente terapêutico adaptado à hospitalização psiquiátrica da mãe com psicopatologia puerperal, alicerçado no trabalho de equipes capacitadas para o tratamento da patologia psiquiátrica da mãe e para dar assistência ao bebê. O objetivo da hospitalização conjunta depende das diretrizes de cada unidade, mas de um modo geral elas têm um objetivo terapêutico de favorecimento do laço entre a mãe e o bebê, quando viável. Constituem indicações para tais hospitalizações: o aparecimento de quadros psicopatológicos no pós-parto, a existência de quadro psicopatológico crônico preexistente ou a existência de episódio anterior de psicopatologia no pós-parto.

Nas unidades, há geralmente os espaços dedicados à privacidade da mãe, do pai e das pessoas da família, que podem ser quartos individuais ou espaços singularizados na área comum da unidade. Ao mesmo tempo em que o quarto pode ser o espaço para uma relação a sós com o bebê, também pode ser o espaço para a mãe descansar sozinha, enquanto o bebê fica no berçário aos cuidados da equipe.

A unidade mãe-bebê tem uma função dupla, a de *holding* e a de ser um terceiro à relação mãe-bebê, exercendo uma função de apoio compensatório e uma função de separação. A função de separação implica tornar possível a separação entre a mãe e o bebê, e que deve ser distinta de uma ruptura (retirada de custódia) que pode ou não ocorrer. Separar é abrir um espaço no laço entre ambos de forma a permitir a cada mãe a possibilidade de suportar o bebê como um ser humano diferente dela, o que por si só já inscreve a separação no âmago da relação da mãe com seu filho, alicerçando a inscrição de uma separação que viabiliza o posicionamento do olhar no lugar do Outro simbólico, alicerce do espelhamento do bebê.

A função institucional da unidade pode ser essencial para a criação do espaço da separação que possibilita ao bebê constituir-se subjetivamente como outro. Segundo Vanier (2001), o fato de a instituição - unidade mãe-bebê - ser ela própria um espaço de continência, um espaço de suposição subjetiva, permite à mãe e ao bebê uma separação vivida como possível e não como catastrófica. Nesse sentido, a equipe da unidade evita ser apressada em uma ruptura do laço entre a mãe e o seu bebê, com base numa concepção de que seria um laço perigoso para ele. O importante não é assegurar a ruptura - que é diferente da separação -, mas intervir para que a mãe não seja excessivamente presente, o que poderia obturar a possibilidade de constituição subjetiva do bebê. O importante nessas condições é que, assim como deve realizar intervenções que propiciem as separações nas relações corporais, nas interações comportamentais e nos cuidados cotidianos, a equipe da unidade deve ser capaz de tolerar uma mãe que tem dificuldades em supor que o bebê seja um sujeito, fornecendo, nesse caso, suporte para que a mãe possa se relacionar com seu bebê como alteridade.

Há a função materna de suposição de um sujeito no bebê, o que implica sonhá-lo, e há a função de separação desse bebê como exclusivamente objeto fantasmático da mãe, o que implica tanto a sua inscrição na trama da família, incluindo a fantasmática paterna, como a abertura para ver este bebê como tendo brilho próprio.

A atenção dada aos sinais de sofrimento da mãe, assim como aos sinais de sofrimento do bebê (que podem se manifestar em distúrbios do desenvolvimento, hiperatenção, alteração de tônus etc.), baliza indícios de uma maternagem ameaçada. É interessante o fato de que as hospitalizações conjuntas surgiram a partir de dois acontecimentos frequentes na clínica psiquiátrica do período puerperal: a vontade das mães que não queriam ser separadas de seus bebês apesar de precisarem ser hospitalizadas para tratar a sintomatologia psiquiátrica, e a observação clínica dos primeiros obstetras e psiquiatras que aceitaram a hospitalização conjunta pelo fato de que a presença do bebê era terapêutica para muitas dessas mães, permitindo estabilização mais rápida, menor tempo de internação e redução das recaídas.

Se o fator terapêutico da presença do bebê originou as práticas de hospitalização conjunta, é necessário, todavia, que haja atenção para que o bebê de uma mãe mãe com quadros psicopatológicos não seja demasiadamente obrigado a "cuidar" de sua mãe. Nesse sentido, cabe à equipe terapêutica preocupar-se para que o bebê não tenha que ficar demasiadamente preocupado com sua mãe e não se torne, exclusivamente, o terapeuta da mãe.

Um desenho realizado por Outeiral (1999) nos permite ilustrar algumas peculiaridades do bebê quando a mãe está tomada por sofrimento muito grande:

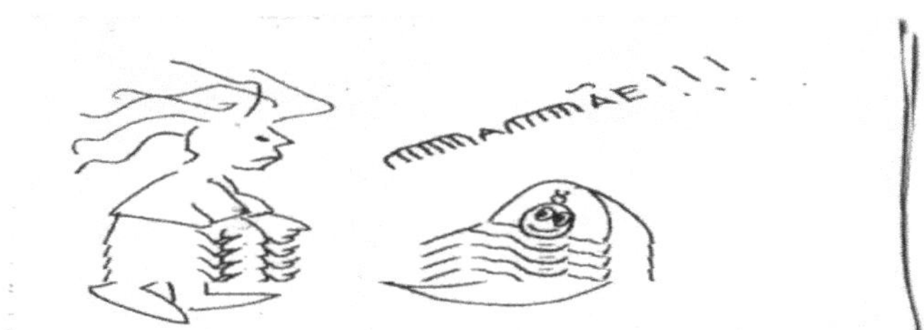

(Outeiral, 1999, p. 50)

Nesse desenho, uma mãe manifesta um estado de extrema desorganização, que é representado pelo penteado caótico.

Podemos observar um bebê atento, sorrindo, chamando a mãe, tentando ligá-la a ele, tentando ajudá-la. O grito desse bebê em direção à mãe tem uma particularidade: o *mamãe* é formado por dois "m" que são representados como pentes adaptados para ajeitar o cabelo caótico da mãe. A hiperadaptação exigida é decorrência das falhas extremas do *holding*, do *handling*, da apresentação do mundo, dos objetos, condições necessárias para o desenvolvimento psicossomático do seu bebê. E nesse contexto uma intervenção terapêutica pode ser essencial para que esse bebê não seja exclusivamente terapeuta de sua mãe, e possa desenvolver suas outras potencialidades. Na função de suporte, a hospitalização psiquiátrica em uma unidade mãe-bebê pode ter importante papel para o favorecimento do laço mãe-bebê em uma modalidade de trabalho que se alinha com várias indicações dadas por Winnicott a respeito da importância do manejo ambiental, neste caso concretizado em modalidades institucionais de intervenção e de oferta de espaços de continência e suporte à maternidade.

Ainda que a psicopatologia materna não seja impeditiva do estabelecimento do laço mãe-bebê, existem casos em que essa psicopatologia exige o suporte terapêutico e pode se beneficiar de um suporte ambiental, tal como aquele oferecido por unidades mãe-bebê e outros serviços com foco no período gestacional e puerperal. O tratamento da sintomatologia psiquiátrica com o devido suporte ambiental pode evitar que a capacidade de maternagem seja impedida ou mesmo fique mascarada por tais sintomatologias e evitar a sobrecarga emocional do bebê-terapeuta. Além disso, há funções corporais do bebê que precisam que um Outro possa escutá-las e inscrevê-las no campo Outro, dentro da temporalidade da primeira infância, sendo que algumas mães podem necessitar do apoio compensatório da equipe da unidade para que possa exercer seu papel de espelhamento enquanto Outro encarnado.

Nas unidades mãe-bebê, cada mãe na sua singularidade pode ter um espaço-tempo para desenvolver sua maternagem e construir o laço singular com seu bebê, assegurando-lhe a função de espelhamento humano. Há uma intimidade entre mãe e bebê que é estruturante para a subjetividade humana: a troca de olhares, vozes, toques, gostos, cheiros, e que pode necessitar de apoio terapêutico para que este espaço de trocas possa se desenvolver. A unidade de hospitalização psiquiátrica mãe-bebê constitui um espaço para escutar os desejos, os jogos de lugares simbólicos envolvidos no nascimento de cada bebê singular, para assegurar o tempo de construção da maternagem, apostando nela, quando viável, e evitando interferir de modo precipitado no laço que está se estabelecendo.

Palavras finais

Existe um processo de loucura materna, distinta do adoecimento mental, extremamente importante para o enlaçamento entre mãe e bebê. É a loucura de sonhar um bebê: marcá-lo por traços singulares e inscrevê-lo nas narrativas familiares e transgeracionais, sonhando um belo buquê de flores onde ele (ainda) não existe. Tal processo de loucura faz parte da função materna e pode exigir um tempo-espaço para ser construído, seja nas relações cotidianas familiares seja através de dispositivos terapêuticos.

Referências

BIALER, M. *Le corps dans l'autisme et dans la schizophrénie*. Paris : Universidade Paris 7/USP, 2012.

BYDLOWSKI, M. *Je rêve un enfant.* L'expérience intérieure de la maternité. Paris: Éditions Odile Jacob, 2000.

LACAN, J. Le stade du miroir comme formateur de la fonction du Je telle qu'elle nous est révélée dans l'expérience analytique. In: ______. *Écrits I*. Paris: Seuil, 1949/1999. p. 92-99.

______. *Le séminaire. Livre I. Les écrits techniques de Freud*. Paris: Seuil, 1953-1954/1975.

______. *Le séminaire. Livre II. Le moi dans la théorie de Freud et dans la technique de la psychanalyse*. Paris: Seuil, 1954-1955/1978.

______. Remarque sur le rapport de Daniel Lagache: Psychanalyse et structure de la personnalité. In: _____. *Écrits II*. Paris: Seuil, 1960/1999. p. 124-162.

______. *Le séminaire. Livre VIII. Le transfert*. Paris: Seuil, 1960-1961/2001.

______. *Le séminaire. Livre X. L'angoisse*. Paris: Michel Roussan Publisher, 1962-1963/n.d.

LAZNIK, M. C. Os efeitos da palavra sobre o olhar dos pais, fundador do corpo da criança. In: ______. *A voz da sereia: o autismo e os impasses na constituição do sujeito*. Salvador: Ágalma, 1995/2004. p. 36-48.

______. Godente ma non troppo: le minimum de jouissance de l'Autre nécessaire à la constitution du sujet. *Cahiers de l'Association lacanienne internationale. Journées de l'ALI des 10, 11 er 12 mars 2006*, p. 13-27.

LEMAIRE, J. C.; TEBOUL, R. Une double catastrophe. In: Fondation Européene pour la psychanalyse. *La clinique de l'autisme – son enseignement psychanalytique*. Paris: Point Hors Ligne, 1993. p. 29-48.

OUTEIRAL, J. A clínica da criança e do adolescente. In: CATAFESTA, I. (org.) *Um dia na universidade conversando com Winnicott, Lacan e Klein sobre a criança e o adolescente*. São Bernardo do Campo: UMESP, 1999. p. 43-56.

SUTTER, A. L.; BOURGEOIS, M. *Les unités mère-enfant en psychiatrie périnatale*. Paris: PUF, 1996.

VANIER, A. D'une dyade à plusieurs. Quelques remarques à propos d'un travail avec des mères psychotique et leur nourrison. *Psycholclin*, n. 12, p. 39-50, 2001.

______. *Lacan*. Paris: Société d'édition les Belles Lettres, 2006.

WINNICOTT, D. W. *Os bebês e suas mães*. São Paulo: Martins Fontes, 1996.

______. *A família e o desenvolvimento individual*. São Paulo: Martins Fontes, 2005.

De uma díade (relação mãe-bebê) a várias

Algumas observações a propósito de um trabalho com mães psicóticas e seus bebês[1]

Alain Vanier[2]

Tradução: Anita Moreira da Silva

As incidências da psicose materna nos bebês e na evolução posterior da criança foram amplamente estudadas a partir do artigo inicial de Winnicott, em 1959. Diversas contribuições trouxeram elementos úteis para os clínicos (Anthony, 1969; Bourdier, 1972; David et al., 1981; Lamour, 1989 etc.). A partir de uma prática em hospital com

1 Texto estabelecido a partir de uma comunicação *Avaliação, apoio, orientação para as crianças de mães marginais no período perinatal*, em colaboração com a Dra. Nicole Pelletier, no IV Congresso Mundial da World Association for Infant Psychiatry and Allied Disciplines, Lugano (Suíça), 20-24 de setembro de 1989. Apoia-se também em diversas outras comunicações e publicações: *Ambiente e instituição*, comunicação à primeira jornada de estudo do Centro Médico de Vésinet, *Mães psicóticas, bebês, instituições não psiquiátricas,* Le Vésinet, 13 de outubro de 1989; A. Vanier, *Contribuição à metapsicologia do tempo dos processos psíquicos. Questões colocadas pela observação e a clínica infanto-juvenil*, tese de doutorado de psicopatologia fundamental e psicanálise, 1995, inédita. Foi publicada em francês: A. Vanier, "D'une dyade à plusieurs. Quelques remarques à propos d'un travail avec les mères psychotiques et leur nourrisson", em *Psychologie clinique*, n. 12, 2001/2002.

2 Psicanalista, antigo psiquiatra de hospitais, professor universitário, Universidade Paris Diderot, Sorbonne Paris Cité, CRPMS-EA3522, Paris.

estas pacientes e seus bebês, surgiram algumas questões que tentarei formular. Assim, pode uma instituição desempenhar algum papel neste tipo de incumbência? Quais são os efeitos do tipo de psicose? A identificação da estrutura tem interesse quanto ao prognóstico? A quais perspectivas metapsicológicas conduz este tipo de trabalho?

A instituição deve ser entendida não apenas sob uma vertente administrativa ou jurídica, mas, sobretudo, como organização simbólica, contexto – "campo de linguagem", como assim definiu Maud Mannoni a partir de José Bleger – no interior do qual passam a existir e a ter sentido as intervenções dos diversos protagonistas. Que a instituição possa funcionar como tal não é, com certeza, apenas um dado reduzido a uma junção organizada de profissionais de saúde, mas alguma coisa a se produzir. A instituição não pode se reduzir ao modelo da loucura freudiana: um determinado número de elementos discursivos a formam, enunciados, significantes, uma história, que determinam os lugares e os atos dos diversos protagonistas.

As condições administrativas e a orientação dos cuidados determinam a prática. O que era solicitado ao psiquiatra nesta área era dar uma resposta em função dos elementos de predictibilidade, ou seja, estabelecer um prognóstico que pudesse guiar um tratamento acima de tudo social da relação. Mas "a observação", o ambiente institucional, o estilo do trabalho, têm efeito sobre o que o médico procura descrever ou prever. No final das contas, a questão principal seria "saber" se devia-se esperar algum benefício para a criança e para a mãe na manutenção desta primeira relação, ou se estse laço seria de tal forma perturbado e perturbador que sua interrupção, mesmo precipitada, se revelaria preferível. Formulada dessa maneira, essa questão pode parecer simplista ou, ao contrário, totalmente teórica, uma vez que supõe que se possa arbitrar de antemão, ao passo que, nos fatos, a situação só raramente se apresenta com tal clareza estática quando é captada num movimento que envolve os observadores. O que quer dizer um termo como "primeira relação", que pode ser um *a priori*, uma vez que a angústia dos serviços envolvidos é tal que, na urgência, pede-se uma decisão em função de um prognóstico que assegurasse o saber do médico. Sem voltar ao debate entre Ernst Kris e Anna Freud, a noção de preditibilidade permanece, em nosso campo, a ser manejada com cuidado.

Trata-se de um serviço de convalescência pré e pós-natal, acolhendo mulheres grávidas bem como mães com seus bebês durante os dois ou até três primeiros meses do pós-parto, sendo a duração da estada, de qualquer modo, breve e limitada. A origem do serviço também tem interesse. No início, era um serviço de permanência pós-natal, com vocação mais social do que médica. Acolhia jovens mulheres, empregadas, lavadeiras, em sua maior parte provincianas instaladas em Paris, que "ficavam" grávidas e, perdendo seus empregos, encontravam-se em situação difícil. O desenvolvimento da contracepção e a evolução social foram aos poucos mudando a orientação do serviço. Essas mulheres em dificuldade com seu recém-nascido se tornaram drogadictas, mulheres marginalizadas socialmente, psicóticas oriundas de serviços de psiquiatria da região de Paris. Encontra-se, então, nesse serviço, uma população heterogênea de mulheres que somente têm em comum o fato de não disporem de nenhum lugar onde possam levar a cabo sua gravidez e iniciarem sua vida de mãe. Esse local de acolhimento para mulheres no fim do caminho tornou-se o "carro de apoio" da maternologia. Esta evolução histórica conduziu a um desenvolvimento muito importante do que existe no domínio da psiquiatria.

Mas questionar o que era, no início, a tarefa atribuída ao psiquiatra no serviço, não haveria de acontecer sem causar problema. Psiquiatra e psicólogos tinham certamente uma função discreta de acompanhamento, mas seu papel era "de orientação e avaliação" da relação mãe-criança. Era pedido a eles um parecer "técnico" numa equipe "multidisciplinar". Referir-se à psicanálise em tal prática conduziu à modificação do projeto, introduzindo aí a noção de acompanhamento ou, de preferência, a noção de uma decisão que deve emergir num trabalho *com* a paciente. O que caracteriza a instituição, por outro lado, está precisamente condensado na questão das mães psicóticas com seus bebês. Entre a objetivação subentendida pela demanda profissional e o projeto de uma abordagem que dá lugar à pessoa e à sua palavra, a tensão assim criada não era fácil de interpretar de maneira dialética.

Uma das primeiras constatações que pode ser feita é que, no momento em que se poderia pensar como sendo particularmente perturbador em vista da gravidez, bem como no pós-parto imediato, as mães psicóticas se apresentam de preferência numa fase de calma. Não se nota, o mais frequentemente, a recrudescência delirante e é, no conjunto, um momento de tranquilidade patológica, ao menos nos inícios, se a instituição desempenha de modo suficiente seu papel, se é suficientemente continente, embora esse termo não seja suficiente para significar o que está em jogo. Não se pode generalizar, mas é frequente que a ocorrência de momentos de agudização seja rapidamente resolvida.

Entretanto, se a gravidez se desenvolve de maneira mais calma, o elo entre o estado de gravidez e a vinda de uma criança não é sempre evidente para essas mulheres. Nas entrevistas mantidas com elas, em geral a criança é pouco imaginada, pouco lembrada, e a gravidez em si é muitas vezes assimilada a um distúrbio orgânico, quando não simplesmente negada. São, por outro lado, gravidezes reconhecidas tardiamente, muitas vezes no momento em que o círculo de amigos nota as alterações do corpo que se tornaram visíveis. Estas são, paradoxalmente, bem-suportadas na continuidade, mas pontualmente assumidas através de crises.

Uma de nossas pacientes, por exemplo, parou de se trocar, de se lavar, e só andava com uma roupa, um pijama uniformemente amarelo, que ela se recusava largar, dia e noite, durante várias semanas. Dois dias antes do parto, ela apareceu no serviço num domingo à tarde, gritando: "Tirem o que está na minha barriga e acabem com isso!". A crise será bem rapidamente resolvida pela oportunidade de vestir novamente o famoso pijama amarelo. Ela só poderá se trocar após o parto. A roupa terá tido a função de manter a integridade corporal, envolver o corpo pela sua função de superfície, de envoltório, num momento em que essa unidade estava particularmente ameaçada.

Os autores que trataram essas questões revelam que há, na maioria das vezes, o desejo de uma separação precoce da criança, em virtude dos elementos mortíferos dessa primeira relação. Para Françoise Dolto, essas mães devem ser apoiadas. De um lado, será preciso que essas crianças vejam seus pais, "elas escolheram essa mãe, e isso deve trazer benefícios se houver entusiasmo repentino. Quem há de dizer em que o comportamento não está de acordo com aquele que o ideal do desenvolvimento da criança tem de si próprio?". Será suficiente ajudar essa relação e dizer à criança: "Você tem razão, não é bom para você o que sua mãe acabou de dizer ou de fazer, é porque está doente da cabeça que ela age assim". Por outro lado, essas mães não devem estar muito presentes com seu filho, salienta Françoise Dolto, mas "mesmo em seu comportamento motor essa mulher serve de intermediário de um distúrbio mortífero. As pulsões de morte de uma psicótica se transmitem diretamente à criança, que salva sua mãe da ruína todo o tempo. O perigo de um filho de mulher psicótica - mas de mulher neurótica também - é que a criança é o primeiro psicanalista, psicoterapeuta de sua mãe".

"A criança a recarrega com sua energia. É preciso então separá-las no que se refere ao comportamento contínuo, aos cuidados, deixar a criança sob a responsabilidade da mãe é muito perigoso para a criança. Mas se esta não a vir, é também perigoso." Simplesmente será preciso que "lhe seja dito que a anomalia é a causa de não se poder deixá-la com sua mãe. Para isso, é preciso que a pessoa que acompanha a criança seja suficientemente maternal para aceitar ver uma mulher não reconhecer seu filho, por exemplo" (Dolto, 1988).

Essas tensões se encontram na prática institucional devido ao fato de que as equipes que se ocupam da mãe não são aquelas que estão destinadas a se ocupar da criança, e, portanto, está exposto um conflito entre instituições que se caracterizam por identificações diversas do pessoal cuidador.

Nosso trabalho, durante os primeiros meses da criança, permitiu constatar que a permanência numa instituição poderia permitir uma elaboração deste vínculo entre a mãe e a criança, simultâneo com um trabalho que permitisse a separação. Esta intervém em vários níveis: ou real, se se tornar necessária, ou, para essa mãe, a possibilidade de suportar o surgimento de uma desavença, de uma manifestação subjetiva da criança no interior de suas primeiras relações. O que quer que seja, a separação diz respeito a esse elo, e não se confunde com sua ruptura.

Madame H. é uma paciente africana que nos foi encaminhada pelo local onde se hospedava provisoriamente. Ela já tinha outro filho de quatro anos, já entregue a uma família de adoção. Era acompanhada de vez em quando por uma equipe psiquiátrica e pela equipe da Assistência Social à Infância que se ocupa do primogênito.

Ela acaba de dar à luz uma menininha que a acompanha no serviço. Ela lhe deu seu prenome. Como a criança não foi reconhecida pelo pai, ela tem exatamente a situação civil de sua mãe. Imediatamente uma confusão se instala no eixo da temporalidade ordenada pelas gerações. Esta identidade de prenomes, ou a filiação pelo prenome, sobretudo quando a criança é uma menina, nos surpreende por sua frequência. Evidencia o desafio narcísico na relação da mãe com a criança. É uma colocação narcísica que é quase o registro do duplo total, relação especular, sem falha, não permitindo o reconhecimento da alteridade. Essa relação especular é marcada por determinado número de manifestações ligadas ao olhar.

O nome próprio permite inserir-se na ordem de uma sucessão genealógica, e marcar assim um lugar simbólico. Sob essa faceta, o sobrenome remete a uma origem que pode ser mítica, como nas grandes famílias da aristocracia francesa. Os *Lusignan* pretendiam descender da fada *Mélusine*, os *Bourbon,* de Hércules etc. Do lado da mãe, do lado biológico, não há, a este propósito, filiação no sentido simbólico que seja conquistada na dúvida pela denominação; a origem certa, biológica e real seria, em última instância, do tipo do ser unicelular. De um lado, uma origem articulável somente como mito; de outro, um real desmitificado. Quanto ao prenome, não tem a mesma função que o sobrenome, e permite inserir uma diferença na geração.

* * *

A senhora H. está numa relação extremamente ambivalente com sua filha: ela não quer ser separada, o que poderia invalidá-la como mãe. Antes de se internar no hospital, ela trouxe para o parto sua própria mãe da África, para onde a mãe retornou tão logo ela entrou no serviço.

Por ocasião de sua chegada ela estava bastante querelante, dizia coisas estranhas, suas palavras cessavam sem razão aparente, e ela evitava o olhar. A senhora H. não nos olha nos olhos quando fala conosco, tampouco pode olhar nos olhos de sua filha. Ela dá a mamadeira ao seu bebê à distância: ele está deitado na cama de sua mãe, ela própria de pé, o olhar fixo no chão; a mamadeira é dada com o braço estendido ou colocada na cama, sobre almofadas, para que a criança possa tomá-la sozinha.

As venezianas do quarto e as cortinas estão fechadas permanentemente, no que ela diz o esboço de um delírio de estar sendo vigiada.

A criança é embrulhada nua nas cobertas. Mais frequentemente ela está deitada na cama, contra o corpo da mãe, ou colocada no berço no outro canto do quarto. A especialista em puericultura, que se ocupa dela, descreve o primeiro dia: "A criança mama muito mal e dorme muito. Digo à mamãe para olhar para a tomada da mamadeira e não para o bebê, o que ela aceita, mas tem necessidade de minha presença". Bem rapidamente, propomos à senhora H. que deixe a criança no berçário. Informamos a ela que a criança poderá vir para o quarto quando ela assim o quiser, mas também lhe pedimos que venha para dispensar ao bebê alguns cuidados. Isto é, na presença de terceiros, como a especialista em puericultura, de modo que esta possa falar com ela e com a criança, possa falar com ela na presença da criança e possa se dirigir à criança em sua presença. Para proteger sua filha daquilo que sente como mortífero e perigoso, ela confiará cada vez mais nas especialistas em puericultura. Rapidamente, veremos voltar nessa menininha a série de sinais quanto aos quais tínhamos sido alertados.

A senhora H. vai gradualmente, ao longo da estada, usufruir dessa distância que estabeleceu com a criança. Mas essa distância, como tal, não pode protegê-la totalmente. É necessária alguma coisa a mais do que simplesmente o afastamento. Concebemos por outro lado que se o estabelecimento da distância bastasse para ordenar esta relação, nos encontraríamos diante de uma solução fóbica para um problema que se apresenta num outro nível.

Um mês mais tarde, a especialista em puericultura observa: "Eu coloquei a criança em seus braços, voltada para ela, ela a olhou, falou, chamou-a de 'minha pequena'". Esse bebê, que dormia muito, que se alimentava mal, agora acompanha com o olhar: fica atento quando se fala com ele. Seu tônus está normal. Nesse dia, a paciente se admira de ver seu bebê "em pé", isto é, apoiando-se em seus antebraços. Ela diz: "Ela mudou, minha pequena". Apoiada nessa revalorização narcísica é ela que vai mudar e deixar seu bebê cada vez mais no berçário. Delega cada vez mais à equipe a missão de cuidar de sua filha, dando-lhes ordens como se se tratasse de pessoal do serviço doméstico. Felizmente, a equipe aceita esta falsa aparência, a instauração deste jogo, que tem ramificações delirantes. No dia de visita da família adotiva – uma vez que há a questão de colocação da menininha – ela dirá: "A especialista em puericultura vai lhes falar de minha filha; é ela quem se ocupa do bebê quando eu não estou aqui". No entanto, o acompanhamento da evolução de sua filha é complicado, ela virá a ter as maiores dificuldades para passar a um tamanho maior de fraldas, continuando a usar as de tamanho menor.

As entrevistas regulares com a mãe revelam que essa criança é responsável por regulamentar a questão de seu lugar como indivíduo. Essa criancinha chegou num momento em que sua mãe se encontrava completamente perdida, sem referências familiares ou institucionais de qualquer tipo. Na realidade, a colocação de seu primeiro filho em família adotiva - a palavra "colocação" é particularmente importante, e volta regularmente naquilo que ela diz - permitiu-lhe encontrar a sua: pessoas para assumi-la e orientá-la, bem como para uma ajuda financeira substancial. Para este novo nascimento, ela espera a mesma circunstância, isto é, encontrando uma colocação para esta filha que é sua homônima, encontrar a sua. Desta evolução vem o surgimento ou a explicação do delírio de filiação: ela não é africana, mas francesa, de qualquer forma quer ser reconhecida assim, e é de sua filha que ela ganhará essa nacionalidade reivindicada. Estranha construção onde o delírio com a inversão da filiação - ela terá a nacionalidade de sua filha - mistura-se ao que é provável das disposições legais.

Por meio do desenvolvimento do delírio, a situação se modificará: ela está menos atormentada, pode abrir as cortinas e venezianas, pode sair novamente. Vai rapidamente, sem que saibamos, buscar um emprego e encontrar um lugar num centro de assistência para o trabalho, ajudada pela sua equipe de ala. Pouco a pouco, ausentando-se regularmente como uma mãe que sai para trabalhar, ela confia, a cada manhã, sua filha ao berçário que, assim, funciona "como uma creche". Ela visa nesse momento, e até pede, a colocação de sua filha em família de adoção. Não obstante, desaparece alguns dias antes da partida da menina, retomando contato mais tarde pelo telefone, e parecerá, desde então, pouco interessada pelas tentativas de colocação.

* * *

Outra paciente... senhora A. Sua psicose se situa não numa vertente esquizofrênica, mas, sobretudo, na paranoia. Daremos aqui apenas alguns elementos para formar um quadro clínico, mais do que um relatório minucioso. É uma mulher de mais de quarenta anos, com uma primeira gravidez inesperada, mas ela parece particularmente feliz.

Tem um grande delírio de perseguição, muito sistematizado e mais para estável, que diz respeito à administração onde ela é empregada. Esse delírio se realiza principalmente por intuições e interpretações, não se observam alucinações.

A estada no serviço, bem antes do parto, se passa num ambiente quase eufórico. O local é protegido, inatingível pelos perseguidores. Existe um pai para esta criança, muito presente, mas bastante singular, que reconhecerá a criança antes do nascimento, mas desaparecerá - provisoriamente - no final da hospitalização.

Após o parto, ela não se sente mais em segurança no serviço. Desde o dia seguinte, ela viu no jardim um pequeno caminhão branco. Ele pertence, sem dúvida, aos perseguidores que ela indica. O local é acessível, pode-se penetrá-lo. Ela passará por um período bem agitado, alertando a polícia - que ela chama ao serviço - ou na casa de seus parentes, que ela também sente que está sob ameaça, o que é sem dúvida uma modalidade de questionamento da filiação. Ela fica entrincheirada em seu quarto, e mesmo sendo eu o único a poder entrar lá, ela mantém, no entanto, um sistema de relações corretas com a equipe. Ela aceita e até pede que sua filha fique o máximo de tempo possível no berçário, enquanto ela própria permanece trancada em seu quarto. A criança se encontra, para ela, fora do circuito da perseguição.

Pode-se pensar agora na noção desenvolvida por alguns autores acerca da implicação da criança no delírio. Aqui, a criança não é totalmente excluída, mas o perigo aparecerá somente após a puberdade. Essa menininha ficará no berçário e sua mãe virá cada vez mais de forma a lhe dispensar os cuidados necessários, cumprindo seu dever particularmente bem. Não se pode dizer que esta relação seja marcada por um grande calor, mas os cuidados são adaptados e com qualidade suficiente para que a criança não apresente nenhum problema especial. Ela explica, por outro lado, sua reserva em relação à filha, dizendo que só pode pensar nela vendo-a como adolescente. Ela nos comunica suas múltiplas inquietações relativas a essa futura mocinha, seus círculos de amizade, a saída do liceu, a droga, a delinquência e, com certeza, o interesse que vai despertar em relação aos seus perseguidores. Da criança atual, ela fala pouco: "É como um cãozinho de estimação", e se admira de que haja interesse em falar com ela, o que ela faz. Contudo, ela se sente orgulhosa e a apresenta com alegria.

Neste tipo de delírio, a criança é menos aquela do duplo do que a do ideal. Isso supõe que essa instância está ativa e funciona. O prenome que ela escolheu para criança assim o comprova. Seu nome de família é o mesmo de uma atriz muito famosa, e ela decidiu dar à criança o mesmo prenome da atriz. A única infelicidade, nesse caso, foi que o pai reconheceu a criança primeiramente, e a homonímia não deu certo. Ela pensa em apagar o sobrenome paterno para que o seu o substitua.

O serviço será uma proteção mais ou menos eficaz, conforme o momento, contra os perseguidores que ela vê pululando nas portas, no jardim etc. É com alívio que ela irá encontrar o juiz para a infância, pedindo proteção para ela e para sua filha. Voltará tranquilizada com o sentimento de ter colocado sua filha fora de perigo.

* * *

Nestes casos, sucintamente evocados, a instituição funcionou como um terceiro elemento e, de início, como elemento de segurança. Nos momentos em que a mãe se sente ameaçada, ou se torna ameaçadora para sua criança, a instituição oferece segurança efetiva. Mas permite também o arranjo possível da situação. Aqui, esse arranjo se inicia no serviço por uma colocação a distância sem o abandono brutal de um domínio imaginado, que se deslocará e continuará através das ordens que ela dará ao "pessoal".

Mas a instituição intervém como terceiro elemento em um outro nível. Esse terceiro elemento falta não apenas realmente, porque se trata muitas vezes de mães sozinhas, sem a presença de um pai que reconheça a criança, mas ausente devido ao fato da patologia da mãe. E é para a instalação desse terceiro elemento necessário a toda estruturação de uma pessoa que essa mãe não pode levar sua criança. De certa forma, e num primeiro nível, as regras de vida da instituição, a presença do pessoal cuidador, vão fornecer algo que pode funcionar ao mesmo tempo numa vertente mediadora e simbólica para a criança, mas também como prótese do eu [*Moi*], apoio narcísico para a mãe na relação eminentemente difícil que ela tem com seu bebê.

É um verdadeiro *holding* da mãe com a criança que é arranjado, com extrema flexibilidade da assunção de cada uma, determinada em função da clínica diária. Mas o termo *holding* não é suficiente para dar conta de tudo que está em jogo, ou pelo menos para lhe dar todo o alcance que Winnicott lhe dá. A mediação é mais do que isso, mais do que se vê das maneiras de levar a criança no colo.

Este tempo não termina necessariamente numa separação. O ambiente parece determinante para considerar um futuro associando mãe e filho. Mas o ambiente não é o campo materno do qual a criança precisa: ele inclui a mãe, é o espaço em função do qual se agenciam as relações da criança e da mãe. Quando esse ambiente existe, a separação não está menos em jogo. Nosso trabalho não terminará numa separação real: a mãe e a criança voltarão, por exemplo, à casa da família, mas esse trabalho terá criado um lugar onde o terceiro elemento fundamental poderá ser retomado pelo ambiente encontrado na casa. É este tempo de separação, este primeiro começo todo arcaico, que é um momento particularmente determinante. De certa maneira, sabe-se que, para essas mães, o nascimento não constitui exatamente falar de uma ruptura propriamente dita, a ruptura real dos corpos não constitui uma separação no sentido simbólico.

Há um momento particularmente difícil de negociar nesta relação. É o que Winnicott destacava em seu artigo de 1959. Ele relata o caso de Esther, cuja mãe, psicótica, ocupa-se dela somente durante os primeiros meses de vida. Ao final de um tempo, essa mãe começa a se portar de maneira estranha. Após uma noite de insônia ela se põe a vagar num campo perto de um canal, olhando um velho policial cavar um buraco. Ela vai em seguida até o canal para aí jogar o bebê. Não comentaremos aqui, embora tudo tenha importância, nem o policial, nem o fato de o bebê ter sido jogado, ou deixado cair etc. Mas notamos que esse "deixar cair" remete a uma certa função do bebê como objeto, um objeto particular que Lacan chama de objeto *a*, e cuja função Winnicott circunscreve lembrando que se o bebê não é carregado no colo, ele cai "infinitamente" (Winnicott, 1965). Para Lacan, a criança tem este status de objeto *a* para a mãe, o que inclui a separação com a condição que esse objeto seja falicizado, isso é, referido à falta, o que supõe um lugar terceiro na estrutura entre a mãe e a criança, que o conduzirá a propor o termo paradoxal de triângulo pré-edipiano. Na falta desse ajuste, só há separação real, onde o objeto se manifesta como lixo, devendo ser jogado, pois é condensador de um gozo sem limites, mortal.

Guardaremos que Winnicott escreve que essa mãe pôde dar uma primeira partida à criança, e a ele lhe parece que as dificuldades surgiram no momento em que a criança procurava ser distinta dela. Essa separação só pode se fazer para ela por uma queda real. De fato, nos primeiros meses, qualquer coisa que seja da ordem da articulação da demanda introduz para essas mães a difícil questão da alteridade. A demanda só ocorre se os gritos da criança puderem ser qualificados, *a posteriori*, como apelo (Freud, 1956), isso é, se a mãe pode dar a esses gritos o valor de uma demanda que lhe é dirigida. Desse ponto de vista, sob a perspectiva introduzida por Piera Aulagnier, "a mãe, porta-voz, tem uma função de antecipação de onde procede 'a sombra falada' como esboço, matriz do Eu [*Je*], evidenciando que, antes de falar, já é falado" (Vanier, 2000).

Essa antecipação não é da ordem da observação; é uma divergência temporal, responsável por uma deiscência, que é violência para o EU [*Je*] (Mijolla-Mellor, 1998).

De outro ponto de vista, é preciso que a mãe suponha um sujeito no bebê (Vanier, 1995). Suposição não é certeza, mas crença, fé, que é uma leitura desta credibilidade necessária, como continuidade desse suporte do ser. Essa suposição de sujeito implica um lugar, o do Outro, de onde ela pode se apoiar. Esse sujeito suposto é conduzido pela mãe e o conjunto é representado imaginaria e retroativamente pela ideia de fusão, de simbiose, é uma faceta essencial do *holding*. Na realidade, é assim que o sujeito já está lá, na mãe, que o concebe separado, que o faz existir, supondo nele um saber. Essa posição se manifesta para o analista na prática com crianças autistas, o que a análise de Dick por Melanie Klein demonstra (Vanier, 1999). Para poder falar com ele e falar por ele, ainda é preciso que a mãe formule a hipótese de um saber (Bergès; Balbo, 1998), que implica um sujeito necessário para esses pensamentos. O sentido não é produzido pela criança, somente volta a ela se a mãe lhe puder dar como tal.

A criança como sujeito é levada no colo pela suposição da mãe que assim a estabelece. Com a condição de supor um saber na criança, um saber sobre o objeto que ela poderia demandar, esta pode transformar o grito em apelo. Porque, acima de tudo, ela supõe que há uma demanda; ela pode, *a posteriori*, interpretar esse grito como lhe sendo dirigido, como um apelo que lhe é feito. Há, então, uma dificuldade para situar numa cronologia a ideia de um primeiro tempo de apelo que será em seguida reconhecido como tal pelo Outro. Reencontramos esta função da suposição de saber na transferência, no centro da relação analítica, mas também em toda relação de um com o Outro. Na psicose, não é o saber que é apagado, é a suposição. É esta que introduz e evidencia a instalação de uma dimensão terceira na relação dual.

Por outro lado, a demanda supõe uma outra relação com o Outro, a possibilidade de alguma coisa removível, que possa circular como elemento da troca. Em algumas mães esquizofrênicas, nos problemas da relação identificatória que possam ter com seu bebê, notaremos que a alimentação da criança é frequentemente regrada pelas suas próprias sensações de fome e não pelas manifestações do bebê. Essa situação pode ser desagregadora para essas mães, quando elas se encontram como agarradas no que pode se apresentar como demanda. Quando um objeto se destaca, parcial, supõe a inscrição de uma primeira temporalidade, ligada à dimensão da ausência.

O objetivo de um trabalho com essas pacientes é, então, poder dar-lhes um lugar na história dessas crianças, e ao mesmo tempo permitir alguma coisa que faça que, de alguma forma, *a separação surja a partir do interior de sua relação*, e não do exterior sob a forma de uma decisão médica ou social. Mas esta elaboração parece impossível de modo não catastrófico, se faltar um enquadramento que a permita. É precisamente o que designamos como função na instituição.

A experiência da cura analítica com os adultos o revela: um pai ou uma mãe paranoicos podem ter uma função normativa, ainda que perturbadora. Por outro lado, na esquizofrenia, quando ela toca a mãe, uma vez que interfere de forma maior na questão do corpo, parece que as perturbações no início desse elo são bem mais danosas. Há, no polo paranoico, do Outro, mesmo se essa instância não for separada; ela falta, pelo contrário, na vertente esquizofrênica. O corpo na esquizofrenia, diferentemente da paranoia, é fragmentado de um modo pulsional, órgão por órgão, porque a própria linguagem não pode ser um órgão. O esquizofrênico não pôde encontrar função a esta palavra que o assombra, é uma linguagem que não tem lugar, não tem órgão, embora tenha uma função. Seguramente, para a psicanálise o campo da linguagem não tem órgão adequado, é o que a castração significa. O neurótico dá um sentido sexual ao discurso, pois, mesmo que seja inadequado para propriamente falar, o órgão funciona. O esquizofrênico não chega a se imaginar em torno de um objeto, diferentemente do paranoico, o que explica sua dificuldade de delirar. Será necessário que alguma coisa possa funcionar como mediador para a mãe e a criança, continente corporal que não é garantido por ela, e terceiro possível para a criança.

É aqui que é possível colocar a função da instituição, constitutiva também do ambiente, de um ambiente ordenado pela palavra e pela linguagem, sob a condição de não rebater a noção de *holding* em cima de um simples comportamento de maternagem. Assim, é possível não considerar imediatamente soluções globais, prognósticos, mas, ao contrário, poder abordar cada situação que, segundo Winnicott, "deve ser objeto de um exame bem atento" (1999). Às indicações fornecidas pela identificação da estrutura, a inclusão ou não da criança na patologia materna, em seu delírio, pode se acrescentar esta dimensão da suposição subjetiva pela qual uma mãe promove seu filho à existência.

Referências

ANTHONY, E. J. Clinical evaluation of children with psychotic parents. *American Journal of Psychiatry*, n. 126, p. 63-70, 1969.

BERGÈS, J.; BALBO, G. *Jeu des places de la mère et de l'enfant*. Essai sur le transitivisme. Ramonville Saint-Agne: Érès, 1998.

BOURDIER, P. L'Hypermaturation des enfants de parents malades mentaux. *Revue Française de Psychanalyse*, n. 1-36, p. 18-42, Paris: PUF, 1972.

DAVID, M. et al. Danger de la relation précoce entre le nourrisson et sa mère psychotique, une tentative de réponse. In: *La psychiatrie de l'enfant*, tome XXIV, n. 1. 1981. p. 151-196.

DOLTO, F. Conversation, entretien avec C. Mathelin et A. Vanier. In: *L'enfant et la psychanalyse*. Paris: Esquisses Psychanalytiques, 1988.

FREUD, S. *La naissance de la psychanalyse, Lettres à Wilhelm Fliess, notes et plans*. Trad. A. Berman. Paris: PUF, 1956.

LAMOUR, M. Des nourrissons de parents psychotiques. In: LEIBOVICI, S.; WEIL-HALPERN, F. (dir.) *Psychopathologie du bébé*. Paris: PUF, 1989.

MIJOLLA-MELLOR, S. *Penser la psychose*. Une lecture de l'œuvre de Piera Aulagnier. Paris: Dunod, 1998.

VANIER, A. Autisme et théorie. In: *Hommage à Frances Tustin*. Saint André de Cruzières: Audit; traduzido em português: Breves apontamentos sobre o autismo. *Estilos da clínica*, v. IV, n. 7. São Paulo: Instituto de Psicologia, Universidade, 1999.

______. *Contribution à la métapsychologie du temps des processus psychiques. Questions posées par l'observation et la clinique infanto-juvénile*. Paris: Université Paris7-Denis Diderot, inédita, 1995. (Tese de doutorado, orientação de P. Fedida)

______. Quelques remarques sur le « Je » et le sujet. In: *Topique*, n. 71. Paris: L'Esprit du Temps, 2000. p. 133-140.

WINNICOTT, D. W. On the contribution of direct child observation to psycho-analysis. In: ______. *The maturational processes and facilitating environment*. Madison: IUP, 1965.

______. The effect of psychotic parents on the emotional development of the child. In: ______. *The family and individual development.* Londres: Tavistock Publications, 1965. (reeditado por Routledge, 1999)

Psiquiatria perinatal e sofrimento do bebê

Brigitte Hahusseau[1]
Tradução: Marina Bialer

A partir de minha experiência como psicóloga em hospitalização psiquiátrica em unidade mãe-bebê, vou abordar a questão do sofrimento do bebê confrontado à patologia psiquiátrica de sua mãe. Inicialmente, vou apresentar a unidade e o cuidado terapêutico; depois, as manifestações do sofrimento da criança pequena; em seguida, utilizarei duas apresentações clínicas como ilustração.

No decorrer dos anos de funcionamento da unidade (aberta em 1986) em regime diurno, Annick Chauvin[2] (1995) constata um sensível e constante aumento de mães manifestando problemas psiquiátricos graves desencadeando importantes problemas relacionais mãe-bebê já associados a problemas na criança e é por isso que ela trabalha para a criação de uma unidade de hospitalização em horário integral. Após muitos anos de discussões e subterfúgios em diferentes níveis institucionais, o projeto se concretiza: a Unidade Mãe-Bebê (UMB) é criada em 2007.

1 Psicóloga - EPSAN - service I02 - Brumath 67170.

2 Médica - responsável pelo Hospital-dia "La Frimousse" - EPSAN - serviço I02 - Brumath.

As duas unidades se situam no térreo do hospital em uma nova construção; esta, em forma de U, tem no seu centro um pátio comum e, no interior, um longo corredor que permite a passagem tanto dos cuidadores quanto dos pacientes de uma unidade à outra. As grandes janelas das sacadas funcionam como fachada e separação dos ambientes comuns (sala de jantar, sala de jogos, sala de TV), deixando um pouco de espaço à intimidade do laço mãe-bebê em construção e ao trabalho de *holding* psíquico e físico da parte dos cuidadores (puericultores, enfermeiros, auxiliares de puericultura). Tais construções em vidro permitem, no entanto, a observação a distância da relação dinâmica e uma visibilidade contínua; consequentemente, as mães podem sentir o olhar de um terceiro como continente e tranquilizador ou, ao contrário, como invasivo e mesmo persecutório.

A Unidade Mãe-Bebê (UMB) em período integral

A capacidade de acolhimento da UMB é de quatro leitos adultos em quartos individuais e de cinco berços (gêmeos) no berçário para bebês com menos de dezoito meses. A duração da hospitalização é limitada ao máximo de três meses de modo a evitar os fatores de carência na criança, devidos à descontinuidade dos cuidados em função dos distúrbios da mãe e da multiplicidade de cuidadores nos diversos horários da equipe.

• As indicações

As indicações de hospitalização em UMB são patologias psiquiátricas agudas do pré ou pós-parto, seja uma depressão, seja uma descompensação no decorrer de uma psicose crônica, ou uma psicose puerperal. Trata-se de pacientes grávidas ou mães de crianças pequenas - que podem nos ser encaminhadas pelos serviços de maternidade, de Proteção Materno Infantil (PMI) e de psiquiatria geral - para uma hospitalização em UMB. A demanda pode ser formulada pela própria mãe ou pela família.

• O tratamento

Como é de se esperar, o tratamento em UMB necessita de um trabalho de ligação com os serviços de psiquiatra geral do hospital ou da região, assim como com a rede médico-social, no início e na continuação do tratamento. De acordo com a evolução dos problemas maternos, não é possível o retorno da díade ao domicílio sem acompanhamento. Pode-se, então, propor consultas no ambulatório, a manutenção da hospitalização durante o dia, em paralelo a visitas domiciliares de uma enfermeira do serviço, o acompanhamento da PMI ou até mesmo de uma creche. No outro extremo, quando a alta hospitalar não é possível, a mãe será transferida ao setor de psiquiatria geral próximo à sua residência. Quanto ao bebê, um retorno à família de origem, se possível, será proposto; se não, haverá a entrega de guarda/adoção temporária em família substituta, alicerçada numa decisão judicial decorrente do assinalamento de uma situação de risco. Nesta eventualidade, a hospitalização conjunta permite preparar esta separação de modo que ela se torne uma solução aceitável, mesmo tranquilizadora, confortadora. De modo geral, parece-nos importante refletir sobre a preparação da saída da UMB logo após a admissão.

• O projeto terapêutico

O objetivo destas unidades é tratar a mãe acompanhada de seu filho em um enquadre que permita a ambos desenvolver interações, ou então tratá-las, estabelecendo uma relação objetal dificultada pela patologia mental materna. O que é específico dessas hospitalizações é a dimensão da atenção ao laço que se tece entre a mãe e o seu bebê, pois tal hospitalização tem uma dimensão terapêutica "historicizante" justamente para os bebês separados das mães na alta hospitalar, pois lhes terá permitido inscrever o laço com sua mãe, favorecendo posteriormente a elaboração dessa separação (Nezelof; Cazas; Sutter-Dallay; Glangeaud, 2005).

O cuidado é de "ser/estar com" no cotidiano; esse acompanhamento da mãe nos cuidados primários ao bebê constitui para a mãe e para a criança um verdadeiro apoio. No entanto, neste lugar a criança é submetida a múltiplos cuidados por parte de cuidadores – em outros termos, há uma multidão de maternagens substitutivas e diferentes que se dirigem a ele; o bebê deve, então, adaptar-se a esses múltiplos colos, assim como às múltiplas tonalidades de voz e de entonação que podem impedi-lo de se referir a uma musicalidade fixa como primeiro suporte da linguagem (Isserlis, 1994).

Evidentemente, o tratamento é estendido ao pai. Se o pai está presente – e se o deseja – ele é associado ao projeto terapêutico. Ou seja, o pai é intensamente solicitado a participar das consultas médicas para expressar seus sentimentos quanto ao presente, ao futuro próximo e ao médio prazo. Trata-se de sustentá-lo no seu lugar de pai deste bebê, assim como de sustentar o seu lugar ao lado da sua companheira "doente". Além disso, o pai de primeira viagem se encontra com frequência desorientado, confrontado aos comportamentos tão inesperados quanto incompreensíveis de sua mulher (Hahusseau; Pflumio, 2001). O período de hospitalização é, desse modo, para o pai, um teste difícil, mesmo quando ele vai bem.

Segundo um estudo, somente cerca de 9% dos pais apresentavam dificuldades psicológicas que haviam exigido hospitalização em psiquiatria ou mesmo tratamento ambulatorial (Glangeaud-Freudenthal, 2008). O pai também é implicado nas consultas com finalidade psicoterápica; ele pode encontrar a equipe, os horários de visita são personalizados, ele pode oferecer os cuidados de puericultura a seu filho, compartilhar com sua companheira uma refeição na sala de visitas organizada para essa finalidade. O pai também pode sair sozinho com o seu filho em saídas de duração singularizada, definidas caso a caso de acordo com o pedopsiquiatra.

É importante também trabalhar com os avós, particularmente a avó, de modo a destacar o lugar de cada um na cadeia das gerações.

O tratamento se situa também num nível duplo: o nível das interações comportamentais articulado ao nível das interações fantasmáticas. No entanto, muitas pacientes recebem tratamento medicamentoso que pode ter efeitos deletérios no nível das interações que possam ter com seus filhos.

- **A hospitalização: um enquadramento espaço-temporal**

A hospitalização oferece um enquadramento intemporal. Trata-se de um "espaço-tempo que, suspendendo o advir, permite viver no presente" (Sarfaty; Amzallag; Marcilly; Durand, 1994).

Além disso, a instituição possui um ritmo que oferece também um continente para a mãe e o bebê para quem a antecipação dos tempos de cuidados é organizadora de seu desenvolvimento cognitivo e psíquico. Esta ritmicidade de experiências deve ter uma regularidade de modo a ser organizadora de uma base de segurança do bebê, garantindo o desenvolvimento do pensamento pela ilusão de continuidade que assegura (Ciccone, 2005). A propósito da ritmicidade das interações, os macrorritmos e os microrritmos favorecem a emergência de protopensamentos (Marcelli, 2006). Mãe e bebê têm também ritmos diferentes, e é nessa discrepância que a diferenciação entre mãe e bebê pode se inscrever (Morisseau, 2003).

A instituição permite assegurar relativa continuidade relacional. Assim sendo, o enquadre da unidade vem assegurar uma atmosfera de segurança afetiva, de continente, como faria uma mãe com seu filho. É este *holding* que cria o ambiente institucional que assegura o suporte narcísico para as mães e a continuidade dos cuidados. Para Winnicott (1983), esse *holding* conduz à "edificação das primeiras relações objetais da criança e de suas primeiras experiências de gratificações instintivas". O *holding* institucional pode favorecer os investimentos relacionais dessas pacientes.

Outro psicanalista, Bion, supõe que, desde o nascimento a criança tem experiências subjetivas que são mais vivências corporais do que experiências emocionais. Disso, a criança não pode fazer nada sozinha: deve expulsar tal experiência em outro psiquismo capaz de recebê-las e transformá-las em uma experiência que tenha um sentido - e que o psiquismo possa assimilar e conservar. É o psiquismo da mãe ou do substituto materno que deve fazer esse papel. Dentro do psiquismo materno, os elementos beta são transformados em elementos alfa pela função alfa da mãe. A criança introjeta os "elementos alfa" e, progressivamente, a "função alfa" da mãe que poderá executar ela mesma de modo cada vez mais autônomo. A partir de então, a criança construiu seu aparelho para pensar (Houzel, 1999).

O sofrimento do bebê

É preciso, ainda, reconhecer o sofrimento do bebê para tratá-lo.

É frequente que a patologia materna ocupe o foco das atenções no sofrimento da díade e gere o mau funcionamento interacional desde muito cedo. Ainda mais que nossas próprias reações de defesa nos conduzem espontaneamente em direção a um movimento de negação desse sofrimento que afeta o bebê escondido dentro de nós mesmos. Esse mesmo sofrimento vai depender, todavia, também do bebê que mantém suas capacidades de resposta relacional (Dagens-Lafont, 2009).

Não obstante, de que maneira o bebê pode nos comunicar seu sofrimento? Com o bebê, por falta de podermos basear nossas investigações sobre as representações ideo-verbais, somos levados a observar seu comportamento infraverbal, corporal, funcional e somático como indícios reveladores de seu funcionamento psíquico. A criança se serve, assim, de seu corpo para se expressar, mesmo que com as crianças muito pequenas possa ser difícil falar de "sintoma" e, ainda mais, de interpretação (Golder, 2002).

Observar nos permite continuar centrados sobre a criança, fazer esforços para ir em direção à criança - e ser menos invadidos pela patologia materna. Esta atenção psíquica permite não ceder à negação do sofrimento do bebê: permite conferir ao bebê uma vida psíquica. Essa atenção tem papel fundamental para o crescimento psíquico uma vez que permite pensar o bebê e pensar como bebê, para além da coleta de informações. Estas observações são, portanto, receptivas e sustentadoras para a sua vida psíquica. É preciso também tomar distância em relação a nossos próprios movimentos transferenciais em relação ao bebê e/ou contratransferenciais em relação à mãe.

Nossa atenção também se direcionará ao corpo da mãe no sentido de que o seu psiquismo se transforma em linguagem corporal. Consequentemente, o corpo da mãe fala com seu bebê através dos cuidados, do colo, da apresentação do objeto e também através das expressões de emoções - e do deciframento que o bebê pode fazer destas expressões de emoções no corpo e no rosto de sua mãe (Couetoux, 2003).

A fragilização habitual dos bebês já tomados pela imprevisibilidade e as dificuldades destas mães quanto a respeitar a boa distância, rapidamente incita-os a atitudes fisiológicas de defesa, como os problemas de tônus, a hipervigilância, a fuga do olhar, os sobressaltos, o sono prolongado, as recusas alimentares - todos signos de expressão fisiológica e somática que um sentimento global de mal-estar do bebê vem formalizar (Morisseau, 2003).

Os cuidados corporais que a equipe dedica aos bebês dão-lhe um conhecimento específico do bebê. Durante a mamada, por exemplo, as cuidadoras estão atentas à qualidade do olhar, que pode se direcionar a elas ou aos objetos em torno, direcionando-se depois para elas e se acalmando. Onde a mão está colocada neste momento? Sobre a mamadeira? Sobre a mão do adulto? Relaxada ou agarrada na mão da cuidadora? Punhos cerrados ou dedos separados? E assim por diante. Também, qual é o ritmo da sucção?

O modo como as crianças estão presentes durante os cuidados, o prazer compartilhado ou seu contrário, são elementos que permitem aos cuidadores compreender o estado do bebê e ajustar suas atitudes. As observações feitas 24 horas por dia permitem aos cuidadores avaliar os ciclos do bebê e suas desorganizações ao longo do dia em função da fadiga, da satisfação ou da necessidade de "descarga". O colo é um bom indicador do estado do bebê: um bebê agradável de se carregar, cujo corpo acompanha o cuidado, ou o tônus que não se adapta ao modo como os cuidadores o carregam. A sensação percebida durante o cuidado é um testemunho a mais da fragilidade do bebê.

Concretamente, os meios de notar o sofrimento do bebê se resumem a um olhar, uma escuta dirigida exclusivamente em direção ao bebê. Trata-se de uma observação não formalizada do bebê no enquadre da sua vida cotidiana na unidade e, uma vez por semana, as cuidadoras trocam com a psicóloga suas observações da semana, com o objetivo de avaliação dos cuidados da mãe a seu filho por meio de um instrumento específico – instrumento que é pretexto à discussão em torno do colo, da interação e das emoções, e de como estão sendo sentidos. Não devemos esquecer que as cuidadoras estão em primeira mão para perceber esse sofrimento expresso de um modo muito arcaico e às vezes muito discreto. São as crianças ausentes, com ar sério, silenciosas, que não chamam quando acordam e que podem permanecer imóveis muito tempo na própria cama ou mordem incansavelmente a etiqueta de seu bichinho de pelúcia.

Além disso, tais crianças também são pouco interativas espontaneamente. Na idade de atividade autônoma, elas descobrem por si próprias suas possibilidades motoras e, a partir deste fato, seu corpo; brincam sozinhas e se dirigem a um adulto sem estarem em posição de demanda.

É importante notar que, na admissão, o estado de saúde do bebê é geralmente bom. No entanto, um exame pediátrico semanal faz parte do tratamento do bebê.

Nesse estado de dependência absoluta, no qual a criança pequena necessita que sua mãe esteja preocupada com os cuidados infantis, pode ser muito perturbador encontrar, de repente, sua mãe preocupada com outra coisa, com algo que pertence somente à vida pessoal dela. Uma criança pequena nessa situação se sente infinitamente abandonada.

Na clínica, isso pode se traduzir em trocas relacionais furtivas, em imobilidade, no congelamento da postura, na mobilidade da voz ecoando as "reações de congelamento" tais como descritas por S. Fraiberg (1999). No entanto, a intensidade de sinais de sofrimento não prediz em nada a sua gravidade a termo. Os sinais são, inicialmente, um apelo à ajuda, evidência de desequilíbrio com o seu ambiente, constituindo tentativas do bebê de lidar com isso. Trata-se de estratégias defensivas bem do início da vida.

Apresentações clínicas[3]

• M. e Agathe

M. é uma mulher jovem de 28 anos, mãe de um bebê de um mês, encaminhada pelo serviço de psiquiatria geral da instituição. Ela manifesta um quadro de depressão desde o sétimo mês de gravidez, com importantes angústias em relação ao bebê a nascer; ele lhe dá medo. Suas angústias se manifestaram desde o projeto de maternidade, três anos antes. Agora, é a partir da ultrassonografia na qual descobre o sexo do bebê que surge a angústia.

A maternidade vai estar na origem de uma reativação de toda essa patologia traumática, o que terá consequências na sua maternagem. Essa mulher tanto teme não conter a própria violência e a emergência da vivência traumática da infância (Chabert; Chauvin, 2005) que o parto e o nascimento dessa criança são aguardados de maneira angustiada.

A partir da presença deste ser encarnado na realidade, as angústias se intensificaram, acrescentando ideias de incapacidade e

3 Agradeço às cuidadoras pelo tempo que pudemos passar pensando juntas.

insônias; M. expressa também tendências suicidas, colocadas em ato no fim da licença-paternidade de seu marido. Ela tem medo de, em algum momento, encontrar-se sozinha com sua filha; o pensamento ocasiona um estado de pânico.

O marido aceita a hospitalização de sua mulher, mas toda a semana recusa ser separado de sua filha, eco de sua história familiar. Isto posto, durante a semana Agathe vive tempos de hospitalização junto com sua mãe, de mesma duração que os tempos que passa com seu pai e sua família materna. Dependendo de seu estado psíquico M. se junta à filha e ao marido nos finais de semana na sua casa.

Essa mulher jovem tem um contato particular marcado por certa frieza: o olhar fixo, a face fechada, hipomaníaca. Fala de um modo mecânico, com um tom monótono e sem afeto. Vive em um profundo desamparo, melancólica, quando seria necessário que entrasse em uma relação de extrema intimidade com a sua filha. Ela também sente culpa por fazer sua filha responsável por seu estado psíquico, por não a amar e desmorona em lágrimas.

Agathe é um bebê de um mês, longilínea, magra, a pele pálida. Um bebê pouco sorridente, sério, que desvia o olhar. Seus movimentos corporais são desarmônicos. M. oferece os cuidados a sua filha de modo mecânico, sem a olhar, sem falar com ela. O colo não é bem continente, nem sustentador, embora ela assegure a segurança durante as trocas de fraldas. Na maior parte do tempo, Agathe tem os olhos escancarados, pouco expressivos, o olhar direcionado ao exterior; em alguns momentos, ela dirige o olhar em direção à mãe, que não a vê. Neste caso, o bebê desvia o olhar. "O que vê o bebê quando dirige seu olhar ao rosto da mãe?" Geralmente, o rosto da mãe corresponde ao primeiro espelho da criança. No caso de M., o espelho se torna uma coisa que se pode ver, mas no qual não se pode se olhar (Winnicott, 1975).

É frequente que quando M. carrega sua filha nos braços, seu olhar seja distante e sua atenção esteja dirigida a outra coisa que não o seu bebê. Em outros momentos, ferida pela ausência de reação da sua filha quando ela a interpela, M. interpreta isso como deficiência auditiva.

Apoiada pela presença de sua cuidadora, M. pode se ocupar da sua filha sem mostrar prazer. Durante os três meses de hospitalização, M. repete que se sente muito cansada, esvaziada, sem vontade. "Tudo me faz gastar uma energia louca... para tudo eu devo me esforçar enormemente". Tristeza e falta de investimento se leem no seu rosto. Levantar-se e administrar o cotidiano continua muito difícil. Seu humor permanece flutuante. No entanto, M. constrói progressivamente uma relação com sua filha. Desde o início, ela lhe proporciona os cuidados com uma segurança que contrasta com as suas falas.

Agathe bebe com dificuldade suas mamadeiras (contorce-se, cospe), sem as esvaziar; durante esse cuidado, o gestual materno permanece mecânico e desajeitado, não estando de acordo com o de sua filha. Ela regurgita regularmente e parece digerir mal, o que inquieta a sua mãe. Está sempre tensa e dorme com dificuldade ou dorme além da hora da mamadeira. Demanda um colo envolvente para se tranquilizar, o que a mãe não pode lhe oferecer (colo solto demais, a cabeça pouco sustentada). M., apesar das suas apreensões e de suas dificuldades, quer prestar os cuidados tanto diurnos quanto noturnos, sendo que, posteriormente, demanda o apoio de um cuidador para os cuidados noturnos. Durante o dia, as trocas são pobres, M. olha a filha sem emoção, verbaliza raramente os seus gestos e não a chama pelo nome. As relações permanecem flutuantes com alguns momentos de troca nos quais a mãe obtém prazer por estar com sua filha, falando-lhe um pouco e carregando-a bastante no colo. Além disso, ela a segura, passando sua mão esquerda entre as pernas da criança e sustentando a parte superior do seu corpo com sua mão direita, as costas do bebê permanecendo apoiadas pelo seu peito e o rosto virado para os outros. É preciso dizer que Agathe é um bebê tenso, difícil de carregar. Ela chora muito, frequentemente de cansaço, mas sua mãe não consegue deixá-la no berço ou então permanece atrás da porta, escutando-a.

Ela pode deitá-la sob um arco superior de brinquedos (modelo "tapete de atividades") e permanecer próxima durante longos períodos em silêncio, sem um olhar vitalizado, comunicativo. Ora, o olhar é um organizador que funda a primeira relação de objeto. E durante os dois primeiros meses de vida, o vínculo visual é um fenômeno de atração recíproca que sustenta a interação. É junto com o pai, com a família materna e os cuidadores que Agathe experimenta essas trocas.

Além disso, em um retorno de Agathe com a tia, M. vira as costas e não lhes dirige nenhuma palavra. Seu meio familiar e o investimento paterno sustentaram muito esse bebê. Isso lhe permitiu realizar seu potencial de desenvolvimento e até mesmo acompanhar sua mãe nas suas dificuldades, para que esta pudesse se reconciliar com sua filha e oferecer-lhe um *holding* continente.

Apesar dos longos períodos nos quais seu estado psíquico parecia melhor, M. ainda vive crises de angústia maciça, com necessidade de apoio e precisando ser tranquilizada quanto à manutenção do acompanhamento.

Agathe com três meses e oito dias é um lindo bebê desperto e sorridente que demanda ainda mais colo e dorme durante curtos períodos ao longo do dia. Ela convoca a mãe através de verbalizações e a procura com o olhar. M. a olha, mas não retoma com frequência suficiente as vocalizações da filha.

Uma melhora do estado psíquico de M. é perceptível, havendo uma relação de ligação à Agathe que se instaura, desde que ela "aceitou ser uma mamãe". Ela diz se sentir mãe e não mais sofrer com isso. Sente prazer de estar com sua filha, abraça-a, mantendo-a sempre no seu campo visual. Assim como salienta Winnicott, "o prazer que você pode obter dos cuidados ao bebê prova ter uma importância vital para ele. Ela é da ordem do desejo" (Winnicott, 1975).

M. se vê num futuro próximo com menos apreensão ao estar sozinha em casa em companhia da sua filha, sendo acompanhada no hospital-dia e por visitas a domicílio da enfermeira do setor psiquiátrico (em ritmo decrescente em função da sua evolução). M. permanece frágil e tem dificuldades quanto a se adaptar à menor mudança da sua filha.

Com um ano de idade, Agathe é uma criança sorridente, barulhenta, que se movimenta engatinhando. Ela busca trocas com a mãe, tranquiliza-se junto dela. Há um trimestre, enquanto Agathe é cuidada por uma tia materna, M trabalha meio período terapêutico.

As consultas com finalidade terapêutica permitiram à mãe compreender melhor as interações fantasmáticas e o lugar do bebê no seu imaginário. Tais consultas lhe permitiram elaborar suas dificuldades quanto a assumir a função materna e espantar velhos "fantasmas" do passado. De fato, a função parental implica ter podido superar certo número de conflitos psíquicos para poder se colocar serenamente a serviço de um ser em vias de tornar-se.

• A Sra. W. e Gaspar

W. é uma paciente de 43 anos, grávida de seu terceiro filho, no quinto mês de gravidez, hospitalizada a pedido de um terceiro. Ela é pouco cooperativa com os cuidados terapêuticos e os tratamentos medicamentosos há alguns anos. W. está estável no plano psiquiátrico, mas parece não investir adequadamente na criança em gestação. Seu discurso polido, sua frieza e seu desligamento afetivo fazem a equipe de psiquiatria geral pensar que ela será incapaz de criar sozinha seu bebê. Seus dois filhos anteriores estão sob a guarda dos respectivos pais e W. não tem mais contato com eles. Ela vive sem apoio socioafetivo em uma grande vulnerabilidade e é incapaz de se proteger.

Após diferentes consultas com a pedopsiquiatra, W. é admitida no sétimo mês de gravidez no centro de atividades terapêuticas em tempo parcial,[4] duas vezes por semana, por duas horas, objetivando a preparação psíquica e material do nascimento e a ava-

---

4 Centre d'activités thérapeutiques à temps partiel (CATTP).

liação da pertinência de uma hospitalização mãe-bebê ou de uma separação o mais precoce possível desse bebê de sua mãe. Nestes momentos, W. fala da gravidez e do medo de ter dificuldades para dar à luz, falando pouco do bebê a não ser sobre seus movimentos. Sob o pretexto de não encontrar roupas adaptadas à próxima estação, ela compra o enxoval em cima da hora. O trabalho de parto tem início com 38 semanas da amenorreia, com a presença de enfermeiras da psiquiatria próximas à sala de parto. Durante o processo, W. tem alguns acessos de agressividade, mas sem ameaças nem gestos físicos inapropriados. Segundo seu próprio relato, durante o trabalho de parto, ela teria cantado para o seu filho as palavras a partir das quais ela escolheu seu nome. É importante ressaltar que W. ama ouvir música, frequentemente isolando-se para isto.

Gaspar é um bebê lindo cujo desenvolvimento somático é regular, assim como regular é seu despertar relacional quanto ao ambiente materno, de cuidados e material.

Desde o parto, as autoridades judiciárias foram notificadas, a fim de obter-se uma medida de proteção do bebê. Uma O.P.P.[5] foi declarada, o que W. aceitou como fato. Uma nova decisão foi tomada após duas semanas, com manutenção do enquadramento de proteção do laço mãe-bebê por um ano, na espera de uma avaliação mais aprofundada. Ao longo desse ano, a guarda provisória de Gaspar foi entregue ao serviço social da infância. A criança vive com uma assistente maternal e encontra sua mãe um dia por semana no hospital-dia ou em visitas com mediação. Tal decisão é motivada pela incapacidade da mãe em decorrência da sua patologia psiquiátrica.

Desde o nascimento, o contato com o recém-nascido se estabelece normalmente. Dois dias após o nascimento, Gaspar e sua mãe são transferidos para a psiquiatria. W. quer prestar os cuidados ao seu filho. Ela precisa ser orientada e solicita, ela mesma, um

5 Ordonnance de placement provisoire [mandato de internação provisória].

acompanhamento. Teme dar o banho e solicita à cuidadora que coloque o bebê na água em seu lugar. Quanto a ela, despe, ensaboa e veste seu bebê, preparando tudo. As roupas são escolhidas em função da estação, sem levar em consideração a temperatura do dia. Seus gestos são doces, afetuosos e ainda um pouco desajeitados. Ela olha o bebê quando fala com ele em termos calorosos "meu anjo", nomeia-o ou fala dele. Ela o abraça. Dá a mamadeira, dizendo algumas palavras, olha-o de tempos em tempos, sem dar nenhuma outra manifestação. Nos primeiros momentos, ela mexe a mamadeira da direita para a esquerda a fim de "estimulá-lo para que ele beba" ou "para que ele não durma". Mostra impaciência quando ele leva algum tempo para beber e fica contente quando ele esvazia as mamadeiras. Ela o coloca para dormir novamente logo em seguida e não lhe dá tempo de arrotar. Fora os cuidados de puericultura, essa mãe carrega pouco seu bebê. Entra frequentemente no berçário para vê-lo; diz "falar-lhe" e que "ele compreende". Uma vez ou outra, ela lhe atribui intenções: "ele não tem que chorar quando eu me ocupo dele" (Gaspar tem quinze dias). Desde o início W. tem dificuldades nas situações de choro. Ela tem tendência a querer responder oferecendo mamadeiras. W. não consegue ouvir conselhos (sob forma interrogativa) sobre esse assunto: pode até mesmo ter, subitamente e furtivamente, alguns momentos de nervosismo, com o rosto hermético, e se recusa a falar disso. Desde os primeiros dias, ela organiza o seu dia em função dos ritmos e das necessidades de Gaspar, observando rapidamente suas necessidades. Somente durante os choros, ela tem tendência a elevar a voz e falar-lhe em tom autoritário, em reação a sua impotência quanto a acalmá-lo. Desde então, ela aceita o apoio da equipe.

Ela pode ter demandas ou atribuir-lhe intenções inadequadas. Com quinze dias de vida, já supõe capacidades de controle do seu ritmo e de suas demandas: "ele tem direito de ter sua personalidade desde que isto não atrapalhe os outros" *ou* "ele não deve gritar durante as refeições dos outros...". Quando Gaspar tem um mês de vida, ela lhe dizia “dobre a perna” quando o vestia ou “pare de fazer estas besteiras” durante regurgitações; aos dois meses e meio ela pensa mesmo que “ele quer beber a água do seu banho ou quer chupar o dedo da sua mamãe porque quer comê-la”.

W. é cuidadosa, de um modo geral, com a segurança de seu filho; no entanto, o colo nem sempre é continente, e sua cabeça não é apoiada. É justamente o caso durante as mamadas, quando Gaspar fica quase deitado sobre seu corpo sem apoio firme. Uma vez ou outra, W. é como que ausente, fora da relação, ou seu olhar não se dirige ao seu filho. Gaspar não a olha ou, nos seus braços, ele dirige seu olhar para um ponto acima dela ou para o exterior. Neste instante, é a prosódia da cuidadora que suscita o interesse da criança e “lembra” a mãe. Em resposta, ele olha a cuidadora e vocaliza em sua direção. A cuidadora está completamente engajada nessa relação de reanimação psíquica do bebê.[6] Ela não o deixa, fala com ele e olha-o; ao mesmo tempo, escuta-o e procura encontrar seu olhar, sem ser intrusiva. W. volta então à comunicação e se dirige a seu filho.

É muito difícil para W. perceber no nível fantasmático o desenvolvimento psicomotor e afetivo do seu filho; também na realidade, ela o segura junto dela durante longos períodos nos quais ele está acordado, recusando-se a deixá-lo sobre o tapete de jogos. Ela tem tendência a mantê-lo com ela para responder às suas próprias necessidades. Mas desde o início Gaspar esteve presente nos pensamentos maternos; desde quando ela acordava ou no retorno após uma saída, ela se informava sobre ele.

Nos três meses que passou na unidade, W. foi complacente com as demandas institucionais e as regras de vida em comunidade. Ela se controlava bastante e tinha necessidade de se isolar e fumar, ou de se isolar no seu quarto escutando música. Era

---

6 Ciccone (2005) designa por essa expressão o compartilhamento emocional e afetivo. Trata-se de um modelo de cuidado baseado na implicação do cuidador, isso é, no ajustamento que permite um compartilhamento suficiente e rítmico da experiência do bebê.

possível percebê-la monologando e, às vezes, no seu discurso, emergiam alguns elementos dissonantes.

No decorrer dessas semanas, abordar a questão da retirada da tutela ou adoção temporária em família substituta continuava difícil, vivida como uma injustiça, produzindo a impressão de que "seu filho era roubado dela", tão presente era a sua negação dos seus problemas. Falando do futuro, ela se projetava com Gaspar no seu apartamento. Além disso, uma relação de vínculo mãe--bebê se criou. A afinação afetiva e postural era manifesta; Gaspar ficava calmo e tranquilo nos braços de sua mãe e, por isso, um grande sofrimento era perceptível nas falas dessa mulher ante a perspectiva de uma separação próxima, ainda mais que W. tinha desenvolvido muito pouco seu projeto pessoal para um futuro próximo – sua vida estando ritualizada em torno dos ritmos institucionais. W. não manifestou nenhuma revolta no momento de partida de Gaspar para a assistência maternal em tempo integral; logo em seguida ela me disse: "O que você quer? Eu não vou ficar doente... Eu já me habituei com as minhas filhas". W. voltou para sua casa após alguns dias.

A separação também foi objeto de sofrimento para Gaspar que expressou isso por choros intensos, com o corpo tenso e punhos fechados, períodos de sono muito curtos e descontínuos durante o dia e a solicitação de um colo muito continente. Nos quinze primeiros dias em família substituta de acolhimento, Gaspar permaneceu nesse mesmo choro, com tensão corporal e perda do sono durante o dia.

Atualmente, ele manifesta os mesmos sinais quando encontra sua mãe toda quarta-feira no hospital-dia. W. o carrega de maneira rígida e desconfortável, recusando-se a colocá-lo ao seu lado, dizendo que "ele é muito pequeno para brincar" (ele tem quatro meses). Agora, ela reconhece que, sem apoio, ela não conseguiria criá-lo no cotidiano. Se nos parece fundamental para a construção psíquica da criança e sua inscrição simbólica não ser separado de sua mãe desde o nascimento, no cotidiano, viver juntos durante três meses nos pareceu prejudicial para o desenvolvimento desta criança. Essa duração se justifica pelo tempo necessário à justiça e ao serviço social (de controle) para tomar uma decisão, dada sua carga de trabalho ainda maior no período de férias. Mas separação sempre implica uma separação dolorosa para o bebê.

Por outro lado, predizer durante a gravidez que essa mulher não poderá criar seu filho, dada a sua patologia e a sua história, seria ignorar a singularidade e a subjetividade do encontro mãe-criança, sendo que é sabido que durante a gravidez uma mulher psicótica pode apresentar uma melhora de seus distúrbios, decorrente da plenitude física e psíquica na qual a parte do Outro nela satisfaz um sentimento de completude perfeita, principalmente no início da gravidez. No entanto, a ausência de representação do bebê pode nos preocupar, ainda mais que, confrontada à presença viva e frágil do seu bebê, W. estava em dificuldade, mesmo envolvida por uma suplência cuidadora.

Conclusão

Uma vez que a questão em pauta é a criança pequena e o que é melhor para ela no curto e no longo prazo, muitas discussões passionais surgem nas equipes e nas instituições entre os partidários da criança e da sua proteção, e os partidários da mãe e do direito dos pais de viver com seu filho no cotidiano. Este fenômeno de clivagem parece inevitável. O sofrimento do bebê divide cada profissional, apanhado com suas próprias crenças, representações, identificações, projeções, fantasmas. Pois, mesmo se o risco é perceptível, como definir com rigor onde se situa verdadeiramente o interesse do bebê? É uma questão ética e social. Além disso, é fazer pouco caso da vida psíquica do bebê, isso é, da sua capacidade de lidar com os eventos julgados como maus-tratos pelos adultos. É esquecer que a criança é um sujeito a tornar-se, que tem uma percepção, uma representação inconsciente dos eventos aos quais está exposto. Além disso, se queremos prevenir os efeitos traumáticos sobre o psiquismo, é necessário verbalizar-lhe a situação dolorosa que ele vive, de modo a dar um sentido a isso para ele e para a sua mãe e, em alguns casos, para seu pai.

Atualmente, uma orientação parece se desenhar: nomeadamente, as experiências de parentalidade acompanhadas por visitas regulares de assistentes sociais, em regime de tempo parcial, no lugar da retirada de guarda e da colocação em família substituta em tempo integral.

Referências

CHABERT, D.; CHAUVIN, A. Devenir mère après avoir été abusée sexuellement dans l'enfance. *Neuropsychiatrie de l'enfant et de l'adolescent*, n. 53, p. 62-72, 2005.

CHAUVIN, A. Expérience clinique d'une unité d'hospitalisation mères-jeunes enfants. *Neuropsychiatrie de l'enfant et de l'adolescent*, n. 4, p. 229-236, 1995.

CICCONE, A. L'expérience du rythme chez le bébé et dans les soins psychique. *Neuropsychiatrie de l'enfant et de l'adolescent*, n. 53, p. 24-31, 2005.

COUËTOUX, F. Le temps de l'accueil. *Journal des Psychologues*, n. 211, p. 63-67, 2003.

DAGENS-LAFONT, V. La souffrance des bébés. *Orages à l'aube de la vie*, Érès, 2009. p. 71-80.

FRAIBERG, S. *Fantômes dans la chambre d'enfants*. Une approche psychanalytique des perturbations de la relation mère-nourrisson. Chapitre VII Le fil rouge. Paris: PUF, 1999.

GLANGEAUD-FREUDENTHAL, N. M. C. L'hospitalisation mère - enfant à temps plein. *Journal des Psychologues*, n. 261, p. 36-40, 2008.

GOLDER, E. Et si on osait faire discuter Dolto avec Lacan? *Le coq héron*, n. 168, p. 111-124. Paris: Érès, 2002.

HAHUSSEAU, B.; PFLUMIO, L. Le rôle et la place du père en U.M.,5ème Journées Européennes des Unités d'Hospitalisation Mère-Enfant en Psychiatrie, Limoges, 2001.

HOUZEL, D. Dépression du post-partum et développement psychique de l'enfant. Expérience française. *Annales Médico-Psychologiques*, v. 157, n. 3, p. 194-199, 1999.

ISSERLIS, C. Le bébé dans l'hospitalisation mère-enfant. *L'information Psychiatrique*, 70,1. 1994. p. 16-23.

MARCELLI, D. *La surprise, chatouille de l'âme*, Albin Michel. 2006.

MORISSEAU, L. A. *Les pratiques psychanalytiques auprès des bébés*. Dunod. 2003. p. 211-235.

NEZELOF, S.; CAZAS, O.; SUTTER-DALLAY, A. L.; GLANGEAUD, N. *Annales Médico-Psychologiques*, n. 163, p. 529-534, 2005.

SARFATY, J.; AMZALLAG, C.; MARCILLY, M. L.; DURAND, B. L'unité mère-enfant, un cadre thérapeutique spécifique. *Information psychiatrique*, n. 70, p. 57-61, 1994.

WINNICOTT, D. W. Le principe vital chez le bébé. In: ______. *L'enfant et sa famille*. Paris: Petite Bibliothèque Payot, 1975.

______. La théorie de la relation parent-nourrisson. In: ______. *De la pédiatrie à la psychanalyse*, Paris: Petite Bibliothèque Payot, 1983. p. 358-378.

______. Le rôle du miroir de la mère et de la famille dans le développement de l'enfant. In: ______. *Jeu et réalité*, Gallimard, 1975.

OBSTÁCULOS AO EXERCÍCIO DA MATERNIDADE E QUESTÕES SOCIAIS

Tornar-se mãe num presídio: a criação de um espaço potencial

Isabel da Silva Kahn Marin[1]

Introdução

Este texto é fruto das reflexões desenvolvidas a partir das supervisões realizadas para estagiários do quinto ano do Curso de Psicologia da Faculdade de Ciências Humanas e da Saúde da Pontifícia Universidade Católica de São Paulo (PUC-SP), que cursam o núcleo "Intervenções Clínico-Educacionais junto à Criança e ao Adolescente - Constituição da subjetividade e cidadania", e realizam um trabalho com grávidas e mães que aleitam seus bebês em penitenciárias.

---

1 Psicóloga, psicanalista, doutora em psicologia clínica - PUC-SP; Membro da Associação Universitária de Pesquisa em Psicopatologia Fundamental. Vice-presidente da Associação de Estudos sobre o Bebê (ABEBE); professora, pesquisadora e supervisora clínica/institucional do Curso de Psicologia da FACHS da PUC-SP nas áreas da infância, juventude e família. Responsável pelo Aprimoramento Clínico Institucional de Casal e Família, oferecido pela clínica psicológica Ana Maria Popovic da PUC-SP. Supervisora clínica e institucional de profissionais envolvidos em programas de atenção à saúde, educação, assistência e justiça.

Contato: Rua Capote Valente, 439/113. Tel.: (11) 3081-1829. E-mail: belkahn@gmail.com.

Esse núcleo tem como objetivo preparar o estudante de psicologia para a atuação em instituições e projetos sociais sob uma perspectiva educacional, de forma a promover o desenvolvimento e o bem-estar físico, psíquico e social das crianças e dos adolescentes.

Para tal finalidade é preciso entender a criança em seu contexto social, levando em consideração as relações em que ela se insere como sujeito com necessidades próprias. Busca-se também problematizar as questões cruciais que se apresentam em projetos de prevenção desenvolvidos em situações de extrema vulnerabilidade.

A experiência dentro de um presídio com mães e bebês traz radicalmente a vivência da violência e as dificuldades e desafios de se buscar significações para rupturas e faltas, dentro de um sistema legítimo, ético e que resgate laços de solidariedade e respeito humano.

Torna-se, portanto, um desafio encontrar parâmetros para a intervenção com as mulheres que se encontram em situação de privação de liberdade no momento de sua gestação, ou no acompanhamento de seu puerpério quando estão com seus bebês, visando garantir a saúde mental desses futuros cidadãos.

> A mulher gestante que se encontra na situação de privação de liberdade tem o direito de ficar com o seu bebê durante o período de aleitamento materno (180 dias) garantido pela Constituição Federal de 1988 (Artigo 5-L-CF) e pela L. E. P (Lei de Execuções Penais V. art. 89, lei 7.210/84, alterado pela lei n.11942/2009).

A psicologia aponta que se deve garantir uma segurança básica para a constituição subjetiva que usualmente está referida à presença da mãe, sendo que a gestação é o momento em que se funda esse processo. Fortalecer esse momento é essencial, considerando inclusive que o bebê poderá permanecer com sua mãe durante os primeiros seis meses de vida, condição estabelecida por lei.

Dentro desse cenário mostra-se de grande importância que se garanta uma estrutura que proporcione uma permanência saudável tanto para a mãe como para seu bebê durante esse período. De acordo com o art. 89 da lei n. 7210/84, as penitenciárias femininas teriam que ser dotadas de seções para gestantes e parturientes; porém, na prática, o que se vê é que a grande maioria das penitenciárias carece desse tipo de ambiente.

Sob essa perspectiva vigora uma parceria entre o Curso de Psicologia da PUC e a Secretaria da Administração Penitenciária do Estado de São Paulo (SAP), particularmente junto à Coordenadoria de Saúde da pasta, desde o ano 2000, quando estagiários do referido núcleo realizaram um trabalho inicialmente na Penitenciária Feminina da Capital; os estágios foram acontecendo desde então, em diferentes presídios que acolhem gestantes e as mães com seus bebês.

Demandas e pressupostos do trabalho. Primeiras impressões

A diretora da penitenciária Feminina da Capital (PFC) à época (2000) foi quem demandou à universidade a contribuição para que se pensasse como seria possível garantir que os bebês, que por força da lei teriam que ficar com suas mães para o aleitamento, não fossem prejudicados por estarem "presos", além de prepará-los para que a separação, que ocorreria forçosamente aos quatro meses, não fosse traumática (o tempo previsto para licença-amamentação era, naquele momento, de quatro meses).

Apesar de admitir não estar convencida de que isso seria uma medida saudável para o bebê, estava disposta a desenvolver o trabalho da melhor forma, e, para isso, queria contar com a retaguarda teórico-técnica que a academia pudesse oferecer.

Nesse contexto desenvolveu-se a parceria com a PUC-SP acima relatada. Um grande desafio se colocou para as pesquisas que desenvolvíamos na universidade, voltadas para projetos de prevenção e atenção à primeira infância, por mais paradoxal que parecesse atuar nesse contexto.

Logo de início nos deparávamos com muitos preconceitos. A imagem idealizada e romantizada da relação mãe-bebê não combinava com a representação de um ambiente com grades, e muito menos a ideia de mulher bandida-mãe. A agradável surpresa de encontrar bebês muito saudáveis, risonhos, com desenvolvimento psicomotor amadurecido para sua faixa etária, sinais visíveis de segurança básica e autonomia, criava um visível contraste com os funcionários do sistema penitenciário, para quem trabalhar nessa realidade era quase um castigo.

Parecia que quanto mais as mães podiam sonhar para seus bebês a liberdade que elas almejavam, mais ameaças e mais hostilidades eram mobilizadas nos funcionários, que lamentavam não estar em unidades masculinas ou mesmo em presídios onde não havia bebês. Podíamos inferir que a valorização do vínculo mãe-bebê, e consequentemente da mulher "bandida" era perturbadora para os agentes penitenciários. Chegavam a afirmar que o sistema de segurança se via ameaçado, já que as punições habituais não eram possíveis. O bebê, por exemplo, precisa de sol, não pode ficar no "seguro". Sabe-se o quanto o bebê mobiliza a ternura, mas também o sentimento de desamparo das pessoas que, frente à sua fragilidade, temem não ser capazes de dar conta das demandas incessantes e muitas vezes enigmáticas do bebê. Dessa forma, entende-se como um bebê na prisão podia desestabilizar as representações e defesas que colocavam as mulheres presas do lado do mal, justificando as práticas muitas vezes perversas do sistema penitenciário. A ordem vigente até então se via subvertida, e buscava-se argumentos para recusar a presença dos bebês naquele espaço: muitas mulheres se drogavam, tinham doenças infecto-contagiosas, eram portadoras de HIV, e assim não poderiam amamentar, não merecendo ficar com seus bebês, pois não saberiam se ocupar deles. Isso sem falar da raiva pelo fato de essas mulheres terem o direito à atenção e cuidados básicos em relação a saúde que muitos dos funcionários do sistema penitenciário não recebiam, por falência das políticas públicas na atenção à saúde e assistência. A delicada questão dos direitos humanos em relação à população carcerária se fazia mais aguda nesse contexto.

No entanto, precisávamos de alguns parâmetros para justificar uma proposta de estágio que apoiasse o desenvolvimento de um projeto de acompanhamento às gestantes e puérperas dentro do sistema penitenciário de forma a garantir os direitos tanto das mulheres quanto das crianças.

A importância da amamentação e do vínculo afetivo com a mãe para o desenvolvimento do bebê parecia ser consenso, mas a questão da separação era entendida como muito sofrida e prejudicial tanto para as mães, quanto para os bebês. Orientada pela psicanálise, eu me lembrava de dois princípios norteadores. Um deles diz respeito a considerar a separação como condição para subjetivação, desde que se crie a transicionalidade necessária para que o bebê suporte a descontinuidade de ser com sua mãe e, a partir de suas competências, possa investir em outros objetos, ou seja, no mundo. O outro princípio entende o trabalho da mulher, do feminino, como capacidade de suportar o engendramento, o que ainda não é; implica também se preparar e se dispor a acolher a perda. Como propõe Labaki,

> perda não como falta recalcada, recusada ou ressentida a ser ressarcida, mas como condição da existência de um modo interior de ser separado do Outro para todo o sempre. Em outras palavras, poderíamos dizer que a maternidade está mais associada a perder filhos do que a tê-los, à separação mais do que à união. Caracteriza-se paradoxalmente como um movimento de diferenciação que oferece à mãe, enquanto posição de perda, uma possibilidade mais plena de se identificar com seu bebê (Labaki, 2008, p. 282).

Dessa forma, foi fundamental retomar as análises propostas no trabalho FEBEM, Família e Identidade – O lugar do Outro (Marin, 2010), que discute as alternativas para as crianças institucionalizadas e privadas da convivência com seus pais:

> A perda, a falta e a separação não são em si o problema para a formação da identidade, aliás, podem ser até os determinantes, porém o que importa é a possibilidade de sua significação e a condição para simbolização (...). Se acreditarmos que é a partir da falta de ser que o sujeito pode manifestar seu apelo, viver seu desejo, orientar-se e fazer sua própria história, é preciso deixar surgir esse espaço da falta. Não se deve apenas preencher totalmente a criança, mas também permitir que ela questione sua origem, fale de seu abandono, entenda quem está ocupando os lugares de proteção e apoio, e ao mesmo tempo de *limite e ordem*, e para onde deve seguir seu destino. Essas são as possibilidades de lhe dar condições para ser um sujeito autônomo (Marin, 2010, p. 61-62).

Em outras palavras, isso significa suportar a castração, função parental essencial para o processo de subjetivação. Esse ponto levava também a uma questão instigante em relação à condição dessas mulheres que provavelmente tinham transgredido a lei justamente por terem dificuldades de se submeter às regras e frustrações que lhes eram impostas. Seríamos capazes então de promover um espaço potencial (Winnicott, 1975) onde a transicionalidade fosse sustentada, para que a perspectiva do corte e da separação pudesse ser antecipada e, de certa forma, valorizada como espaço de crescimento e abertura para o mundo e autonomia?

Orientadas pela concepção winnicottiana da relevância em se possibilitar a criação de objetos transicionais para a constituição da subjetividade, parecia-nos interessante utilizar esse recurso para nos aproximar e iniciar um trabalho. Ocorreu-nos propor a montagem dos *Livros do Bebê,* nos quais se poderia materializar o investimento das mães nesses filhos, que passariam a ter um registro de suas histórias, de seu crescimento, de seus projetos de vida. Esse livro poderia acompanhar o bebê quando este se separasse da mãe, de certa forma representando-a ao bebê, e poderia seguir sendo o registro da história de vida do pequeno futuro cidadão.

Ao propormos que pensassem e/ou se comprometessem com esse projeto de vida, essas mulheres forçosamente deveriam recuperar os seus próprios projetos, o que muitas vezes passava por ressignificar o crime, o que não era sempre desejável para muitas delas. Também fundamental nesse processo era retomar a rede social-afetiva significativa dessas mães, uma referência para seus bebês, preparando-os para sua saída. Muitas delas haviam rompido as relações com suas próprias famílias, e decidir sobre o futuro do bebê ou mesmo falar de sua história, implicava retomar sua própria história familiar.

O mesmo se dava em relação aos pais de seus filhos, e sabemos o quanto a função paterna é condição para que o corte da relação simbiótica mãe-bebê se dê de forma consistente. Função paterna é entendida aqui como um terceiro que se coloca entre a criança e seu cuidador, de forma a convocar a criança a renunciar às suas satisfações, instituindo-se na diferença como separada do adulto cuidador.

Portanto, recuperar a história dessas mulheres e de sua rede significativa de suporte era fundamental para que a história dos bebês pudesse ser fundada e sustentada por suas mães, para que eles pudessem ser convocados como sujeitos e convidados a participar de seu mundo e de sua cultura, assegurados pelo afeto e continência de suas mães.

A possibilidade dos filhos serem acolhidos por sua rede de família após o período de convivência com sua mãe seria a saída desejável, mas, se isso não fosse possível, sempre haveria a alternativa do acolhimento institucional, o que não significaria para a mãe perder o poder familiar sobre seu filho, desde que ela não renunciasse a isso e se ocupasse de sustentar o vínculo com ele, mesmo que de dentro da prisão.

Considerando as histórias de vida dessas mulheres, a passagem ao ato infracional e as condições de vulnerabilidade marcadas pelo contexto de privação de liberdade, pareceu-nos fundamental garantir espaços de escuta, continência e reflexão favorecendo o mais frequente compartilhamento de depoimentos que fosse possível, para que elas pudessem sustentar o investimento nos seus filhos, participando da construção de seus projetos de vida.

Dessa forma, imaginamos propor atividades grupais tanto de cunho dinâmico – visando trabalhar as principais questões trazidas pelo grupo, possibilitando a troca de experiências, de sentimentos e angústias comuns, o seu acolhimento e organização –, quanto de implicação na atividade de potencialização dessa população como mães, a partir do recurso à construção de objetos transicionais (objetos construídos por elas, a serem levados pelos bebês na separação, simbolizando esse importante momento e ajudando a elaborar as angústias daí advindas, como por exemplo: móbiles, brinquedos, porta-retratos, e os "álbuns do bebê").

Através desses princípios norteadores foi possível organizar a proposta de estágio que foi se desenvolvendo desde 2000 em diferentes unidades prisionais femininas na cidade de São Paulo, sempre adaptadas à realidade e às demandas locais, e que subsidiam as análises que se seguem. Sempre se garantiu a realização de grupos com as mães e seus bebês e com as grávidas, cujos objetivos gerais eram: (i) fortalecer o vínculo mãe-bebê, considerando sua importância para o desenvolvimento da criança, (ii) valorizar os atores institucionais em relação ao seu lugar de destaque frente à promoção de saúde da mãe e de seu bebê e (iii) mobilizar a rede de sustentação afetivo-social da dupla mãe-bebê, visando garantir a convivência da criança com sua comunidade, como lhe é de direito. Mais especificamente pretendia-se:

- Valorizar e responsabilizar as gestantes para que desenvolvessem a maternidade da melhor maneira possível, garantindo que se constituíssem como referência para esse filho que nasceria.
- Promover um espaço de reflexão sobre a relação mãe-bebê que propiciasse a construção de projetos para ambos.
- Trabalhar com as mães a temática da separação de forma a elaborar melhor a perda e preparar seu filho para ir para o mundo.

- Possibilitar que as mulheres se apropriassem das histórias de vida, considerando suas diferentes características e personalidades.
- Estimular a amamentação, a brincadeira, a conversa, o olhar, o toque e outros investimentos afetivos entre a mãe e o bebê.
- Encontrar nesse sistema possibilidades interessantes de pertinência para a mulher e seu bebê, assim como resgatar a rede de pertinência existente fora da instituição.
- Valorizar o ambiente institucional e todos que o compõem como responsáveis por garantir a sustentação necessária para a constituição subjetiva e a saúde mental dos bebês.

Como estratégia de intervenção para o desenvolvimento do projeto propunha-se grupos semanais com duração de uma hora e meia, durante o tempo de permanência das internas na instituição; conversas individuais, quando necessário, e conversas com a coordenação e os funcionários que trabalhavam diretamente com essa população. As atividades realizadas incluíram:

- Construção do "Livro do Bebê", com informações sobre o bebê e a mãe (fotos, como cuidar, a rotina da criança, história de vida de cada um).
- Trabalhar e resgatar a questão da figura da mãe e mulher. Para tal, foram propostas atividades de reflexão, técnicas de massagem, atividades artísticas etc.
- Uso de músicas infantis, construção de brinquedos, confecção de decorações infantis na tentativa de tornar o local mais lúdico.
- Aproveitar propostas e sugestões trazidas pelas mulheres, possibilitando as trocas de conhecimentos.

Essas atividades visaram trabalhar as principais questões trazidas pelo grupo, possibilitando a troca de experiências, de sentimentos e angústias comuns, o seu acolhimento e a sua organização.

Tecendo o trabalho: encontros entre a teoria e as vivências. Espaços potenciais

Entendemos que os primeiros meses de vida são de extrema importância para o desenvolvimento físico e emocional do bebê. Esse período inicial é fundamental para a construção da subjetividade da criança, uma vez que a estrutura psíquica do sujeito se constrói na estreita e íntima relação entre a criança e sua mãe durante os primeiros anos de vida. É essencial, portanto, que se estabeleça um vínculo afetivo, criado pela familiaridade e proximidade com as figuras parentais no início da vida. É importante ressaltar que a história do bebê começa muito antes de seu próprio nascimento. Dar espaço para que essa história seja lembrada, investida e resgatada se mostra um aspecto relevante para se determinar o lugar que essa criança ocupará, fator que se mostra fundamental para a singularidade do sujeito que nasce. É esse lugar que cada criança ocupa em suas respectivas famílias o responsável pela singularidade, aspecto essencial para o desenvolvimento psíquico.

Esse lugar deve ser entendido em sua dimensão metafórica - não se trata somente de um quarto, um berço ou um nome, mas de ocupar uma posição subjetiva, de fazer uma diferença com sua chegada, de modificar posições familiares estabelecidas até então. É um lugar pleno de determinações também simbólicas. Cada bebê que chega vem dar seguimento a uma família que tem história de várias gerações. Além de sua herança genética, herda também - simbolicamente - os acontecimentos, as experiências significativas vividas por seus familiares e antecedentes, a cuja história vem dar continuidade. Nessas determinações, seu sexo, suas feições, a ordem de seu nascimento - em relação aos irmãos de sua própria fratria ou à de seus pais -, as circunstâncias da gravidez, do parto e do puerpério vão construir elementos importantes de uma combinatória que resultará justamente em um lugar particular que determinará a forma como será esperado, como serão interpretadas suas manifestações, como será tratado, ou seja, as diversas significações que receberá para poder ir entendendo o que acontece com o seu corpo, ir decifrando tanto o seu mundo interno quanto seu mundo externo (Bernardino, 2006, p. 26).

A partir disso considera-se a gestação, assim como a relação do par mãe-bebê nos primeiros meses de vida, períodos privilegiados de investimento, transmissão de uma história e aquisição de um lugar que dizem respeito à chegada do bebê. Isso não deveria ser diferente no contexto da prisão, o que nos levava a buscar a sustentação possível para a complexidade desse processo num ambiente aparentemente hostil a processos de criatividade, ternura e esperança.

As pesquisas e os aportes teóricos que buscam compreender a dinâmica dos primórdios da constituição subjetiva, particularmente da gestação e do bebê, contribuíram muito para encorajar a prática nessa realidade.

A gestação

O tempo de gestação é um tempo de elaboração necessário para a construção do bebê no imaginário da mãe. Segundo Aragão (2008), a mãe passa a se relacionar com um objeto virtual que diz respeito a uma relação particular que estabelece com o bebê em seu ventre. Essa relação de objeto virtual é um "processo dinâmico e adaptativo que envolve o conjunto de comportamentos, afetos e representações em torno do embrião e do feto" (Aragão, 2008, p. 111).

A gestação é um período no qual a mulher se prepara para a relação objetal, o que envolve o tempo, o espaço e a identificação. A relação com o objeto virtual vai do extremo do investimento narcísico da mãe, momento em que quase não há investimento objetal, até a emergência progressiva de um investimento objetal. Ou seja, a mãe vai aos poucos construindo um bebê em seu imaginário, o que será a matriz de todo o desenrolar posterior da relação de objeto, quando seu bebê imaginário tiver dado espaço a um bebê real, de carne e osso.

Todo esse processo não se dá sem angústias, dúvidas, expectativas e ansiedade. Os mitos em torno das necessidades especiais das mulheres grávidas, que não podem ser contrariadas e devem ter seus desejos satisfeitos, nada mais são do que mecanismos culturais de apoio ao processo ambivalente que é a espera de um novo chegante. Por mais que os avanços da tecnologia ofereçam a ilusão de controle e certeza (imagens ecográficas cada vez mais perfeitas, recursos para prever patologias, má-formações do bebê etc.), quem será o bebê que vai nascer, segue sendo um mistério. O medo e a dúvida sobre a capacidade de ser uma boa mãe também. Suportar, portanto, o tempo da gestação gera muita ansiedade. "Toda criação de um outro humano envolve a violência do encontro com o Outro e envolve o risco de jogar-se numa empreitada para a qual não se tem garantia, apesar de todos os progressos da medicina e da ciência atual" (Aragão, 2011, p. 26).

Isso evidencia como é essencial a capacidade de lidar com o ainda por vir, e, portanto, com o inédito, o desconhecido, o que leva tempo para se apresentar. Na atualidade, onde a temporalidade parece estar marcada pelo instantâneo e as ilusões de controle são quase realizadas, a exposição ao desconhecido é vivida de forma muito ansiosa, muitas vezes insuportável.

Pode-se pensar que o processo de antecipação imaginária fica comprometido, o que traz questões importantes sobre os efeitos disso no psiquismo nascente do bebê. Podemos imaginar como esse processo se torna particularmente difícil para a mulher encarcerada. Ela não tem o apoio de sua rede familiar e social, e nem sempre consegue o atendimento médico desejado. Como muitas mulheres contemporâneas, expressam que só teriam sossego se pudessem fazer ultrassom todos os dias, e ter um médico de plantão para responder a todas as sensações que mais se manifestam como patologias do que como a vida de um bebê, de "um estranho em mim".

Dessa forma, o espaço grupal sustentado por uma escuta acolhedora e atenta na penitenciária constitui-se num ambiente privilegiado para se pensar o bebê imaginário e investir na criança que está por chegar. As conversas e reflexões proporcionadas pelo coletivo são uma forma de dar suporte às mães, uma vez que a vivência do sofrimento ocasionado pelo encarceramento e seus desdobramentos podem ser dificultadores de um maior investimento da mãe em seu filho.

Questões como o afastamento da família; a incerteza de seu futuro na instituição (principalmente das mães que ainda não foram sentenciadas); a vivência num ambiente sentido como ameaçador; o medo de se vincular ao filho e depois ter que se separar dele, pelo menos temporariamente; o medo e/ou culpa por eventualmente serem ou terem sido usuárias de drogas e comprometerem a saúde dos bebês, entre outros, são fatores que podem comprometer o investimento no filho, por parte da mãe.

Outro ponto importante a salientar diz respeito ao fato de que, durante a gravidez, ocorre uma construção antecipatória do reconhecimento da alteridade do bebê, o que pode ser marcado por momentos de alternância de aceitação e rejeição, vivenciados como crise por grande parte das gestantes. Enquanto o bebê cresce no ventre da mulher, seu próprio psiquismo passa por transformações, sendo que só aos poucos ela vai abrindo espaço em seu psiquismo para o bebê. O sentimento de si e o de seu próprio espaço psíquico se alteram para conter um outro estrangeiro dentro do seu próprio corpo e na sua vida (Aragão, 2011).

A ambivalência desse processo põe em xeque o suposto amor incondicional que a mãe tem por seu bebê. No contexto da prisão, esse processo se faz ainda mais difícil, pois a manifestação de dúvida ou conflito quanto à capacidade de dar conta, de dar sustentação a um bebê é rapidamente entendida como expressão da perversão da mulher, ou resposta a uma história de violência que deve ser negada.

Pôde-se observar, ao longo dos grupos realizados, a grande dificuldade de algumas gestantes de perceberem seus filhos na barriga e se colocarem no papel de mãe e sonhar com a chegada do bebê, conferindo um lugar especial para o filho. O fato de estarem num grupo, desenvolvendo atividades conjuntas com outras gestantes, e até mesmo com outras mães que estavam com seus bebês - construindo álbuns, pensando no nome a ser escolhido e seu significado, medindo barrigas ou o tamanho de bebês ou fazendo e recebendo massagens - propiciou essa possibilidade de antecipação imaginária e acolhimento à estraneidade do bebê. Em outras palavras, permitia que o tempo da gestação se constituísse como "um esboço da criação de um espaço psíquico materno constitutivo de um suporte no qual o bebê possa advir como um ser subjetivado, e não mais como um ser biológico somente" (Aragão, 2011, p. 40). Podia-se, assim, pensar o bebê e sua chegada. Era o ponto de partida para pensar seu destino.

A gravidez, por outro lado, caracteriza-se como um período extremamente fértil para a produção imaginária, permitindo a retomada de posições infantis, edípicas em relação às imagos parentais, com ênfase particular nas questões de sexuação, retomando os percalços da relação da menina com a mãe dos primeiros tempos (Aragão, 2011). A possibilidade de organizar grupos mistos com gestantes e mães que já estavam com seus bebês possibilitou uma troca muito rica entre as mulheres, uma vez que cada uma vivia diferentes etapas da maternidade, permitindo, assim, o compartilhamento entre elas nesse período que engloba um processo complexo, circundado por constantes mudanças. As gestantes se mostravam mais sensíveis ao retomarem essas relações mais primitivas, que muitas vezes vinham sendo negadas devido ao seu afastamento da família em função do crime, ou por vivências muito sofridas e conflituosas.

O fato de serem incentivadas a retomarem a história familiar para acolher seu bebê e pensar seu futuro era, muitas vezes, motivo de resistência para as mães. Isso se fez muito evidente no período de trabalho no Centro de Atendimento Hospitalar à Mulher Presa (CAHMP)[2] - Trânsito Amamentação. Apesar de lá existir um espaço organizado no sistema penitenciário para acolher mães e bebês, mais protegido do que nas grandes unidades, as mulheres perdiam suas referências sociais e familiares por estarem afastadas de seu local de origem. Ficavam como que submersas na maternidade que, por um lado, podia parecer sublime mas, por outro, trazia sérios riscos de despersonalização, colocando inclusive riscos para a saúde psíquica do bebê.

O bebê e sua mãe

A identificação da mãe com seu bebê é fundamental para que ela se envolva com a criança, fornecendo-lhe apoio, cuidado, amor e significado, assim satisfazendo as necessidades do bebê. Winnicott, pediatra e psicanalista inglês cuja obra se volta especialmente para a relação inicial mãe-bebê e seus efeitos na constituição do aparelho psíquico, afirmava claramente o papel fundamental da mãe na determinação do psiquismo que se constitui. Esse autor chama de "mãe suficientemente boa" aquela que consegue suprir as necessidades do filho. Em 1956, teorizou sobre o estado de "Preocupação Materna Primária", momento especial e peculiar em que a mulher grávida se encontra, estendendo-se até semanas após o parto. Esse estado é uma condição psicológica em que a mulher se encontra em um estado de sensibilidade aumentada durante e, especialmente, no final da gravidez e primórdios da vida do bebê.

---

2 Instituição subordinada à Coordenadoria de Saúde do Sistema Penitenciário e à Secretaria da Administração Penitenciária, localizado na Penitenciária Feminina do Butantã. Inaugurada em 2005, essa unidade especial acolhia as presas no final da gestação, e as duplas mães-bebês no período da amamentação por quatro meses; funcionou até meados de 2009, quando foi desativada.

Essa *preocupação materna primária*, segundo o autor, permite à mãe identificar-se com o seu bebê, conseguindo adaptar-se a ele e responder às suas necessidades de modo delicado e sensível. Para o desenvolvimento desse estado, que de certa forma pressupõe um "adoecimento progressivo", uma espécie de enlouquecimento, Winnicott pontua a necessidade da mulher "estar saudável", no sentido psíquico, tanto para entrar como para sair desse estado, visto ser ele passageiro e temporário, porém essencial. As mães que conseguem atingir esse estado são capazes de fornecer uma adaptação "suficientemente boa" às necessidades do bebê. Outras mães, contudo, permanecem identificadas com o bebê por um tempo maior, não retornando a sua vida integralmente, nem correspondendo às crescentes demandas do filho, portanto, acarretando prejuízos emocionais tanto para ele, quanto para ela. Esse ponto deve ser particularmente observado e cuidado no contexto da penitenciária, pois o risco de a mãe "grudar-se" a seu filho como única alternativa de existência, é grande.

Dentro dessa lógica, é de extrema relevância ter-se um enfoque e um olhar acerca da importância da amamentação nesses primeiros meses de vida, pois a relação do bebê com o seio é uma das formas mais privilegiadas de investimento, troca e construção do vínculo tão essencial da díade mãe-bebê. Contudo, é fundamental recuperar o que entendemos desse momento, para não reduzi-lo a um encontro total boca-seio.

O bebê, após ser acometido por uma tensão advinda do momento do nascimento, investirá toda sua pulsão na relação oral - de extrema importância para a constituição subjetiva da criança - que estabelecerá com o seio. Outro aspecto relevante que se coloca é a importância de propiciar outros lugares de investimento da mãe com o bebê para que, posteriormente, possa se dar a separação dessa dupla (por lei, no caso das mulheres presas, após os seis meses). Ou seja, deve-se destacar a importância do investimento materno no momento da amamentação - centrado na relação do bebê com o seio - para que, mais tarde, esse investimento possa ganhar outras configurações, e que outros objetos possam ser investidos.

Abordar esse tema é, em primeiro lugar, validar a importância do Outro na relação com o bebê para o surgimento do sujeito psíquico. Referir-se à necessidade de um outro, não quer dizer ser uma máquina de prestação de cuidados, mas alguém com um interesse e um investimento especial por esse bebê, para que ele se sinta investido e desejado.

Sob essa perspectiva, é fundamental propiciar um ambiente em que esse investimento seja potencializado, olhado e até construído de modo a permitir que os medos, desejos e os afetos das mães em relação aos bebês possam ter espaço de elaboração, fator essencial para o fortalecimento do vínculo da díade mãe-bebê. O olhar para a questão da amamentação se mostra fator crucial, indicativo da qualidade do laço estabelecido entre a dupla, uma vez que o contato entre os corpos durante a amamentação mostra-se como ambiente privilegiado de investimento, de circulação de afeto entre a mãe e o bebê.

Ao fazermos uma pesquisa convencional, nos moldes médico-científicos, acerca do tema da amamentação, encontramos, com frequência, inúmeros dados que indicam as vantagens e os efeitos da amamentação em relação à saúde orgânica do bebê. Esse fato é comprovado por meio de estatísticas que apontam baixas taxas de mortalidade e morbidade infantis quando as crianças são alimentadas no seio. O discurso científico privilegia as qualidades nutritivas e imunológicas do leite materno, deixando de lado os aspectos intersubjetivos da relação mãe-filho, estabelecidos no ato de amamentar.

Sem negar a contribuição médica acerca do tema que prioriza os aspectos biológico, imunológico e físico da amamentação, importa ressaltar a relevância dos aspectos psíquico, relacional e intersubjetivo para, assim, abrir um campo de entendimento que extrapola a prevenção das doenças orgânicas e a função puramente alimentar, da amamentação. Portanto, é importante evidenciar a ligação estrita do processo de amamentação aos fatores subjetivos, sensoriais e afetivos que embora muitas vezes ocorra no plano consciente, na grande maioria dos casos passa por uma ação inconsciente envolvendo a dupla mãe-bebê.

Venho discutindo (2013)[3] a importância de se instalar um circuito da oralidade, não apenas sob a óptica da relação prazer, envolvendo seio-boca, engolir, preencher, calar, aquietar, pacificar, através de leite, pílulas ou equipamentos mágicos, mas também permitindo a construção de narrativas que transformem as vivências em experiências comunicáveis.

Cuidar do surgimento das palavras, da sua afinação com a experiência vivida, de seu vigor e sentido; cuidar do ouvir, do balbuciar, do murmurar, do falar, do cantar, do contar, do silenciar; do cuidar, enfim, da experiência inicial com as palavras, é condição para o desenvolvimento pleno desse ser simbólico que é o homem. É ter em mente "puericultura, abrangendo as ações de cultivo da palavra e da poesia com a criança pequena" (Machado, 2012).

Recorro à etimologia, para reiterar essa proposição que aproxima cultura e colo: do latim, *cultum*, supino de colo, deriva outro particípio, o futuro, *culturus*, o que se vai trabalhar, o que se quer cultivar. Termo referente tanto às labutas do solo, agricultura, quanto ao trabalho feito no ser humano desde a infância. Também do latim *collum* se origina colo (pescoço), territorialidade da mãe que cuida.

Colo de mãe: braços que sustentam; seios que alimentam, as cordas vocais que vibram e a caixa torácica que ecoa acalantos. Sons calorosos, palavras carregadas de sentimentos, pressentimentos, desejos e receios maternos. Colo, espaço do corpo da mãe propício à cultura. Mãe intermediadora de cultura transmite

---

3 Texto organizado para a intervenção "Família: dinâmica psicossomática dos vínculos, narratividade e constituição subjetiva", apresentado em mesa-redonda no V Simpósio da Psicossomática Psicanalítica: Integração, Desintegração e Limites, promovido pelo SEDES Sapientiae, em São Paulo, 2013.

elementos do anterior para o posterior, do mundo pré-existente ao filho, mas também o inverso, do filho para o mundo. Porta-voz do filho pequeno, penetra seu mundo interior e traduz suas necessidades, seus sentimentos, receios e desejos. Embala-o com textos de terror e ternura. Suporta e dá suporte para o até então inominável: vazio, ruptura, desamparo.

Por tudo isso foi fundamental garantir nos grupos de puérperas e gestantes momentos em que se recuperava as cantigas de ninar que conheciam, suas histórias, as histórias que lhes contavam e que gostam de ler/contar... Afinal, como apontam as cantigas de ninar e os contos infantis, o medo do desamparo, que se configura em cucas, bruxas etc., retoma as angústias primordiais do humano, ao se deparar com a impotência frente à perda da ilusão de um colo que ofereceria a segurança total. "Quem canta seus males espanta." Os pais, ao cantarem, não estariam falando de seus medos também? Precisam do encorajamento para suportar deixar seus filhos crescerem num mundo sem proteção etc.

Apresentação do mundo/função paterna

O bebê que vem ao mundo marca um momento inédito; apesar de toda a herança que carrega é, por assim dizer, um estrangeiro que pede acolhimento em sua cultura para poder ser civilizado. Proponho aqui presumir que o bebê deve se encontrar num ambiente que pensa, apoiado no pensamento de muitos outros que acreditam que ele pensa. Sendo assim, o nascimento de um bebê por si só não torna seus pais, pais, nem o torna um sujeito. A mulher que o pariu será responsável por esse momento fundador de acolhimento, mas precisará descobrir e interpretar as expressões desse chegante para que ele se civilize de acordo com o esperado por todos os que fazem parte de sua cultura.

No caso da penitenciária, a mãe se encontra, num primeiro momento, sozinha para essa tarefa civilizatória. Enfatizo, assim, a importância de se propiciar espaços de elaboração e fortalecimento do vínculo da díade, uma vez que, para a mãe ser capaz de se identificar com o seu bebê e poder conhecer e satisfazer as necessidades dele é importante que a mulher esteja numa condição especial para isso. Condição que lhe possibilite sentir-se valorizada tanto como mulher, quanto no desenvolvimento da maternidade, e tendo papel fundamental no destino de seu filho.

Verifiquei que, no trabalho desenvolvido com as mães no presídio, foi essencial propiciar atividades que incentivassem as mulheres a se olharem, que pudessem investir e produzir algo não só para o bebê, mas para elas próprias, considerando que é essencial a mulher estar investida e potencializada para suportar esse lugar de "ser mãe": afinal, nos primeiros meses de vida, como pontua Winnicott, "não existe um bebê sem sua mãe".

Julgamos, portanto, que um olhar e um espaço voltados especialmente para a mulher que se encontra na fase de gravidez e puerpério na condição de privação de liberdade são essenciais para que elas se sintam capazes e potentes para desempenhar esse papel tão importante e complexo de adaptação dos pares mãe-bebê nas primeiras semanas de vida do lactente.

Nessa situação, principalmente, em que a sua rede de suporte se encontra, na maioria das vezes, fragilizada ou ausente, e considerando-se que essas mulheres estão afastadas de suas referências afetivas, de seus/suas parceiras sexuais; que a gestação implicou um processo de regressão psíquica e transformação física para acolher um outro, provocando as angústias já analisadas; que elas não dispõem nem mesmo de espelhos naquele espaço, pode-se imaginar que as condições para dar suporte ao bebê estão prejudicadas e que o estado de enlouquecimento provisório pode se tornar mais permanente.

Uma atividade que se mostrou muito potente sob essa perspectiva foi o "cantinho da beleza", um espaço no grupo em que se disponibilizavam produtos para maquiagem, apetrechos para o cabelo, cremes, esmaltes para unhas e espelhos. Apostava-se, assim, que o investimento em si próprias facilitaria sua identificação com o bebê de modo a garantir a continuidade e a previsibilidade dos cuidados, fundamental para o desenvolvimento psíquico do lactente nos primeiros meses de vida.

Tal atividade foi notável num dia em que as mães estavam muito excitadas, animadas e felizes, enfeitando-se umas às outras, tendo praticamente "esquecido" de seus filhos naquele momento, verdadeiramente dedicadas a si, fascinadas consigo mesmas. Os bebês, que ficaram em uma roda no centro, observavam suas mães, encantados. Nenhum chorou, ficaram todos tranquilos, espelhados em suas mães, que estavam também tranquilas.

Na semana seguinte, porém, quando a proposta era fazer a página do livro *Quem é a mamãe*, em que deveriam contar quem eram elas para o seu bebê, a atividade foi muito difícil de realizar: as internas apresentaram resistência, dado o momento em que precisavam olhar para si, refletir sobre o seu percurso de vida, suas opções. Tal atividade quase não aconteceu, porque muitas mães não conseguiram escrever nem desenhar sobre si, demonstrando ansiedade e angústia. Os bebês também choraram bastante e ficaram inquietos, espelhados em suas mães. Mas o desafio era não desistir e trabalhar para que a história desse bebê pudesse ser contada e assumida...

Uma mulher que está investida narcisicamente será mais capaz de se apresentar como suficientemente boa, ou seja, suportará acreditar na sua competência para atender as demandas de seu bebê e, portanto, não precisará estar colada a ele para garantir sua potência psíquica. Permitirá que se instale um ritmo previsível de presença e ausência, que dará apenas a ilusão ao bebê de uma continuidade físico-psíquica com sua mãe, garantindo seu sentimento de unidade e integração.

Alternar entre presença e ausência implica que o adulto cuidador confira ao bebê a condição de interlocutor, pois sabe que o bebê pode esperar para ser atendido, acreditando na sua possibilidade de apelo. Estabelecem-se assim os primeiros ritmos para o bebê: sono-vigília, fome-saciedade etc. Essas são condições indispensáveis para que o bebê adquira sua potência de investir no mundo, acreditando nas relações humanas. São as primeiras organizações para que a simbolização aconteça, revelando que é o apelo (grito, choro, olhada) que traz o objeto, e que ele não é onipresente. São formas de a mãe ir anunciando que ela existe para além do filho, já que não é extensão dele, criando assim a possibilidade de convidá-lo a olhar para o mundo, para além de seu seio.

Winnicott descreve todo esse processo da dependência absoluta para o de dependência relativa, característico do primeiro ano de vida do bebê até que ele consiga atingir o estágio da independência, destacando a importância de o cuidador garantir três condições: (i) a sustentação do sentimento de continuidade de ser para o bebê (*holding*), (ii) manipulações da mãe sobre o corpo do bebê para atender suas necessidades, mudando-o de posição, estimulando-o tonicamente para que desenvolva seu aparelho sensório-motor (*handling*), processo que facilita a formação de uma parceria psicossomática na criança, e (iii) a apresentação de objetos, que introduz intermediários entre ela e o bebê, permitindo que ele crie e recrie suas vivências, tornando real o impulso criativo da criança.

Pudemos constatar nos encontros com as mães presas muitas diferenças entre elas em relação ao desenvolvimento de tais funções. Algumas estimulavam muito seus bebês, encorajando-os a investir muito nos outros e no mundo. De certa forma desejavam para eles o "mundão", como diziam. Outras se apegavam aos seus bebês de forma muito fusionada, colocando-os no peito o tempo todo, assim revelando a falta de perspectiva, tanto para si próprias como para eles. Outras ainda não suportavam estar com seus bebês, e preferiam que fossem logo embora.

Embora em alguns casos essas dificuldades revelassem questões subjetivas daquelas mulheres, também foi possível perceber questões institucionais que reforçavam o vínculo estreito da mãe com seu filho ou, ao contrário, contribuíam para o desamparo da mulher, impedindo que suportassem acolher seus bebês.

Uma delas diz respeito à carência de atividades, lazer e espaços oferecidos para as mães que se encontram aprisionadas. Elas perdem o direito de trabalhar, por estarem em licença maternidade e, frequentemente, por estarem em espaços especiais, não usufruem das atividades escolares ou culturais que são oferecidas nas unidades maiores.

O trabalho realizado pelos estagiários demonstrou a função essencial de espaços que permitam a elaboração das difíceis questões inerentes à situação da mãe que se encontra em privação de liberdade, para que esta possa ampliar o olhar, foco e interesse para outros aspectos além do bebê. Isso permitirá que ela consiga pensar na rede de suporte para esse bebê, assim como olhar para si mesma, criando um projeto futuro ao lado dessa criança. Foi observado que, em algumas unidades, nem mesmo espaços lúdicos para os bebês são garantidos, pois são penitenciárias que tiveram que se adaptar para receber a nova realidade. Faltam brinquedos, os ambientes físicos nem sempre são adequados para permitir, por exemplo, que fiquem no chão, de forma a estimular seu desenvolvimento motor; faltam playgrounds, o que compromete inclusive a visita de outros filhos, tema que será abordado mais adiante.

Em um grupo em que a discussão sobre a carência de espaços e atividades oferecidas para as mães e os bebês entrou em pauta, uma mãe disse: "Quando a criança dorme, daí já era, não temos mais nada para fazer". Foi interessante essa problematização, pois as mães vinham falando com frequência sobre a dificuldade de as crianças dormirem. Entendemos que essa questão poderia se relacionar a um ambiente que está organizado apenas para favorecer dedicação exclusiva dessas mães aos seus bebês durante seis meses, incentivando a fusão total entre os corpos, sem garantir momentos que promovessem intervalos e reflexões acerca do delicado período que antecede a separação.

Winnicott (1990) ensinou-nos sobre a fundamental importância de sustentar a presença na ausência. Assim sendo, é de fundamental importância que a mãe - ou figura substituta - consiga renunciar a oferecer seu corpo como único consolo para o bebê se aquietar. O momento do sono marca, incontestavelmente, a separação dos corpos, e anunciaria a capacidade de o bebê estar só. Acalentar um nenê para que se aquiete, durma e sonhe, fora do controle da mãe, é uma alternativa interessante.

A solidão cantada nas cantigas de ninar, o terror, o medo, a ausência seriam evocadas para quem? Mãe ou bebê? Lembro de: "nessa rua, nessa rua, mora um anjo, que se chama, que se chama solidão...". Não é difícil imaginar o quanto, para as mulheres presas, quando são fechadas as celas à noite, a solidão se impõe. Velar o sono do filho traz a condição solitária para quem acompanha alguém que dorme.

Nessa perspectiva poderíamos nos perguntar o que expressam os bebês insones. Ao ocuparem todo o espaço, buscam preenchê-lo forçando a presença permanente do objeto, denunciando que não há afastamento possível. Não há sonho, e as condições para simbolização se tornam precárias. Relembremos os acalantos, onde mesmo evocando o terror e a surpresa, a enunciação da presença/ausência da mãe, proteção/desamparo da criança se alterna em ritmos previsíveis e repetitivos, tornando-se organizadores da agitação, para a entrega ao sono.

Há um tempo de espera, embalado por um ritmo encantador, que, além de organizar a inquietude e conduzir ao sono, vinca a capacidade de espera em níveis profundos do psiquismo infantil e materno, assim fundando a capacidade da esperança. Espera, distância, ausência, condições para a simbolização. E não só para os bebês que obrigatoriamente terão que se separar de suas mães. Vale para todos.

Esses aspectos, muito trabalhados nos encontros com os estagiários, forçosamente traziam as experiências de cada mulher com suas famílias e histórias. Dessa forma, tecia-se as possibilidades de sustentar para cada um dos bebês que estavam ali, um projeto de vida, a partir de sua mãe, e que deveria contar com o apoio da rede social mais ampla, pois sabemos que quando a mãe é capaz de ser porta-voz do mundo, este se apresenta como uma atração para a criança.

As conversas, muitas vezes difíceis, eram permeadas pela fabricação de brinquedos, páginas dos "álbuns" e narração de histórias, que gradualmente as deslocavam da posição de bandidas para a de mulheres com potenciais, que podiam investir e se responsabilizar por seus filhos, mesmo sem dispor dos recursos mágicos onipotentes aos quais muitas delas recorriam quando cometiam os atos criminosos.

Era muito frequente nos contatos iniciais que as mulheres se apresentassem ao grupo pela via do crime cometido ("eu sou L., estou aqui por 157", ou "eu sou do partido tal"), como forma de garantir sua potência e identidade. Falar do potencial bebê ou de seus sonhos de mãe certamente as remetia à fragilidade e dependência. Por isso, nem sempre era fácil falarem de si, de "quem é a mamãe", contar da família de origem ou de "quem é o papai", atividades propostas em torno da produção do "álbum".

Ao longo do trabalho, à medida que o grupo promovia espaços para pensar em questões como: o que eu imagino para o meu bebê? Que mãe eu fui/sou/ gostaria de ser? Qual foi o meu percurso? Quem eu sou para além do "157" do código penal?; essas questões foram se transformando. As mulheres começaram a se apresentar como pessoas com um nome e uma história para além do ambiente prisional.

Contudo, à mesma proporção em que a história se construía, mais dificuldades e angústias apareciam. Sustentar a verdadeira história para o bebê que ali estava, entendendo que o fato de a mãe ter-lhe assegurado não apenas a vida, como também um projeto de vida que incluía outras referências que não a própria mãe, as fazia, por exemplo, retomar a maternagem com outros filhos de quem havia se separado logo após o nascimento, eventualmente criados por avós e sem conhecer a condição de a mãe estar presa.

A ideia de poupar o sofrimento, de não poder frustrar seus filhos, além da vergonha e culpa pela situação de aprisionamento, precisava ser enfrentada. Portanto, procurava-se resgatar com elas o sentido do que se vinha discutindo e descobrindo: um bebê que confia na sua mãe é capaz de se vincular ao mundo sem, contudo, perder a referência essencial que o constituiu nos primeiros tempos. Como alerta Mannoni: "O sentimento que um indivíduo tem de seu lugar no mundo está igualmente ligado à maneira como, em sua vida *ele importou ou não para alguma pessoa,* e importou para alguém sem ter precisado, para tanto, apagar-se como sujeito" (Mannoni, 1982, p. 60-61).

Buscava-se assim pensar com elas, por exemplo, o que estariam sentindo seus filhos para quem foi dito que elas haviam viajado, sendo que elas não mais apareciam, uma justificativa muito frequente para explicar a ausência da mãe. Não seria melhor saber que elas estavam impedidas de estar com eles, do que sentir que foram abandonados? Mas isso seguramente remeteria ao crime e à punição, uma vez que o impedimento da presença materna se dava por uma ordem judicial.

Separar a criminosa da mãe nem sempre era fácil. Implicaria a responsabilização da mãe pelos seus atos antissociais, o que não a tornava necessariamente uma mulher incapaz de investir amorosamente em seu filho e de se responsabilizar pelo seu destino, implicando-se, inclusive, na sua educação.

É preciso abrir um parêntese nesta discussão, para dizer da expectativa criada por esse projeto de trabalho junto às mães presas, de que a mulher pudesse, nesse processo, recolocar-se frente à situação de frustração, de imposição de limites, e, quem sabe, construir um novo projeto de vida para si própria que não reproduzisse o ato criminoso.

Se ela conseguisse suportar a falta do filho sem negar os conflitos e frustrações decorrentes da sua impossibilidade de controlar totalmente sua existência no "mundão", assim dependendo de outros que fariam sua função, na esperança de poder retomar seus cuidados diretamente, talvez pudesse se organizar de outra forma que não transgredindo.

Novamente destaca-se aí a importância da troca entre as mulheres no grupo, no qual compartilhavam vivências diferentes, nesse sentido. Havia aquelas que, sim, faziam questão de se fazer presentes e recebiam visitas dos filhos, que podiam encorajar as outras sobre a importância do laço entre eles. Gradativamente percebia-se que a possibilidade de fortalecimento do vínculo mãe-bebê sustentado naquele espaço tornava possível imaginar um destino para o futuro do bebê "fiado" pela mãe. Sua ausência poderia ser simbolizada, não negada. Conversava-se que, para além do álbum poderia haver cartas, garantia das visitas, comprometimento da mãe nas decisões sobre o futuro da criança, como decidir creche, escola, quem ficaria com a criança etc. Ampliava-se assim o vínculo mãe-bebê para a relação com outros e mais outros.

A função paterna, como mencionamos, estava garantida assim, por mais doloroso que fosse anunciar o imprevisível e incerto. Aliás, o tema do pai era bastante conflituoso. Estabelecia-se muitas vezes uma confusão entre o próprio pai e o pai da criança, evidenciando a falta que a figura paterna representava. Era fundamental, entretanto, refletir sobre o homem-marido, o homem-pai, o homem-amante, sobre o papel da figura masculina em suas vidas e na vida dos bebês, possibilitando assim a identificação da criança com seu pai, mesmo ausente.

Isso porque a referência à origem remete a criança a sua posição na genealogia familiar, elemento constituinte de sua subjetividade, marcando a ruptura com o corpo de sua mãe. Françoise Dolto e Caroline Elliachef (1995), psicanalistas francesas, com larga experiência no tratamento de crianças que sofreram rupturas significativas em suas vidas, apontam para a fundamental importância de se falar a verdade de sua história, propondo que "a verdade colocada em palavras redinamiza", trazendo experiências significativas que revelam que o bebê percebe, através das diferenças no ambiente, nos odores, no tato e por meio das sensações de seu corpo, os fatos que ocorrem em sua vida, como a separação em relação à mãe, no caso em questão.

Procuramos discutir ao longo deste texto as condições para que esse corte seja constitutivo, e não mais uma violência arbitrária. A evocação da rede significativa para o bebê, que funda sua história, que garante que ele importa para o mundo, pode, sim, ser sustentada pela mãe. Mas isso só é possível se ela também é sustentada. Por isso, é essencial compartilhar todas essas concepções com as equipes técnicas e agentes penitenciários para relativizar a concepção de que amamentação, apenas no sentido do aleitamento, como representado no próprio nome da unidade - Centro de Atendimento Hospitalar à Mulher Presa (CAHMP) - Trânsito Amamentação - garante as condições para o desenvolvimento saudável do bebê. Sustentar espaços para valorização das mulheres, das histórias de vida, dos vínculos significativos é primordial para se garantir, de fato, os direitos de cidadania às mulheres e aos bebês.

Vale lembrar que ter acesso à própria história implica também garantir às mulheres o conhecimento em relação ao andamento do processo judicial, à definição das sentenças, às visitas dos familiares, ao envio das cartas, à localização das famílias, aos pais das crianças, às visitas aos médicos, bem como à articulação com o hospital onde as crianças eventualmente estão internadas quando necessitam de hospitalização.

A esse respeito, um dos temas recorrentes nos grupos com as mães referia-se à angústia por não receberem quase nenhuma informação sobre o estado de saúde de seus bebês quando eram hospitalizados. As presas ficavam muito nervosas pela falta de notícias e por não saberem quando seus bebês voltariam. Nem sempre era garantida a atualização das informações, e comentava-se sobre a resistência do hospital em atualizar a contento as informações sobre o estado de bebê. Essa “má vontade” do hospital foi relacionada à "aura que envolve a penitenciária". Relataram também que as pessoas enxergam a prisão como "lixo social", que têm medo de qualquer relação com ela e que, por isso, qualquer comunicação era muito difícil.

Outro tema frequente nos grupos, relacionado à questão da rede social, diz respeito ao abrigo. O número de crianças que vai para o abrigo é relativamente pequeno; a maioria são os filhos das mães estrangeiras ou de mães que moram em outros estados, cuja família não consegue recursos para buscar esses bebês e, alguns raros casos, de mulheres que não têm com quem deixar os seus filhos. Ainda assim, o tema do abrigo era recorrente, e percebemos que muitos medos e mitos o permeavam.

As internas tinham dúvidas sobre como se dá o funcionamento da instituição, dizendo não confiar na mesma, e não saber nem como funcionava a escolha do abrigo para o qual iriam seus filhos, e tampouco quem seriam seus cuidadores. O abrigo aparecia nos grupos na imagem dos orfanatos, de que as crianças não seriam bem-cuidadas, e a possibilidade da adoção como uma certeza.

Discussões sobre o Estatuto da Criança e do Adolescente (ECA) e direitos da criança acolhida e sua família foram motivos de muitos encontros, assim como o papel do Fórum nos encaminhamentos dos bebês e a importância da implicação da mãe nesses processos. A mobilização da assistente social como mediadora dessas relações se fazia essencial, mas, sem dúvida, a mãe precisa acreditar na importância de seu investimento no filho para insistir na manutenção de seu vínculo com ele, não abrir mão de seu poder familiar, cobrar as visitas, fornecer informações sobre a família extensa, valorizando também sua presença (família) no abrigo e, quem sabe, organizando-se para ficar com a criança.

A partir das questões trazidas pelas detentas em relação ao hospital e aos abrigos pudemos perceber a dificuldade de articulação da penitenciária com a rede social. O presídio apresenta-se para as outras instituições como um lugar de ameaça, ao mesmo tempo em que não busca outra forma de se mostrar e trabalhar, acabando por legitimar o que os outros pensam sobre a população que atende.

Esse distanciamento acaba ocorrendo também com relação aos fóruns em que estão correndo os processos das presas. Parte das mães não sabe como está o seu processo, muitas não veem seus advogados há algum tempo, e pode acontecer de não virem buscá-las quando tiverem uma audiência. Pode-se perceber que existe uma dificuldade de todo o sistema em trabalhar com esse tipo de população, juntando-se ao bloqueio e a dificuldade que as próprias detentas têm de olharem para si e de se cuidar.

O papel da instituição nesse processo mostrou-se extremamente importante. Buscar uma maior articulação com os fóruns, com os abrigos, consulados, serviços jurídicos, o hospital para onde podem ir as crianças, mantendo assim uma rede estruturada entre todas essas instituições, é fundamental para garantir a circulação de informações. Isso é, garantir uma condição para um melhor atendimento às mães e seus filhos, uma vez que a falta de informação, muitas vezes, é geradora de fantasias, angústias e medos que podem repercutir de forma negativa na saúde mental dos bebês. Reuniões entre essas instituições podem contribuir para que essa rede de fato se forme.

É notável também a separação e o distanciamento existente entre os atores da instituição. A direção, o setor administrativo, os agentes penitenciários, os enfermeiros, psicólogos, entre outros profissionais, e as detentas, cada um ocupa um papel que está muito distante do outro. A articulação entre eles é pequena, e não é constante.

Sob essa perspectiva também se mostrou muito relevante a necessidade de realizar um trabalho com os funcionários das penitenciárias, especialmente com aqueles que lidam diretamente com as mães e os bebês. Considerando que o trabalho dentro de uma penitenciária já é complexo e envolve questões difíceis, no caso deles essa tarefa se torna ainda mais delicada e importante, pois, assim como as mães, todos os funcionários também fazem parte da formação dessas crianças. Muitos dos mitos e resistências já apontados neste texto poderiam ser trabalhados, contanto que se criasse um espaço de escuta e sustentação para esses funcionários, que também são afetados pela complexa dinâmica que envolve a chegada de um bebê.

Quero ainda ressaltar a importância da participação das detentas no investimento do espaço que as acolhia, de forma a adequá-lo para o acolhimento aos bebês. O fato de muitas penitenciárias ainda não estarem adaptadas para receber as mães e seus bebês fez com que, ao longo do processo do estágio, esses aspectos fossem questionados de forma a se pensar estratégias para tentar modificar minimamente aquele local. Era frequente a queixa das mães em relação à falta de recursos para os bebês que não possuíam nenhum tipo de brinquedo, e que nem mesmo as famílias podiam entrar com esses objetos.

Rodas de conversa incentivaram as mulheres a pensar em projetos para enfeitar as celas e estimular, de alguma maneira, o ambiente para os bebês. Muitas ideias surgiram: cartazes, para deixar os espaços mais coloridos, chocalhos, mordedores ou móbiles. Vale destacar que essas atividades não desresponsabilizam o poder público de realizar os devidos investimentos na construção e manutenção dos espaços prisionais, no sentido de garantir os direitos humanos da população atendida.

Por outro lado, destacamos a relevância de projetos que implicam os detentos na participação em atividades educativas e culturais para se pensar a reabilitação possível. Sob essa perspectiva, vale comentar que, como recurso de mobilização, os grupos para confecção de brinquedos resgataram, com as mães, as atividades de que gostavam de brincar quando crianças. Evidenciou-se, então, que muitas falavam de uma infância já ligada ao crime, da frustração por não terem objetos de desejo e o roubo como tentativa de compensação, muitas vezes sob testemunho e cumplicidade dos familiares. Por isso mesmo, a confecção de objetos por elas próprias, que seriam usados pelos bebês e incorporados no espaço compartilhado, tornando-o investido por elas, teve um grande valor. Assim, as marcas de tinta que lambuzavam as mãos de mães e bebês, carimbadas nos cartazes, cartões, brinquedos, às vezes se espalhavam pelo chão: corações, manchas coloridas, nomes, tornando o ambiente, pelo menos durante o grupo, mais lúdico e colorido. Alguns cartazes e objetos produzidos por elas acabaram sendo incorporados ao espaço comum, enfeitando as paredes.

Concluindo

Entendemos que o trabalho desenvolvido pelos estagiários funcionava à base de um lento e paciente contágio, microafetações que, aos poucos, davam conta de resgatar uma sensação de vida necessária a um ambiente suficientemente bom, e por consequência, à mãe que geraria esse espaço em seu próprio corpo e em seu próprio espaço de residência provisória.

Visto que a assistência, cuidado e atenção às gestantes e puérperas em situação de privação de liberdade é um direito constitucional, consideramos de extrema importância garantir um trabalho voltado para esse público, de modo a proporcionar espaços em que a saúde psíquica possa estar em pauta, trabalhando a valorização dessas mulheres (mães ou futuras mães) não só no aspecto do ser mãe, como também no de ser mulher, contribuindo para o reconhecimento e responsabilização dessas mulheres para que possam desenvolver a maternidade do filho que vai nascer.

Mostra-se, também, a necessidade de se trabalhar, por um lado, com o processo de identificação dessas mães com os seus bebês e, por outro, de poder refletir e elaborar a consequente separação inerente à situação da dupla, fatores esses que se mostram essenciais para que essa mulher seja capaz de dar sustentação para a constituição psíquica da criança.

Os objetos produzidos durante os grupos possibilitaram que as mães materializassem o investimento em seus filhos, promovendo reflexões importantes acerca da construção de um projeto de vida para ambos, aspecto que se mostra essencial dentro de uma instituição prisional. Esses objetos testemunhavam os processos que ali ocorriam, convocando todos que participavam da vida institucional a se posicionarem.

Penso ter demonstrado como foi possível tecer uma rede de sustentação simbólica, condição necessária para a constituição da subjetividade do sujeito humano, permitindo que ele ocupe o seu lugar de cidadão, num ambiente aparentemente hostil.

É, portanto, fundamental que se siga investindo não apenas na construção de presídios que satisfaçam às condições básicas de atendimento à população carcerária, respeitando os direitos humanos daqueles que lá convivem, mas também na formação dos trabalhadores desse sistema. A proximidade com a vulnerabilidade e violência características desse espaço mobiliza muita angústia e mecanismos de defesa, nem sempre adequados quando se almeja apoiar os direitos dos detentos.

Gostaria de concluir, entretanto, compartilhando com o leitor as ressonâncias que o acompanhamento desse trabalho provocou em mim. A contundente constatação de que o enigma da feminilidade assinalado por Freud (1996) insiste! Talvez o repúdio à feminilidade por remeter ao "rochedo da castração", explique a insistência em se recorrer à maternidade como justificativa para se definir as políticas de assistência à mulher presa e, ao mesmo tempo, a dificuldade em sustentar os projetos de atenção à mulher no presídio, silenciando a realidade da situação da mulher encarcerada. Assistimos ao longo desses anos a vários desmontes no acolhimento das mães e bebês dentro do sistema penitenciário, e até hoje são muito raras as unidades adaptadas para receber os bebês. A psicanálise aponta para a condição ambivalente do feminino, de interioridade, indefinição, vazio e por isso mesmo passível de continência, tolerância, implicando a paciência do que engendra, dá forma, gera. "Feminilidade é a revelação do que existe de erógeno no desamparo, a sua face positiva, criativa, a face negativa do desamparo é o masoquismo, a inexistência erógena e de dor mortífera" (Birman, 1999, p. 52). Essa condição que não é privilégio das mulheres, é tão difícil de assumir e enfrentar em todos os tempos, como já mostrava Freud. Talvez por isso a mulher "bandida" presa seja mais hostilizada do que o homem, inclusive por suas famílias que as visitam menos, em comparação às visitas aos homens. Elas representam mais agudamente o *unheimlich*[4], a inquietante estranheza de nos defrontarmos com o paradoxo da feminilidade.

Muito distante da aparente referência imaginária do par perfeito, mãe-bebê, ao qual tivemos que renunciar, a experiência com a maternidade no presídio retorna exatamente com a "estranheza" desse corte, cujo umbigo é testemunho. Marca no corpo que leva ao enigma do nascimento, das origens, por indicar ao mesmo tempo nossa ligação à mãe, nossa filiação, mas também a confirmação do corte, do nascimento, da ruptura que permite a entrada na vida de um novo humano, singular. Lacan (1974) já dizia que toda mãe está contaminada pela mulher, ao discutir a questão da exclusão do pai, do genitor. Conforme discutimos neste texto, recusar, ignorar a questão do pai é uma forma de deixar o sujeito no desamparo, em errância, por assim dizer. Procuramos trabalhar com as presas a importância de dar um nome a quem amamos, como condição de sair do anonimato, do traumatismo, mesmo que isso demandasse tempo. Isso nos remete à questão do tempo, de lidar com o incerto e o imprevisto, questão aguda no imaginário contemporâneo, não exclusiva das mulheres encarceradas.

Mas a questão das mulheres encarceradas e seus bebês também nos remete a pensar e nos posicionar, tanto em relação às mulheres, ao feminino e à questão da maternidade, quanto à da

---

4 A palavra em alemão apresenta certa ambiguidade entre o familiar e o desconhecido; Freud a utiliza então para relacionar tal ambiguidade com a sensação de inquietude do sujeito frente ao material recalcado (portanto, conhecido, pois já vivido), mas que retorna sob a forma de algo desconhecido e assustador (Freud, 1996).

violência e seus efeitos. As feridas invisíveis da violência, feridas narcísicas profundas, como as da vergonha, devem ser denunciadas e penso que o psicanalista tem muito a contribuir nesse sentido. Como dizia Lacan (1998), a vergonha é momento de destituição subjetiva, quando o sujeito está reduzido a um objeto ante o olhar do Outro. A violência política pode prolongar essa destituição lançando ao olhar de todos, aquilo que falta ao sujeito. Excluir as crianças nascidas no presídio de sua história é o que caracterizaria a violência. Portanto, criar condições para que a relação com suas mães deixe marcas, não tendo vergonha de existir é o que de fato definiria uma política voltada aos direitos humanos. "A possibilidade de existirem lugares que acolhem as palavras em sofrimento, em exílio, em errância, é necessária não para tentar dissolver uma desarmonia, mas para que cada sujeito possa experienciar seu sentimento de pertencer à espécie humana" (Cote, 2012).

Referências

ARAGÃO, R. O. Quem é esse bebê tão próximo, tão distante? In: ATEM, L. M. (org.) *Cuidados no início da vida*. São Paulo: Casa do psicólogo, 2008. p. 179-188.

______. *Tornar-se mãe de seu próprio filho*. Curitiba: Honoris Causa, 2011.

BERNARDINO, L. A abordagem psicanalítica do desenvolvimento infantil. In: ______. (org.) *O que a psicanálise pode ensinar sobre a criança, sujeito em constituição*. São Paulo: Escuta, 2006.

BIRMAN, J. *Cartografias do feminino*. Rio de Janeiro: Editora 34, 1999.

COTE, A. La femme errante et la traversée de la honte. In: DAVOUDIAN, C. (org.) *Mères et bébés sans papiers*. Toulouse, França: Érès, 2012. p. 205-217.

ELIACHEFF, C. *Corpos que gritam:* a psicanálise com bebês. São Paulo: Ática, 1995.

FREUD, S. O estranho. In: ______. *A história de uma neurose infantil e outros trabalhos*. Rio de Janeiro: Imago, 1996. p. 235-271.

______. O futuro de uma ilusão. In: ______. *O futuro de uma ilusão, O mal-estar na civilização e outros trabalhos*. Rio de Janeiro: Imago, 1996. p. 73-148.

______. O mal-estar na civilização. In: ______. *O futuro de uma ilusão, O mal-estar na civilização e outros trabalhos*. Rio de Janeiro: Imago, 1996. p. 73-148.

______. A sexualidade feminina. In: ______. *O futuro de uma ilusão, O mal-estar na civilização e outros trabalhos*. Rio de Janeiro: Imago, 1996. p. 259-282.

______. Conferência 33 – Feminilidade. In: ______. *Novas Conferências Introdutórias sobre a Psicanálise e outros trabalhos*. Rio de Janeiro: Imago, 1996. p. 113-134.

______. Análise Terminável e Interminável. In: ______. *Novas Conferências Introdutórias sobre Psicanálise e outros trabalhos*. Rio de Janeiro: Imago, 1996. p. 225-270.

LABAKI, M. E. P. Ter filhos é o mesmo que ser Mãe? In: ALONSO, S. L.; BREYTON, D. M.; ALBUQUERQUE, H. M. F. M. S. (orgs.) *Interlocuções sobre o feminino na clínica, na teoria, na cultura*. São Paulo: Escuta/Sedes Sapientie, 2008.

LACAN, J. *Le Séminaire, Livre IV, La relation d'objet.* Paris: Le Seuil, 1998.

______. *Télévision*. Paris: Le Seuil, 1974.

MACHADO, S. A. P. *Canção de ninar brasileira:* aproximações. São Paulo: USP, 2012. (Tese de doutorado USP, 2012. Programa de Pós-Graduação em Teoria Literária e Literatura comparada. Apresentada na Faculdade de Filosofia, Letras e Ciências Humanas, do Departamento de Teoria Literária e Literatura Comparada da USP)

MALDONADO, M. T. *Maternidade e paternidade:* a assistência no consultório e no hospital. Petrópolis: Vozes, 1990.

______. *Psicologia da Gravidez:* parto e puerpério. 16 ed. São Paulo: Saraiva, 2002.

MANNONI, M. *De um impossível a outro.* Rio de Janeiro: Zahar, 1982.

MARIN, I. S. K. *FEBEM, Família e Identidade.* O lugar do Outro. 3 ed. São Paulo: Escuta, 2010.

WINNICOTT, D. W. *A família e o desenvolvimento individual*. São Paulo: Martins Fontes, 2001.

______. A capacidade de estar só. In: ______. *O ambiente e os processos de maturação*. Porto Alegre: Artes Médicas, 1990.

______. Objetos e fenômenos transicionais. In: ______. *O Brincar e a realidade*. Rio de Janeiro: Imago, 1975.

O devir dos prematuros

Catherine Vanier[1]
Tradução: Marina Bialer

Um número cada vez maior de bebês prematuros nasce a cada ano na França. Esse aumento está relacionado à idade das mães (gravidezes mais tardias), aos nascimentos de múltiplos e à Procriação Medicamente Assistida (PMA).

Se os progressos em neonatologia permitiram nos últimos quinze anos uma diminuição significativa da morte dos bebês nascidos prematuros e "grandes prematuros" (com menos de 33 semanas de gestação), a maioria dos estudos atuais também mostra importante porcentagem de distúrbios do desenvolvimento nos antigos prematuros, seja nos prematuros simples, nos grandes prematuros ou nos prematuros extremos, *prematuríssimos*. Tais distúrbios vão desde desregulações na esfera alimentar ou do sono até o autismo (TGD), passando pela psicose, sendo notados com

1 Doutora em Psicologia. Psicanalista, membro da Escola Freudiana até sua dissolução. Hoje membro do Espace Analytique (A.F.P.R.F.). Pesquisadora-Associada no Centro de Pesquisas "Psychanalyse, Medecine et Société (CRPMS) na Universidade de Paris7. Autora de: *Raisins verts et dents agacées* (Denoël, Ed.), *Le sourire de la Joconde* (Denoël, Ed.), *Ce qu'on a fait a Freud pour avoir des enfants pareils* (Denoël, Ed.), *Comment survire en famille* (Albin Michel, Ed.), *Naître prématuré, le bébé, son médecin et son psychanalyste* (Bayard, Ed.), *Autisme: comment rendre les parents fous?* (Albin Michel, Ed.).

mais frequência nos antigos prematuros do que nas crianças a termo, e isso mesmo na ausência de lesões neurossensoriais ou neuromotoras detectadas.

Uma análise da pesquisa ÉPICURE (Samara, M. et al., 2008) compara aos seis anos de idade, 200 crianças nascidas antes da 26ª semana de gravidez e 148 crianças nascidas a termo. Os resultados mostram que 19,4% das crianças nascidas prematuras (23,2% meninos e 15,6% meninas) manifestam distúrbios globais do desenvolvimento, contra 3,4% das crianças do grupo controle. A prevalência da hiperatividade é também significativa: (30,6% das crianças nascidas prematuras contra 8,8% no grupo controle), assim como a prevalência de distúrbios de conduta (12,5% para a coorte do estudo, contra 5,4% para a coorte do controle), a prevalência de déficits de atenção (33,3% contra 6,8%), os distúrbios de socialização (25,4% contra 5,4%) e os distúrbios emocionais (13,5% contra 4,1%). Para concluir, os autores insistem sobre a necessidade de aprofundar as pesquisas nesta área.

Como psicanalista no serviço de pedopsiquiatria do Dr. Bentata e de neonatologia do hospital de Saint-Denis do Dr. P. Bolot, eu constatei também a frequência desses sintomas manifestados por muitos antigos prematuros, mesmo quando não sofriam de nenhuma sequela neurossensorial ou neurológica.

Como explicar tais distúrbios?

Três fatores nos parecem essenciais; três registros de trabalho e de reflexão no serviço. Com certeza, assim como outros antes de mim, a primeira coisa que pude constatar com os bebês prematuros é o risco da perturbação do laço mãe-bebê. Um parto prematuro é sempre difícil. Os tratamentos médicos exigidos pelo nascimento pré-termo arrancam o bebê de sua mãe. Não se pode deixá-lo sobre seu ventre, não há tempo para falar; às vezes é impossível para os pais saberem, quando o bebê nasce em estado de morte aparente, se ele está morto ou vivo.

Somente o médico pode falar algo disso, mas ele está premido pela urgência do tempo. É preciso muito rapidamente entubar, ventilar, transferir ao serviço de neonatologia, no qual ele será ligado às máquinas, cateterizado, vão lhe dar soro numa veia. Ele é afastado de sua mãe, em condições que geram nela uma angústia terrível.

Assim como Winnicott dizia que "um bebê não existe", podemos dizer que uma mãe sem seu bebê está impossibilitada de se constituir como mãe. Como um bebê tão fraco e frágil, colocado no fundo da sua incubadora, pode criar sua mãe? Dar à luz um bebê prematuro é também ser mãe prematuramente.

Essas mulheres ainda não estão prontas para se separar de seu bebê, e o parto não parece ser suficiente para desanexar delas os recém-nascidos. Tudo se passa como se o bebê não tivesse ainda nascido. Muitas mães perturbadas por esse nascimento nos dizem: "Eu não tenho a sensação de ter dado à luz, é como se eu o sentisse ainda se mexer na barriga". A separação, assim desdobrada, anula-se, como se o nascimento não tivesse efetivamente ocorrido. O ser mãe é então impedido, não por ela ter se separado do bebê, mas justamente porque ela não está separada dele. A separação real impede a separação simbólica.

As violentas condições do nascimento e o fato de que o bebê deve ser reanimado precipita em tais mulheres um sentimento de culpabilidade e ambivalência que as submerge, perturbando imediatamente suas referências.

"Eu não sou boa para ele", dizem as mamães. "Eu lhe dei a morte, foram os médicos que lhe deram a vida. Eu... eu não fui capaz de guardá-lo na minha barriga o tempo suficiente para que ele ficasse fora de perigo", como pôde me dizer a primeira mãe que encontrei por se recusar a levar seu filho após a alta hospitalar do serviço.

Como essa criança em perigo, tão magra, tão sofrida, poderia efetivamente ser criadora dessa mãe? Freud dizia que a cada nascimento, o narcisismo dos pais renasceria. Eles têm um bebê maravilhoso, que teria êxito em tudo na vida. Para seus pais seu estatuto é o de um rei. Freud se referia ao bebê como "Sua majestade, o bebê".

Um bebê prematuro tem dificuldades para ocupar esta função e o que parece estar em risco, em sofrimento, é a possibilidade do investimento libidinal desse bebê. A ilusão necessária se choca com a violência do real e o bebê corre o risco de ser reduzido somente a esse puro real, se nada simbólico vier permitir a sua falicização. Assim como várias outras pessoas, eu penso que é, portanto, importante trabalhar com as mães para que se instaure a relação. Porém, do meu ponto de vista, penso que o zelo que os serviços de reanimação evidenciam ao colocar os bebês o quanto antes possível nos braços das mães para lhes incentivar a maternagem, é importante, mas não suficiente. O tempo será diferente para cada mãe e isso deve ser levado em conta em cada situação. O tempo do sujeito não é o tempo cronológico. Permitir o laço não é simplesmente tentar reparar um "excesso de separação", mas, principalmente, permitir em um primeiro momento que a separação ocorra no nível simbólico. Incentivar o laço mãe-bebê permanecerá inútil se não for trabalhada paralelamente a possibilidade de um corte, permitindo à mãe se proteger de seu bebê e protegê-lo dela. Atualmente, tudo se passa como se o bem precioso que o laço mãe-bebê representa não pudesse ser colocado em questão. Tudo se passa como se na nossa sociedade a última fortaleza de nosso recalcado se encontrasse nesta imagem piedosa. Queremos pensar que uma mãe é "toda amor" para seu filho.

E, no entanto, desde Freud sabemos que o instinto de morte age em silêncio no interior do organismo, visando sua destruição – e ele pode ser colocado ao serviço de Eros quando se dirige ao mundo externo no lugar de se destruir. O amor materno não é inerente. O psicanalista sabe da violência e do ódio, está acostumado a escutar o desejo de morte das mães e o vigor das pulsões de morte em ação na criança. Desejo de morte presente em todas as mães: Winnicott não falava das dezessete razões que uma mãe tem de odiar o seu filho em condições normais? A maternidade não é um conto de fadas e não adianta fazer de conta, querendo adocicar a violência da separação ou fazendo as mães se calarem para que se tornem boas e sejam aceitas pela equipe.

Além disso, as mães não jogam sempre esse jogo e o mal-entendido com os médicos surge da história que elas lhes contam e que, para os reanimadores, é impossível escutar. Esse saber, esta pré-ciência da mãe não tem nenhuma relação com o saber científico e, no entanto, marca o corpo da criança como lugar privilegiado de uma inscrição. Se a equipe levar isto em conta, o tempo da hospitalização do bebê pode ser uma oportunidade para a mãe e para o bebê.

Nós fomos levados a constatar que a medicina podia então vir - protegendo a mãe da criança e a criança da mãe - desfazer a maldição e permitir que as cartas sejam redistribuídas de outra maneira. Para isso, é preciso escutar as mães e não forçar a qualquer custo o laço mãe-bebê, não "forçar o encontro", deixando às mães o tempo de falar da violência do traumatismo e de sua ambivalência, que retoma com frequência uma história de família na qual se descobre que já há uma repetição mortífera em ação. Dimensão mortífera presente de modo particular em toda história, mas que, aqui, devido ao evento (da prematuridade), ganha importância particular. O real reencontra o fantasma; é a própria definição de traumatismo.

> Uma jovem mamãe que tinha imensa dificuldade em entrar no serviço para cuidar de seu bebê preocupava a equipe cuidadora que suporta mal que uma mãe não pareça se interessar por seu filho. Foi somente após diversas consultas comigo que ela se lembrou da seguinte história: na sua casa, quando ela tinha sete anos, deixou cair escada abaixo o carrinho de bebê com seu irmãozinho dentro. O bebê, ejetado, rolou pela grama do jardim, não se machucando com a queda. Mas a mãe, que tinha visto a cena, teve muito medo e se precipitou pela escada e começou a gritar com a sua filha mais velha, dizendo: "No futuro você será uma assassina de crianças!". Com certeza, para esta mãe era impossível entrar no Serviço, não porque ela

fosse uma má mãe como pensava a equipe, mas porque ela era, ao contrário, uma boa mãe e queria proteger seu bebê daquela maldição. "Forçá-la" à maternagem, antes que um trabalho pudesse ser feito sobre a sua história, teria tido efeitos catastróficos para ela.

No serviço, pareceu-nos que a pesquisa do bem-estar psicológico da mãe e do bebê era um projeto louvável, mas insuficiente. Para nós, trata-se principalmente de nos permitir:

1. Um tempo de trabalho sobre o fantasma.
2. E um tempo no qual uma separação do bebê se torne possível, permitindo à mãe passar por um momento depressivo.

Não há "*Baby Blues Day*" em neonatologia. É este momento de corte que deve ser trabalhado para permitir a criação de um lugar no Outro, um lugar que chame o sujeito.

Se não encontra o desejo da mãe e se não tem ideia do que pode satisfazê-la, o bebê não se oferecerá como objeto, uma vez que essa mãe está sem a falta. Ele não terá nada para lhe dar. Ele não ocupará o lugar do falo imaginário que abriria justamente para a separação.

A experiência com as mães nos ensinou que encontrar sistematicamente todas as mamães seria preferível a recebê-las por demanda da equipe, isso é, sob prescrição médica. Já infelizes e culpabilizadas, elas nos fizeram saber, desde o início da minha entrada na unidade, que não queriam, além do mais, ser rotuladas como "em dificuldade" pelos cuidadores.

Tratar-se-á, então, de receber as mães, mas também os pais que – não podendo mais se apoiar nos médicos, que não podem nunca se pronunciar no início da hospitalização – fracassam quanto a dar segurança às suas mulheres. Invalidados, eles não podem mais cumprir seu papel. Nós pudemos observar que era frequente que os casais fossem colocados em risco por tais nascimentos prematuros.

Ficou decidido, então, que a minha função no serviço seria com os bebês. "Psicanalista-reanimador", como dizia Françoise

Dolto! Trata-se, no nosso serviço, de concretizar uma correanimação, implicando a reanimação psíquica na reanimação médica. A equipe se preocupa não somente em reanimar o corpo do bebê, mas em lhe dar as condições necessárias, permitindo também que sua construção psíquica possa ocorrer.

É como psicanalista-reanimadora que eu recebo os pais; eu os recebo, assim como o médico de referência, não porque eles foram encaminhados, mas porque, na condição de psicanalista, eu participo da reanimação de seu filho, preocupando-me com a sua evolução psicológica.

O efeito das máquinas de reanimação

Além do problema do vínculo mãe-bebê, o impacto das máquinas sobre o bebê prematuro rapidamente nos pareceu ter importância determinante. As máquinas são, com certeza, indispensáveis à sobrevivência destes bebês. E nos dias atuais, sendo cada vez menores, os bebês estão ligados a máquinas cada vez por mais tempo. É impossível abrir mão delas. Então tentamos nos servir das máquinas e dos médicos de um modo um pouco diferente.

> Pierre é um garotinho que nasceu com 26 semanas, pesando 630 gramas. Ele tem cinco anos quando eu o encontro pela primeira vez (ele não foi reanimado no nosso serviço). Os médicos especificam que ele não apresenta atualmente nenhuma sequela neurológica da sua longa reanimação. No entanto, ele parece estar em grande dificuldade tanto na sua casa quanto na escola. Ele é muito agitado, diz somente algumas palavras em ecolalia, mas mantém o contato e uma demanda de comunicação. Os pais descrevem um garotinho que não fica parado no mesmo lugar, não se concentra, tem terríveis crises de cólera e recusa tudo o que lhe é oferecido, especialmente toda forma de alimento que não seja batido e apresentado em uma mamadeira. Os especialistas consultados no hospital evocam um distúrbio global do desenvolvimento. Segundo a mãe, ele nunca pede nada, como se não tivesse

> nada a esperar do outro. Pierre manifesta também um sintoma estranho: ele tem como objeto, não "transicional", mas principalmente "autístico", fios de eletricidade! Onde quer que vá, qualquer coisa que faça, ele carrega consigo seus fios. Ele liga os fios aos móveis, às maçanetas das portas, sendo que somente tais manobras parecem lhe permitir ficar sem se mexer por um momento, ficando tranquilo. Eu atendi Pierre regularmente durante mais de quatro anos. Lentamente ele começou a fazer passar os fios elétricos pelas diferentes pessoas que cuidavam dele. Os fios iam assim dele até a porta, passando pela sua mãe, por seu pai ou por mim.
>
> Não há dúvida que as relações entre ele e as máquinas tinham sido negligenciadas. Eu aprendi com Pierre, ao longo de sua longa terapia, os impactos que as máquinas podem ter, principalmente se não é significado à criança que elas só funcionam de acordo com e pelo desejo dos seres humanos à sua volta.

Como imaginar o que esse bebê, sozinho na sua incubadora, pode sentir, separado de sua mãe da qual perdeu todos os sinais – a voz, o calor, os odores, os ritmos, os barulhos do corpo. Ele só pode mesmo ter sua continuidade de vida abalada. Mais tarde não se tratará de lembranças, mas de traços mnêmicos que nós reencontraremos quando recebermos esses bebês em análise. Quando maiores, algumas dessas crianças se isolam; outras, não se comunicam mais, ao passo que outras se tornam hiperativas, até mesmo hipermaduras; tentando proteger sua mãe, eles a tratam sendo hiperdemandantes e muito comunicativos, se ela tem dificuldade de se comunicar. Mas eles podem também se tornar muito espertos para tranquilizá-la e narcisá-la, ou ainda ficam doentes todo o tempo, com sintomas físicos que exigem atenção, de modo que a gente cuide de suas mães através deles, fazendo com que elas se tratem por procuração.

Quando do nascimento, o bebê não experienciou o apoio "vivo" e "contínuo" próprio da maternagem. Surge então a angústia. Se os pais estão impedidos, e os cuidadores não se dirigem ao bebê, este não tem mais um Outro do qual pudesse se fazer objeto. Como todos os bebês, ele se identifica ao mundo à sua volta: um real puro ao qual ele não pode dar nenhum sentido. É grande o risco de que, neste tempo da reanimação, o bebê se identifique então à sua máquina, esse Outro absoluto, se nenhuma pessoa vier tomar o seu lugar, interpondo-se a ele e à máquina.

O apoio "vivo" não quer dizer somente que se trata de responder às necessidades vitais. No nosso Serviço, durante o tempo da reanimação todas as necessidades vitais são atendidas pelas máquinas: é a máquina que responde de modo onipotente às necessidades da criança. A máquina se faz parte do corpo do bebê. Além disso, para que a ventilação pulmonar seja eficaz, o bebê não deve lutar contra ela, opondo-lhe os seus próprios movimentos respiratórios. O bebê deve se confundir com a máquina de ventilação. Ele não pode se sentir existir; é ela quem existe por ele em sistema fechado. Os cuidadores sempre ficam muito preocupados quando, por exemplo, após alguns dias, as crianças submetidas à ventilação começam a fixar o olhar num ponto preciso do aparelho ao qual parecem muito grudadas, como náufragos agarrados a uma boia de salvação.

Estas crianças em sofrimento tentam, sem dúvida, recuperar-se, "recompor-se", grudando-se a um ponto exterior para lutar, talvez, contra o despedaçamento provocado pela dor e pelo pânico. De qual deserção da mecânica pulsional se trata aí? Esses recém-nascidos nos ensinam como esta mecânica, justamente se é apenas mecânica, isso é, ligada a uma máquina, não pode se instalar. Se os cuidadores estiverem suficientemente atentos ao bebê e a si próprios depois de longas horas passadas esse bebê, falando com ele, contando-lhe sua história, falando-lhe dos cuidados a que foi submetido, contando a história de seus pais, algumas vezes é possível que esse bebê volte ao mundo. Palavras e mais palavras, uma "música de palavras" escrita com uma "caneta de voz", que lhes permitiria se construir, que lhes daria o continente que lhes falta. O bebê se "cria", poderíamos dizer, na resposta que sua mãe, ou a pessoa que cuida dele, dá aos diferentes incômodos que seu corpo lhe causa e que não têm nenhum sentido para ele. Conforme as respostas dadas, esboça-se um sentimento de segurança ou de insegurança. São os cuidados que, em um primeiro momento, dão ao bebê o sentimento de existir. Mesmo no nascimento a termo, se não se levar em conta a necessidade que ele tem desses cuidados tranquilizadores, se a resposta da mãe não for apropriada, o bebê pode afundar num desespero terrível. A palavra angústia é muito fraca para dizer isso. O desamparo do bebê é da mesma ordem daquele subjacente ao pânico. Desde o útero e, depois, no nascimento, o bebê recebe informações sensoriais diversas. Quanto mais prematuro é o bebê, mais difícil será para ele decodificar as informações. Ao contrário do que poderíamos acreditar, a extrema imaturidade do seu sistema nervoso torna-o ainda mais receptivo, mais sensível aos estímulos e às dores, do que um bebê a termo.

> Agnès nasceu com 28 semanas pesando 890 gramas; com a idade de dois anos e meio ela vem à consulta com a sua mãe. Apesar da ausência de sequelas sensoriais ou motoras, ela não adquiriu ainda a linguagem. É uma garotinha muito "acordada", um tanto autoritária, presente na relação, sem problemas com exceção das palavras que parecem lhe faltar. Mas a mãe não veio pelos problemas de linguagem. Não é isto que a preocupa: "isto virá", diz ela. Diferentemente disso, o que motiva a entrevista é um sintoma que a mãe acha estranho e pelo qual pede, em um primeiro momento, a consulta com um médico.

Como revemos regularmente as crianças reanimadas no nosso serviço, o médico examina Agnès e a encaminha para mim. Ele diz ser preocupante o atraso da linguagem e não encontra, além disso, nada de "médico" que pudesse explicar o seguinte sintoma, motivo da consulta: quando Agnès é contrariada, ou quando é surpreendida por um ruído intenso, ou quando tem medo de algo, ela perde a respiração, o que lhe produz verdadeiros ataques de pânico. Toda contrariedade, toda angústia parecia levar Agnès de volta à época em que a respiração lhe faltava para poder viver

> sem as máquinas. Paralelamente, ela desenvolveu fobia a bolas e bolos de aniversário, em que se deve soprar as velinhas. A respiração necessária para a pronúncia das palavras também parece lhe causar problemas. E podemos pensar o atraso da linguagem como estando diretamente ligado a este sintoma. Algumas sessões foram necessárias para que - falando novamente do tempo no qual ela dependia de sua máquina, falando do seu medo e do medo da sua mãe ante a ideia de que lhe faltaria oxigênio - o sintoma viesse a se dissipar, e ela se arriscasse a dizer as primeiras palavras. Sua mãe jamais havia falado novamente com Agnès acerca do medo que sentia quando ela recebia ventilação mecânica na reanimação. Vivendo sozinha com esse bebê, ela acabara de perder sua própria mãe, devido a uma insuficiência respiratória durante a gravidez. Nem eu, nem ninguém no serviço, conhecia tal aspecto da vida da mãe. Sem dúvida, estávamos primordialmente preocupados com os riscos de complicações pulmonares neste bebê de somente 28 semanas. Olhando demasiadamente nossas preciosas máquinas, deixamos passar a possibilidade de poupar Agnès e sua mãe das dificuldades que nos foram descritas hoje.

É a máquina que dá o oxigênio, que nutre sem interrupção, sem descontinuidade, sem fazer esperar, sem jamais faltar. Se a máquina cria a ilusão, de que ilusão se trata? A máquina provê tudo, mas não responde a nada. Então, a questão da instauração do circuito pulsional se apresenta. Em reanimação, o bebê não conhece a falta, o grito não se transforma em chamado.

A máquina faz barulho, mas não vê nada, não sente nada, não diz nada. Ela registra os dados, as curvas, mas não escuta. Ela não pode se identificar ao bebê, nem supor que haja nele um sujeito. É, no entanto, a essa máquina que a criança está ligada, no sentido próprio e no sentido figurado.

O bebê não é um sujeito no nascimento, e menos ainda uma pessoa. "O bebê não existe". Mesmo que seja importante que ele seja considerado como uma pessoa, isto não quer dizer que seja efetivamente uma pessoa. Para que se torne uma pessoa, é preciso, primordialmente, como diz Alain Vanier (2001), que suponhamos o sujeito no bebê. O sujeito está, inicialmente, no Outro, ele está na mãe ou naquele que debruça sobre ele, aquele que tem um corpo e que fala com ele; aquele que sente e que empresta ao bebê emoções, alegrias, dores; aquele que pode pensar que o bebê está com calor ou frio ou, talvez, com fome. Como será isso para o bebê hospitalizado? Desde a sua entrada no serviço tentamos acolhê-lo não somente como um corpo que deve voltar a funcionar, mas como um nenenzinho humano, portador de uma história que precede em muito o momento da sua hospitalização, mesmo que esta tenha ocorrido no momento de seu nascimento. Essa história, da qual a estada em neonatologia será apenas um episódio, continuará após a hospitalização, contanto que nada venha interromper seu curso, a menos que a fratura deste nascimento prematuro tenha já evidenciado uma ruptura da cadeia significante, impedindo toda simbolização, tornando-se impossível conduzir esta criança. É este laço, de um outro registro, que é preciso questionar.

De saída, o problema da relação ao Outro se coloca para tais bebês. Quem vai poder supor um sujeito nesse bebê, se a mãe está impedida? Mesmo que pouco se escute ou se fale a esses bebês minúsculos, eles são extremamente tagarelas. Um bebê que, mesmo com 25 semanas e com peso de 450 gramas, não prende o olhar e não responde à voz, é um bebê que não está indo bem. Todos os bebês, qualquer seja sua idade ou peso, se comunicam, se nos dirigimos a eles, se nos colocamos entre eles e a máquina. A função da voz, misturada ao barulho da máquina, muda a situação, se aquele que se dirige ao bebê não está ele próprio identificado à máquina, isso é, se não é imperturbável e infalível.

Geralmente, o que se transmite de essencial para o bebê, em certo momento, é justamente o ponto onde a mãe se torna invisível. Mas uma máquina nunca se subtrai, nunca se torna invisível. Assim, se a pulsão vem como um eco a um dizer no corpo, como fazer caminhar o circuito pulsional destes bebês? Neste ambiente o recorte pulsional se torna, de fato, problemático. E, com isso, como fica o corpo de gozo deste bebê? Em um primeiro tempo, é frequente que a presença das mães com os bebês seja fantasmagórica. Como na unidade nós decidimos deixar às mães o tempo de falar e de se descobrir mães, sem "forçá-las", o único ritmo com o qual podemos sempre contar é o ritmo dos cuidados. Mas o bebê precisa do Outro. Não há registro pulsional sem a sua demanda; não há satisfação sem que se apresente a questão do seu gozo. Ainda é preciso que este Outro, baixando as armas de sua imunidade científica, possa evidenciar algo de seu gozo ante a presença do bebê, ante o fato de que ele come ou de que respira; que esse Outro possa evidenciar seus limites, sua preocupação por ele. Mas, atualmente, a tarefa dos médicos não é fácil. Após a primeira reanimação, os médicos trocam entre si suas avaliações diagnósticas, tomam decisões sobre os cuidados para as horas seguintes, prescrevem as investigações suplementares, mas não somente isso. Uma vez que a urgência termina, os médicos começam a se questionar de outra maneira: "O que vamos dizer aos pais?". Se essa questão não tem o mesmo alcance hoje comparado ao que tinha quinze anos atrás, quando comecei a trabalhar com os bebês, isso se deve ao fato de que a medicina mudou muito. De acordo com as normas da OMS, podemos reanimar atualmente os bebês de 22 semanas de idade gestacional e com 500 gramas de peso. Nos dias seguintes ao nascimento, eles pesarão 490 ou 450 gramas, com uma taxa muito elevada de risco de sequelas.

Então, os médicos, quando despem as máscaras, após a reanimação, estão bem mais preocupados do que anteriormente. Os médicos sabem que, por ora, é impossível se dizer o que quer que seja, é impossível tranquilizar os pais; os médicos sabem que graves complicações são prováveis. Se o bebê é muito pequeno, durante semanas ele correrá risco de morrer e, de qualquer modo, sem dúvida haverá o risco de sequelas. Os médicos acabaram de decidir dar novamente a vida a este bebê, sem saber verdadeiramente qual será o preço disto no longo prazo. Eles sabem também que talvez não possam dar seguimento a essa reanimação.

E haverá neste caso, outras decisões muito difíceis a serem tomadas. O terceiro tempo do nosso trabalho será, então, o do trabalho com os médicos.

Para eles, o que poderia haver de mais angustiante do que esse poder? Somente uma crença absoluta na ciência poderia apoiá-los, mas a técnica os confronta aos limites, e as reações de algumas crianças escapam a toda lógica médica. Os médicos sabem, também, que cada corpo, inscrito em uma fala diferente, é diferente do Outro; que o saber médico, que diz respeito ao corpo em geral, confronta-se à verdade do corpo particular de cada um. A multiplicidade de variáveis desconhecidas lhes dá vertigem. Até onde se deve ir? Não é simples assumir a aposta que eles acabam de fazer ao reanimar este bebê. As puericultoras, que cuidam dos bebês em tempo integral estão "na linha de frente". Durante as visitas dos pais, confrontadas cotidianamente às suas questões e angústias, elas seguem as decisões dos médicos e administram suas prescrições, pagando também o preço do medo. Os cuidadores correm, então, o risco de se encontrar numa situação deplorável, assim como os pais, com um bebê em quem hesitam em investir, um bebê cuja reanimação lhes produz mais angústia do que prazer.

De reunião em reunião, os médicos se questionam. Ao mesmo tempo em que nossa sociedade normaliza ao máximo, com a prevenção, os abortos terapêuticos e as detecções de todo tipo, estaria ela fabricando seus próprios deficientes por intermédio dos neonatologistas? Mas, por outro lado, como admitir não reanimar um bebê uma vez que se sabe fazer isso, e que não se pode nunca avaliar verdadeiramente com antecedência as sequelas? Daí em diante, hoje somos confrontados à seguinte contradição: reanimar tomando distância para avaliar, no transcorrer das semanas, o que vai se passar no futuro dessa criança; reanimar, em não reanimando; reanimar, protegendo-se de acreditar muito na reanimação.

E o que se passa com o bebê durante todo este tempo?

Se a equipe se retira, enquanto espera que se resolvam as incertezas, se as mães são invalidadas, assim como os cuidadores – embora por outras razões – o bebê fica no vazio. Andando na corda bamba entre a vida e a morte, ele corre o risco de cair num estatuto de não ser, uma vez que pode ser apenas objeto de gozo. Ele está aquém dos vivos, embora já tenha nascido. Quais traços permanecerão deste tempo morto no início da vida? As crianças maiores e os jovens adultos, quando recebidos em psicanálise, nos ensinam sobre a persistência destes traços: o desejo e o fantasma, força vital, são marcados por esses traços.

No nascimento, o bebê só existe na e por sua mãe; por sua mãe ou por toda outra pessoa que se debruça sobre ele, que o nomeia, que lhe diz quem ele é, se é menino ou menina, que lhe diz o que ele sente, o que ele pensa. Sabemos que, no começo, o bebê ainda não é um sujeito: o sujeito está no Outro. Se há um Outro anterior ao sujeito, uma vez que o bebê é falado antes de falar, por ocasião do nascimento não há a fala da mãe se dirigindo a ele, ele não pode se fazer seu objeto.

> Roméo nasceu na 28ª semana e meia, pesando 1.100g; Roméo vai fazer três anos. Hoje ele vai bem, mas o começo não foi fácil para este menininho. Eu o atendi com regularidade desde sua saída de nosso serviço. Aparentemente sem sequelas da reanimação, e apesar de uma curva de peso e de crescimento abaixo da norma (3 D.S), ele se desenvolvia bem, de acordo com seus médicos. No entanto, seus pais estavam preocupados. Roméo manifestou sérios problemas de sono e de alimentação desde o seu retorno a casa. De minha parte, eu o achava muito angustiado e pouco disponível para as pessoas à sua volta, dificilmente tranquilizável, às vezes inconsolável, e eu compartilhava a preocupação de sua família. Eu lhes propus, então, consultas regulares comigo. O pai, muito presente na vida de Roméo, se ocupa bastante dele. É o pai que o acompanha às consultas. Ele parece sem recursos e desencorajado por seu filho, e se surpreende de que este não progrida mais. Rapidamente surge a questão de dificuldades do casal. "Minha esposa está zangada comigo", diz ele, "é verdade que eu não compreendi a que ponto ela estava mal quando nosso filho nasceu,

e não fui capaz de ajudá-la ou de tranquilizá-la". Aos dezesseis meses, Roméo deu seus primeiros passos no meu consultório, na presença da mãe. Foi para ir em direção a ela, estendendo-lhe os bracinhos, que ele se pôs de pé naquele dia, enquanto eu lhe falava das dificuldades da sua mãe para estabelecer contato com ele. Por ocasião dessa entrevista e de algumas outras em que era ela quem acompanhava o bebê, foi-lhe possível dizer diante de seu filho como tinha sido difícil o encontro com ele. Ela contou que evitava os cuidadores, com medo de que pensassem que ela era uma mãe má. Ela não podia dizer a ninguém que não sentia nada pelo bebê, e que ele lhe era indiferente. Ela não podia imaginar nada dele, nem que ele existia, nem mesmo que ele pudesse sentir alguma coisa. Ela não conseguia falar com ele. Ela via bem que seu marido chegava a falar com o bebê, que as puericultoras e os médicos brincavam com ele algumas vezes, mas tudo isso lhe parecia irreal. Uma vez em casa, ela se lembrava de ter se escondido de Roméo, para não ter que se ocupar com ele. Isso era ainda mais perturbador para ela que já tinha tido duas filhas com as quais tudo tinha sempre corrido bem. Alguns meses mais tarde, saindo de uma espécie de depressão precoce, Roméo se pôs a falar e a progredir de verdade. O que seria dessa criança se essa mamãe não tivesse podido falar de suas dificuldades com seu bebê? E se, num primeiro tempo, a equipe não tivesse se substituído à mãe, se um encontro entre o bebê e os cuidadores não tivesse sido possível?

A partir dessas observações, e das reflexões que suscitaram na nossa equipe, propus iniciar uma pesquisa que tentará delimitar as causas dos problemas psiquiátricos ou psicológicos evidenciados nos antigos prematuros sem sequelas, o que nos daria indicações sobre o tipo de encargo psicológico que se mostraria mais eficaz em neonatologia. Esse estudo será conduzido dentro do Centro Medicina Psicanálise e Sociedade da Universidade Paris Diderot-Paris 7.

Referências

VANIER, A. D'une dyade à plusieurs: quelques remarques à propos d'um travail avec des mères psychotiques et leur nourrisson. *Psychologie Clinique*, n. 12, p. 39-50, 2001.

Sobre as organizadoras

Silvana Rabello

Psicanalista, especialista em clínica com crianças, doutora em Psicologia Clínica, pela PUC-SP, onde é professora, membro da Associação Universitária de Pesquisadores em Psicopatologia Fundamental e coordenadora do Eixo da Infância e Adolescência, do REDESAMPA: Saúde Mental Paulistana. Coordena Aprimoramento e Grupo de Pesquisadores no campo clínico com autismo e psicoses. Organizadora de *Limite de Eros* (Editora Primavera, 2012).

Marina Bialer

Psicanalista, psicóloga, pela USP, especialista em Psicologia pela Unifesp/Escola Paulista de Medicina, *Master Lettres, Langues, Sciences Humaines et Sociales, à la finalité recherche, mention psychologie, spécialité Médecine scientifique, Psychopathologie et Psychanalyse pela Université Paris 7 Denis Diderot, Doctorat en Recherches en Psychopathologie et Psychanalyse pela Université Paris 7 Denis Diderot*, Doutora em Psicologia, pela USP, e Pós-doutora, pela LEPSI/FEUSP. Organizadora do livro *O Trabalho Psi na Saúde Pública* (Editora Novo Conceito, 2011) e autora de *A literatura de Autistas* (Editora CRV, 2015) e *Das Narrativas de Sofrimento ao Artismo no Espectro do Autismo:* discurso de pais de autistas, discurso de especialistas e discurso de autistas (Editora CRV, 2016).

TÍTULO **Laço mãe-bebê: intervenções e cuidados**

Equipe editorial LARISSA CALDIN E LOURDES MAGALHÃES
Revisão PROJECT NINE
Capa, projeto gráfico e diagramação PROJECT NINE

Dados Internacionais de Catalogação na Publicação (CIP)
(Câmara Brasileira do Livro, SP, Brasil)

Rabello, Silvana
Laço mãe bebê : intervenções e cuidados /
Silvana Rabello, Marina Bialer. -- São Paulo :
Primavera Editorial, 2016.

Bibliografia.

ISBN: 978-85-5578-044-8

1. Bebês - Cuidados e higiene - Aspectos psicológicos 2.
Comunicação interpessoal 3. Mães e filhos - Aspectos psicológicos 4.
Nascimento -
Aspectos psicológicos I. Bialer, Marina. II. Título.

15-04741 CDD-155.6463

Índices para catálogo sistemático:
1. Mães e filhos : Relacionamento : Psicologia 155.6463

PRIMAVERA
EDITORIAL

Av. Queiroz Filho, 1560
Torre Gaivota - Sala 109
05319-000 – São Paulo – SP
Telefone: (55 11) 3031-5957
www.primaveraeditorial.com
contato@primaveraeditorial.com

LAÇO MÃE-BEBÊ: INTERVENÇÕES E CUIDADOS

foi impresso em São Paulo
pela gráfica Forma Certa
para Primavera Editorial em
junho de 2017